苏童

著

人民文学出版社

图书在版编目（CIP）数据

米／苏童著．－－北京：人民文学出版社，2024（2025.4重印）
ISBN 978-7-02-018693-8

Ⅰ．①米… Ⅱ．①苏… Ⅲ．①长篇小说－中国－当代 Ⅳ．① I247.5

中国国家版本馆 CIP 数据核字 (2024) 第 109891 号

| 责任编辑 | 黄彦博　王昌改 |
| 责任印制 | 苏文强 |

出版发行　人民文学出版社
社　　址　北京市朝内大街166号
邮政编码　100705

| 印　　刷 | 北京盛通印刷股份有限公司 |
| 经　　销 | 全国新华书店等 |

字　　数	160千字
开　　本	850毫米×1168毫米　1/32
印　　张	9
印　　数	18001—21000
版　　次	2024年9月北京第1版
印　　次	2025年4月第2次印刷

| 书　　号 | 978-7-02-018693-8 |
| 定　　价 | 48.00元 |

如有印装质量问题，请与本社图书销售中心调换。电话：010-65233595

自　序

我的写作忽疏忽密，持续有些年头了。谈创作，有时有气无力，有时声如洪钟，也谈了好些年头了。但给自己的书写自序，上一次似乎还要追溯到二十年前。我不知道我后来为什么这样抗拒写自序，就像不知道自己当初为什么那样热衷，我也不清楚自序的用途，究竟是为了对读者多说一些话，还是为了对自己多说一些话。

一般来说，我不习惯在自己的作品结尾标注完成时间，但我在头脑一片空茫之际，罕见地自我考古，找出二十多年前出版的小说集《少年血》，我意外地发现那本书的自序后面标记了一个清晰的时间：1992.12.28。自序提及我当时刚刚写完了一篇名叫《游泳池》的短篇，而篇末时间提醒我那是一个冬天的夜晚，快要庆祝1993年的元旦了。我想不起关于《游泳池》的写作细节了，能想起来的竟然是那些年我栖身的阁楼，低矮的天花板，狭窄的楼梯，有三处地方必须注意撞头，我习惯了在阁楼里低头缩肩的姿势。那些寒冷的冬夜，北风摇撼着老朽的木窗以及白铁匠邻居们存放在户外的铁皮，铁皮会发出风铃般的脆响。有时候风会从窗缝钻进来，在我的书桌上盘旋，很好奇地掀起稿纸的一角，我抹平稿纸，继续写。我想起我当时使用的一盏铁皮罩台灯，铁皮罩是铅灰色的，长方形的，但灯光很温暖，投射的面积很大，那时候没有任何取暖设备，但我写作的时候，手大部分时间泡在那温暖的光影里，并不冷。说这些我有些惭愧，感慨多，并非一件体面之事，但我想把如此这般的感慨体面地修饰一下：写作这件事，其实可以说得简单些，当时光流逝，写作就是我和岁月的故事，或者就是我和灯光的故事。

前不久听一位做投资的朋友概括他们考察项目的经验，说种种考察最终不外乎考察两点：一是你去哪里，二是你怎么去。会心一笑之间，忽然觉得这经验挪移到写作，一样的简洁可靠，创作其实也是一样的。你要去哪里？我们习惯说，让作品到远方去，甚至比远方更远；让作品到高处去，甚至比天空更高。这都很好，没有毛病。我们唯一的难题是怎么去，这样的旅程没有任何交通工具，甚至没有确定的路线图，只有依靠一字一句行走、探索，这样漫长的旅程看不到尽头，因此，我和很多人一样，选择将写作持续一生。

里尔克曾经给年轻的诗人们写信告诫："以深深的谦虚与耐性去期待一个新的豁然开朗的时刻，这才是艺术的生活，无论是理解或创造，都一样。"这封信至今并不过时，我想我们很多人都收到了这封信，我们很多人愿意手持这封信写作、生活，无论那个豁然开朗的时刻是否会来到，深深的谦虚与耐性都是写作者必须保持的品格，当然，那也是去远方必需的路条。

苏　童

目 录

第一章	1
第二章	22
第三章	42
第四章	59
第五章	77
第六章	101
第七章	119
第八章	137
第九章	157

第 十 章	171
第十一章	189
第十二章	209
第十三章	227
第十四章	243
尾　　声	262

附录 苏童经历	267

第一章

傍晚时分，从北方驶来的运煤火车摇摇晃晃地停靠在老货站。五龙在佯睡中感到了火车的颤动和反坐力，哐当一声巨响，身下的煤块也随之发出坍陷的声音。五龙从煤堆上爬起来，老货站月台上的白炽灯刺得他睁不开眼睛，有许多人在铁道周围跑来跑去，蒸汽和暮色融合在一起，老货站的景色显得影影绰绰，有的静止，有的却在飘动。

现在该跳下去了。五龙抓过他的被包卷，拍了拍上面的煤粉和灰尘，小心地把它扔到路基上，然后他弯下腰从车上跳了下去。五龙觉得他的身体像一捆干草般轻盈无力，他的双脚就这样茫然地落在异乡异地，他甚至还不知道这是什么地方。风从旷野上吹来，夹杂着油烟味的晚风已经变得很冷，五龙打着寒噤拾起他的被包卷，他最后看了看身边的铁路：

它在暮色中无穷无尽地向前延伸，在很远的地方信号灯变幻着红光与蓝光，五龙听见老货站的天棚和轨道一齐咯噔咯噔地响起来，又有一列火车驶来了，它的方向是由南至北。五龙站着想了想火车和铁道的事，虽然已经在运煤货车上颠簸了两天两夜，但对于这些事物他仍然感到陌生和冷漠。

五龙穿过月台上杂乱的货包和人群，朝外面房子密集的街区走去。多日积聚的饥饿感现在到达了极顶，他觉得腹中空得要流出血来，他已经三天没吃饭了。五龙一边走着一边将手伸到被包卷里掏着，手指触到一些颗粒状的坚硬的东西，他把它们一颗颗掏出来塞进嘴里嚼咽着，发出很脆的声音。

那是一把米，是五龙的家乡枫杨树出产的糙米。五龙嚼着最后一把生米，慢慢地进入城市的北端。

才下过雨，麻石路面的罅缝里积聚着碎银般的雨水。稀疏的路灯突然一齐亮了，昏黄的灯光剪出某些房屋和树木的轮廓。城市的北端是贫穷而肮脏的地方，空气中莫名地混有粪便和腐肉的臭味，除了从纺织厂传来的沉闷的机器声，街上人迹稀少，一片死寂。五龙走到一个岔路口站住了，他看见路灯下侧卧着一个男人。那个男人四十多岁的样子，头枕着麻袋包睡着了。五龙朝他走过去，他想也许这是个歇脚的好地方，他快疲乏得走不动了。五龙倚着墙坐下来，那个男人仍然睡着，他的脸在路灯下发出一种淡蓝色的光。

喂，快醒醒吧。五龙对男人说，这么睡会着凉的。

睡着的男人一动不动，五龙想他大概太累了，所有离乡远行的人都像一条狗，走到哪里睡到哪里，他们的表情也都像一条狗，倦怠、嗜睡或者凶相毕露。五龙转过脸去看墙上花花绿绿的广告画，肥皂、卷烟、人丹和大力丸的广告上都画有一个嘴唇血红搔首弄姿的女人。挤在女人中间的还有各种告示和专治花柳病的私人门诊地址。五龙不由得笑了笑，这就是乱七八糟千奇百怪的城市，所以人们像苍蝇一样会集到这里，下蛆筑巢，没有谁赞美城市，但他们最终都向这里迁徙而来。天空已经很黑了，五龙从低垂的夜色中辨认出那种传奇化的烟雾，即使在夜里烟雾也在不断蒸腾，这印证了五龙从前对城市的想象，从前有人从城市回到枫杨树乡村，他们告诉五龙，城市就是一个巨大的烟囱。

五龙离开街角的时候看了看路灯下的男人，男人以不变的姿势侧卧在那里，他蓬乱的头发上结了一层白色的霜粒。五龙走过去推了推他的肩膀，别睡了，该上路啦。那个男人的身体像石头一样冰冷僵硬，一动不动，五龙将手伸到他的鼻孔下面，已经没有鼻息了。死人——五龙惊叫了一声，拔腿就跑，五龙没想到那是个死人。后来五龙一直在陌生的街道上奔跑，死者发蓝的脸跟随着，像一只马蜂在他后面飞翔，五龙惊魂未定，甚至不敢回头张望一下。许多黑漆漆的店铺、工厂和瓦砾堆闪了过去，麻石路面的尽头是一片开阔地和浩浩荡荡的江水。五龙看见了林立的船桅和桅灯，黑压压的船只泊在江岸码头上，有人坐在货包上抽烟，大声地说话，一股辛辣的酒气在码头上弥漫着。这时五龙停止了奔跑，他站在那里喘着粗气，一边冷静地打量着夜晚的码头和那些夜不归宿的人。直到现在，五龙仍然惊魂未定，他需要喘一口气再决定行走的方向。

他们看见一个背被包卷的人像一只惊慌的兔子朝码头奔来，他的脸色惨白，脖子和鼻梁上沾着煤灰的印迹。这些人围坐在一起，就着花生米和卤猪头肉喝酒，所有人都已酒意醺脸，他们站起来，看着五龙像一只惊慌的兔子朝码头奔来。

你跑什么？阿保上前堵住了五龙，他一把揪住五龙的衣领说，你是小偷吗？

死人。五龙张大嘴喘着粗气，一个死人！

是死人在追你？阿保笑起来，他对同伴们说，你们听见了吗？这家伙连死人的东西也要偷。

我没偷。我不是小偷。五龙这时才发现码头上的这群男人。地上货包上堆放着酒瓶和油腻腻的猪头肉。他下意识地朝那里挪过去。月光和江中的船灯照耀着那些男人紫红的脸，他们无声地观望着五龙。五龙的喉咙里咕噜响了一声，他的手微颤着伸向货包上的食物，我饿坏了。五龙用目光试探地询问那些男人。他们的脸上浮现出若有若无的笑意。我三天没吃东西了，我真的饿坏了。五龙呢喃着抓起一块卤猪肉，紧接着他就发出了凄楚的尖叫声，他们突然而准确地踩住了五龙的手和手里的肉。

叫我一声爹。阿保的脚在五龙的手上蹍了一下，他说，叫我一声爹，这些东西就给你吃了。

大哥你行行好吧。五龙抬头望着阿保的脸和他光秃秃的头顶，我真的饿坏了，你们行行好吧。

叫我一声爹就给你吃。阿保说，你是听不懂还是不会叫爹？叫吧，叫了就给你吃。

五龙木然地瞪着阿保，过了一会儿他终于说，爹。

阿保狂笑起来，他的脚仍然踩住五龙的手不放，他指着旁边那些壮汉说，还有他们，每人都得叫一声爹，要不然他们不答应。

五龙扫视着那群人的脸，他们已经喝得东摇西晃，有一个靠在货包上不停地说着下流话。他们的眼睛里闪烁着模糊的红光。这种红光令人恐惧。五龙哀伤地低下头，看着阿保的脚，阿保穿着一双黑布鞋，鞋尖处顶出两根苍白的脚趾，它们像石头一样牢牢地踩住了他的手背。

爹。五龙的声音在深夜的码头上显得空旷无力。他看见那群人咧着嘴笑，充满某种茫然的快乐。五龙低下头，看见自己的影子半蹲半伏在地上，很像一条狗。谁是我的爹？五龙对这个称谓非常陌生。他是一名孤儿，在枫杨树乡村他有无数的叔伯兄弟和远房亲戚，但是没有爹娘，乡亲们告诉他他们死于二十年前的大饥荒中。亲戚们前来抬尸的时候，五龙独自睡在干草堆上舔着一个银项圈。乡亲们说，五龙，你那会儿就像一条狗。没爹的孩子都像狗。然后阿保的脚终于从五龙的手上松开了。五龙抓起卤猪头肉急着朝嘴里塞。味觉已经丧失，他没有品出肉的味道，只是感觉到真正的食物正在进入他的身体，这使他的精神稍微振作起来。阿保端着一碗酒走过来，他用手掌拍拍五龙的颚部，你给我喝了这碗酒，懂吗？你一口气喝光它。

不。我不想喝。五龙的脸被阿保的手卡得变了形，他费劲地嚼咽着说，我不会喝酒，我只要吃肉。

光吃肉不喝酒？你是男人吗？阿保将酒碗塞进五龙的双唇之间，给我喝，不喝就把肉从你嘴里掏出来。

五龙的头部本能地向后仰去，他听见阿保骂了一声，旁边的几条壮汉冲过来把他擒住了。有人用手钳住五龙的双颚，他的嘴自然地张大着，像一个无底的黑洞。他们朝这个黑洞接连灌了五碗烧酒。五龙蹬踢着，咳嗽着，他觉得那五碗白酒已经在体内烧起来了，他快被烧死了。五龙迷迷糊糊听见他们狂笑的声音。他不知道这是为什么，醉酒的感觉突如其来，头脑一片空白，五龙疲惫的身体再次像干草一样飘浮起来，夜空中的星星、江中的桅灯和那些人醺红的眼睛在很远的地方闪闪烁烁。

他们把五龙扔在地上，看着五龙翻了个身，以一种痛苦的姿势侧卧着。月光照着五龙蜡黄的脸和嘴角上残留的肉末儿，他的嘴唇仍然翕动着，吐出一些含糊的声音。

他在说什么？有人问。

他说饿。阿保踢了踢五龙的腿说，这家伙大概饿疯了。

这时候江上传来一艘夜船的汽笛声，他们闻声集队向水边而去，把五龙扔在地上。那些粗壮矫健的身影从五龙的身上跨过去，消失在高高低低的货包后面。五龙烂醉如泥，他不知道他们到底是什么人。直到后来，他屡次遭遇码头会的兄弟，这些人杀人越货，无所不干，五龙想到他初入此地就闯进码头会的虎穴，心里总是不寒而栗。

黎明时分，五龙梦见了枫杨树乡村，茫茫的大水淹没了五百里稻田和村庄，水流从各方涌来，摧毁每一所灰泥房舍和树木。金黄的结穗的稻子铺满了水面，随波逐流，还有死猪死狗混杂在木料枯枝中散发着隐隐的腥臭。许多人从水中跋涉而过，他听见男人和女人的哭声像雨点密布在空中，或者就像雹子一样坚硬地打在他的头顶上。五龙还看见了自己，在逃亡的人流中他显得有点特别，他的表情非常淡漠甚至有点轻松，五龙看见自己手里拖着一根木棍，沿途击打酸枣树上残存的几颗干瘪发黄的酸枣。

江边码头已经开始忙碌了。五龙被四面嘈杂的声音惊醒，他看见另外一些陌生人，他们背驮大货包，从他身边匆匆经过，有许多船停靠在码头上。有许多人站在船上，站在码头的货堆上，叫喊着什么。五龙慢慢地坐起来，想了想昨天夜里发生的事，他的头脑中仍然一片空白，只是嘴里还喷出酒肉混杂后的气味。夜来的事很像一场梦。

五龙在码头上转悠了一会儿，没有谁注意他，夜里遇见的那些人在白天无影无踪了。他看见几辆大板车停在一艘铁船的旁边，船舱里装满了雪白的新米。有几个汉子正从船上卸米。五龙站着无声地看着他们，新米特有的清香使他惘然若失。

这是哪里的米？五龙问装车的汉子，多好的米啊！

不知道，管它是哪里的米呢？汉子没有朝五龙多看一眼，把他最后一箩筐米倒进板车，拍了拍手说，今年到处闹灾荒，这些米来得不容易。

是不容易。五龙从车上抓了一把米摸着，他说，我家乡的五百亩稻子全让水淹了，就像这样的米，全淹光了。

到处都一样，不是水灾就是旱灾。

眼看着就要开镰收割了,突然来了大水,一下就全完了,一年的血汗就这样扔在水里了,连一升米也没收下。五龙说着,嘴角露出一丝自嘲的微笑。

四辆大板车装满了米,排成一队朝码头外面走。五龙紧跟在板车的后面,他恍惚之中就跟着装米的板车走了。他们穿过肮脏拥挤的街道,在人群、水果摊、黄包车和店铺的缝隙间钻来钻去。一路上五龙又一次难挡腹中的饥饿,他习惯性地把手里的米塞进嘴里嚼咽起来,五龙觉得嚼咽生米和吃饭喝粥其实是一样的,它们的目的都是抵抗饥饿。

在瓦匠街的街口,五龙看见密集的破烂的房屋堆里耸立着一座古旧的砖塔。砖塔高出地面大约五丈的样子,微微发蓝,有鸟群在塔上飞来飞去,风铃清脆的响声传入五龙的耳中。他仰头朝砖塔张望着,那是什么? 五龙问。没人回答他,这时装米的大板车已经停留在瓦匠街,他们已经来到了大鸿记米店的门口,拉车的汉子们吆喝着排队买米的人:闪开,闪开,米来啦! 卸米啦!

织云坐在柜台上嗑葵花子,她斜眼瞟着米店的门外。她穿着一件翠绿色的旗袍,高跟皮鞋拖在脚上,踢踏踢踏敲打柜台,那种声音听来有点烦躁。在不远的米仓前,绮云帮着店员在过秤卖米,绮云的一条长辫子在肩后轻盈地甩来甩去。

织云和绮云是瓦匠街著名的米店姐妹。

搬运工肩扛米袋依次进了门,他们穿过忙乱的店堂和夹弄来到后院。冯老板已经守在那里,嘴里点着数,一只手顺势在每一个米袋上捏一捏。运来的都是刚轧的新米,米袋撞击后扬起的粉尘弥漫在后院。后院环列着古老的青砖黑瓦房屋,东、西侧屋是贮放粮食的仓房,朝南的三间是冯老板和两个女儿的居室,门洞很大,门檐上挂着一块黑底烫金的牌匾,有四个字,一般人只认识其中一个"米"字。搬运工知道米店之家在瓦匠街占据一角,世代相袭,也已经有二百多年的历史了,但是没人去留意匾上另外三个字。

院子里的晾衣绳上挂着一些红红绿绿的衣裳,是洗了不久的,滴滴答答淌着水,人就在那下面出出进进。不言而喻,那是米店姐妹俩的东西。散发着淡淡肥皂味的衣裳,被阳光均匀地照着,让人联想到女孩的身体。织云和绮云,一个十九岁,一个十七岁,都是和衣裳一样红绿妩媚的年纪。

织云看见五龙坐在板车上,双手划拉着车上残留的米粒,他把它们推拢起来,又轻轻弄散,这个动作机械地重复了多次。五车大米很快卸光了。搬运工们从冯老板那里领了工钱,推上车散去。五龙仍然站在米店门外,脚下横着一堆破破烂烂的行李。他朝里面张望着,神色有点奇怪,那张脸憔悴而不失英俊,枯裂的嘴唇好像受了惊似的张开着。织云跳下柜台，她走到门口将手里的瓜子壳扔掉，身子往门上一靠，饶有兴味地打量起五龙来。

你怎么不走？你没领到工钱？

五龙朝后退了一步，茫然地看着织云，他说，不。

你不是搬米的？织云朝地上那堆破行李扫了一眼，那么你是逃荒要饭的？我说得没错，我看人一看一个准。

不。五龙摇摇头，他的视线越过女孩的肩头落在米店内部——卖米的伙计和买米的人做着简单的交易，他说，这家是米店吗？

是米店。你在看什么？织云捂着嘴扑哧一笑，诡谲地说，你是看我还是看我妹妹？

不。我看米。米店果然有这么多的米。

米有什么可看的？织云有点扫兴地说，她发现这个男人的脸色在阳光下泛着一种石头般的色泽，你的脸怎么像死人一样难看？你要是有病可别站这儿，我最怕染上天花霍乱什么的，那我这辈子就完了。

我没病。我只是饿坏了。五龙漠然地看着她说，给我一碗冷饭好吗？我三天没吃饭了。

我给你端去，反正也要倒给猫吃的。织云懒懒地从门框上欠起身子，她说，世界上数我心眼儿最好，你知道吗？

织云到后面厨房端了碗冷饭出来，看见五龙已经走进店堂正和两个伙计撕扯着,绮云拉着他的衣角往门外拖,嘴里叫喊着,他有虱子,他身上肯定有虱子!五龙的脸因窘迫而有点发红,精瘦的身体被三个人推得东摇西晃地朝外面挪,他突然扭过脸,用愤怒得变了调的声音骂了一句粗话,织云没听清楚,她看见绮云抓过一把扫帚砸过去,你还骂人?你这要饭花子敢骂人?

织云看见他颓然地坐在门外台阶上,后背在急促地颤动。可怜的男人。织云自言自语地说,她犹豫了一番,还是走过去把饭碗递给他。织云笑着说,怎么闹起来了?你快吃,吃了就走,你不知道米店最忌讳要饭的进门?五龙抬起头看看那碗饭,沉默了一会儿,猛地扬手把饭碗打翻了。他说,我操你们一家,让你们看看,我是不是要饭花子?织云看着一碗饭白花花地被打翻在地上,怔在门口,半天醒过神来,咯咯笑起来说,咦,看不出来你还有骨气,像个男人。不吃就不吃吧,关我什么事?店堂里的人都扭头朝这边望,绮云拿了个什么东西敲柜台,织云,你给我过来,别在那儿"人来疯"了。织云就往店堂里走,边走边说,什么呀?我不过是看他饿得可怜,谁想他跟我赌气,这年头都是狗咬吕洞宾,好人也难做。

排队买米的人表情呆滞,一言不发地看着米店内的小插曲。他们把量米袋子甩在肩上或夹在腋下,等待过秤,他们更关心米的价格和成色。这一年到处听到灾荒的消息，人们怀着焦虑和忧郁的心情把粮食大袋背回家。在兵荒马乱的年月里，南方的居民把米店当成天堂。而在瓦匠街上，大鸿记米店呈现出一种特殊的红火景象。

买米的人多。织云帮着在柜台上收了一会儿钱。织云对这类事缺乏耐心和兴趣，她不时地扭过脸朝街上看，瓦匠街街景总是黯淡乏味，那个男人没有走远，他在织云的视线里游移不定，成为唯一可看的风景。他在瓦匠街一带转来转去，像一只被追杀的家禽，既可怜又令人嫌厌。织云怀着某种混乱的情意注视着他，一张疲惫而年轻的脸，一双冷冷的发亮的眼睛，它们给织云留下很深的印象。

下午一辆带花布篷的黄包车停在米店门口。织云款款地出来上了车，她的脸上扑过粉霜，眉毛修得细如黑线，嘴唇涂得猩红，所经之处留下浓烈的脂粉香气。

去哪里？车夫问，大小姐今天去哪里玩呀？

老地方。织云拍拍腿说，快骑呀，要是误了时间我不付车钱。

瓦匠街两侧的店铺里有人探出脑袋看，他们猜测织云又是去赴六爷的宴会，这在她是常事。风传织云做六爷的姘头已经几年了，店员们常常看见织云出门，却看不见织云回来。

织云回来得很晚，也许根本就不回来。

到了吕公馆才知道宴会是招待两个北京商人的。去的人很多，多半是织云不认识的。织云看见六爷和几个男女从花园里进来，坐到靠里的主桌上。织云就朝那边挤，让一让，让我过去，织云不时地推开那些在厅里挤来挤去的客人，没走几步上来了一个男仆，他拦着织云轻声说，老爷吩咐，今天不要女客陪坐。织云愣了一下，等到明白过来她白了男仆一眼，说，谁稀罕陪他？我还不愿意坐他边上呢。

这天织云喝了好多红酒，喝醉了伏在饭桌上，吵着要回家。旁边的几个女客摸不透她的来历，咬着耳朵窃窃私语。有人说，我认识她，是米店里的女孩。织云用筷子敲着醋碟说，你们少嚼舌头，米店怎么啦？没有米店你们吃什么？吃屎？吃西北风？满桌人都为织云无遮无拦的话语吃惊，面面相觑。织云又站起来，仇恨地环顾了一圈说，这顿饭吃得真没劲，早知道这样我才不来呢。

织云走到大门口，看见阿保和码头兄弟会的一帮人在那里敲纸牌，织云扯了扯阿保的衣领说，阿保，你送我回家。阿保说，怎么，今天不留下过夜了？织云捶了他一拳，骂，我撕烂你的狗嘴，谁跟谁过夜呀？快叫车送老娘回家，我今天不开心，就想回家，回家睡觉去。

瓦匠街上已经是漆黑阒寂的一片了，织云跳下黄包车，对阿保说，回去告诉六爷，我再也不理他了。阿保笑着说，那怎么行？你不怕六爷我还怕呢，我可不传这话。织云鼻孔里哼了一声，谁让他晾了我一晚上？我还没受过这种气。

米店门口有人露宿，那人蜷在被子里，只露出一团乱蓬蓬的头发。织云朝被子上踢了踢，露宿者翻了个身，织云看见他的眼睛睁开来，朝夜空望望又睡着了。她认出来又是那人。他又来了。织云想他怎么又跑到米店门口来了？

那是谁？阿保在车上问，要不要把他赶走？

不要。织云从五龙身上跨过去，她说，就让他睡这儿吧，没家的人多可怜，我就见不了男人的可怜样。

天蒙蒙亮的时候冯老板就起床了，冯老板咳嗽着走出屋子，到墙根那儿倒夜壶。然后他穿过院子和夹弄、店堂，把大门的铺板一块块卸下来，摞在外面。最后他把那杆已经发黑的幌子打出去。多年来冯老板已经形成了习惯，偶尔地他抬眼看看幌子上的那个黑漆写的"米"字，觉得它越来越暗淡了，周围的绢布上也出现了一些隐约的小孔。这是常年风吹雨打的缘故，冯老板尽量不去联想衰败的征兆，他想或许应该换一面新的幌子了。

冯老板连续三天都发现五龙露宿在米店门口。

五龙坐在被窝里，木然地凝望晨雾中的瓦匠街，听见米店的动静他会猛地回头。他看见朱红色的铺板被一块块地卸掉了,冯老板的蓝布长褂在幽暗的店堂里闪着清冷的光。那股大米的清香从他身后奔涌而出,五龙涣散的精神为之一振,在异乡异地唯有大米的清香让他感到亲近和温暖。

你怎么天天睡在我家门口?冯老板盘问道。

五龙摇摇头,用一种梦幻的目光看着他。

那儿有个布篷,夜里能躲露水。冯老板指着对面杂货店说,我说你为什么不去那儿睡呢?

我喜欢在这里。这里能闻到米香,五龙爬起来飞快地卷起铺盖,他说,我只是睡在这儿,我从来没偷过你们的一粒米。

我没说你偷了。冯老板皱了皱眉头,你从哪里来?

枫杨树,远着呢,离这儿八百里路,城里人不知道的。

我知道枫杨树,那是个大米仓。年轻时我去运过米。你为什么不在那儿种田了?怎么一窝蜂都跑城里来了呢?

发大水了,稻子淹光了。不出来怎么办?不出来就要饿死了。

出来就有好日子吗?这年头生死由天,谁都做不了自己的主。城里的日子跟乡下也一样的难过。

冯老板叹着气转过身去,他开始清扫店堂,把地上的米粒都扫起来倒进一只箩筐里。冯老板想起家国之事,心里总是很沉重。这时候他听见门外的人说,老板,你要伙计吗?

冯老板耳朵有点背，他直起身子，看见五龙的脑袋探了进来，乱蓬蓬的头发上沾满了枯黄的草灰。

你说什么？你要做我的伙计？冯老板惊诧地问。

五龙的手紧张地抠着门框，眼睛看着地上，他那沙哑的带有浓重口音的语调听来很古怪，老板，留我在米店吧，我有力气，我什么都能干，我还上过私塾，认识好多字。

我有两个伙计了。冯老板打量着五龙，他说，店里不缺人手，再说我没有余钱雇人了，做米店生意的都是赚个温饱，摆不了什么大场面。

我不要工钱，只要有口饭吃，不行吗？

说的也是。逃荒的想的就是这口饭。冯老板撂下手里的笤走近五龙，眯起眼睛想着什么，神情有些微妙的变化，他拍拍五龙的肩背说，身体是挺壮实，可是我没地方给你睡觉，你睡哪儿呢？

哪儿都行。五龙的脸上闪过惊喜的红光，他指着地上说，我睡地上，我在哪儿都一样，就是站着睡也行呀。

说的也是。冯老板颔首而笑，他淡淡地说，那你就进来吧。俗话说，救人一命胜造七级浮屠。

五龙的一条腿松软下来，它弯曲着想跪下，另外一条腿却死死地直撑在米店的台阶上。他低下头惶惑地看着自己的双膝，它们是怎么啦？五龙的腭部因为突如其来的冲动而紧张着，从腭部以下，直到心脏都有疼痛的感觉。

你怎么啦？冯老板见五龙僵立着，怎么不进来，是不是变卦了？你求我的事，可不是我开口的。

不。五龙大梦初醒地跨进米店，他说，我进来了，进来了。

绮云边走边梳着长辫子从里面出来，她狐疑地扫了五龙一眼，对冯老板喊，爹，大清早的你怎么让他进来了？不嫌晦气？这个臭要饭的，你看我不把他撵出去才怪。

我留他做伙计了。冯老板说，说定了只供吃饭不付工钱的。

什么伙计？绮云圆睁杏目尖声说，爹，你老糊涂了，我们家不缺伙计，雇来个要饭的干什么？把他当猪喂吗？

别大惊小怪的。冯老板狠狠地瞪了女儿一眼，店里的事你不懂，我有我的打算，再说他也可怜。

你们都假充善人，天下可怜的人多了，你都去把他们弄回家吧。绮云跺着脚说，气死我了，雇个要饭花子做伙计，让别人笑话。让我怎么告诉别人？

我不是要饭的。五龙在一旁涨红了脸申辩，你怎么非要糟践人呢？我对你说过我不是要饭的，我是离家出门找生计的人，我们枫杨树的男人全都出来了。

管你是谁，绮云怒气冲冲地对他说，谁跟你说话？我讨厌你，你别挨近我，别挨近我！

从五龙跨进大鸿记米店的这一刻起，世界对他而言再次变得陌生新奇，在长久的沉默中他听见了四肢血液重新流动的声音，他真的听见枯滞的血突然汩汩流动起来，这个有雾的早晨，将留给五龙永久的回忆。

整个上午买米的人络绎不绝。冯老板扔给五龙两块烧饼，让他吃完去仓房扛米。五龙觉得米袋上肩后脚板有点发飘。这是饥饿的缘故，他想只要再吃上两顿饱饭，力气会像草芽一样噌噌地长出来。五龙的嘴角上沾着些芝麻屑，带着一种快乐的神情在店堂出出进进，除了绮云鄙视的眼光偶尔掠过，并没有人注意五龙。到了十点多钟，柜台上清闲下来，他得以缓一口气。五龙坐在一张破旧的红木靠椅上，不安地调整着姿势。他注视着米店内外，匆匆来去的人和悄然无声的米囤。阳光经过护城河河水的折射，在街面上投下白色的波浪形状，瓦匠街充满了嘈杂的市声，有时远远地从城门传来刺耳的枪响。一个妇女在杂货店门口无休无止地哭泣，她的钱包被小偷偷走了。五龙有一种恍然若梦的感觉，现在我是否真正远离了贫困的屡遭天灾的枫杨树乡村？现在我真的到达城市了吗？

织云在午饭前起床了。五龙看着她睡眼惺忪地坐到饭桌上，从伙计老王手上接过饭碗。她吃饭时仍然在打哈欠。织云还没卸掉夜妆，脸上又红又白，眼圈是青黑色的。她穿一件粉色的绸子睡袍，因架腿坐着露出一条雪白滚圆的大腿。五龙不敢多看，闷头拼命吃饭。他和两个伙计坐在另一张小桌上，主仆有别，五龙对此有清醒的认识。

五龙在盛第四碗饭的时候看见绮云盯着他的碗，绮云说，他又盛啦。爹，你看你找的好伙计，他比猪还能吃！五龙抓饭铲的手停留在空中，他回头说，还让吃吗？不让就不吃了。他听见所有人都嘻嘻地笑开了，这使他很窘迫。

你饱了没有？冯老板说，饱了就别吃了，米店的米也要花钱买的。

那我不吃了。五龙涨红了脸说，我已经吃三碗了。

织云咯咯地笑得弯下了腰，她捂着肚子对五龙说，吃，别理这些吝啬鬼，能吃几碗吃几碗，哪有不让人吃饱的道理？

你知道他能吃多少？绮云说，他简直像一头牛，你给他一锅照样能吃光。

五龙的脸由红转青，他低声咕哝了一句，我饱了，饱了，就把碗朝桌上一扣，走到院子里去。他的愤怒很快被三碗饭带来的幸福冲淡了，他懒懒地剔着牙，朝院子四周打量着。午后阳光突然消失了，天空阴沉，是一种很冷的铅灰色，空气中蕴含着雨前的潮意，他看见晾衣竿上仍然挂着米店姐妹的内衣和丝袜，而旁边米仓的门敞开，飘散出新米特有的香味。五龙简单地回顾了流浪的过程，他觉得冥冥中向往的也许就是这个地方。雪白的堆积如山的粮食，美貌丰腴骚劲十足的女人，靠近铁路和轮船，靠近城市和工业，也靠近人群和金银财宝，它体现了每一个枫杨树男人的梦想，它已经接近五龙在脑子里虚拟的天堂。

第二章

瓦匠街上最引人注目的女孩就是米店的织云。

织云天真无邪的少女时光恍如一夜细雨，无声地消逝。织云像一朵妩媚的野花被六爷玩弄于股掌之间已经多年，这也是瓦匠街众所周知的事实。

传说织云十五岁就结识了六爷，那时候米店老板娘还活着。冯老板天天去泡大烟馆，把米店门面撂给老板娘朱氏。朱氏则天天坐在柜台上骂丈夫，骂完了叫织云去把他拉回家，织云就去了。织云记得有天下雨，她打着油纸伞走过雨中泥泞的街道，从瓦匠街到竹笠巷一路寻过去，心中充满对父亲的怨恨。那家烟馆套在一家澡堂内部，进烟馆需要从池子那里过。织云看见一些赤条条的男人在蒸汽中走来走去，她不敢过去，就尖着嗓子喊，爹，你出来。许多男人从门后闪出来看。织云扭过脸说,谁叫你们？我叫我爹。澡堂的工人说,烟馆在里面呢,听不见的。你就进去叫你爹吧,小姑娘没关系的。织云咬咬牙,用双手捂着眼睛急急地奔过了男澡堂,又拐了几条黑漆漆的夹弄,她才看见烟馆的两盏黄灯笼,这时委屈的泪就扑簌簌地掉下来了。

大烟馆里烟雾缭绕,奇香扑鼻,看不清人的脸。织云抓着雨伞沿着那些床铺挨个寻过去,终于看见了父亲。冯老板正和一个中年男人聊天,冯老板脸上堆满了谄媚和崇敬的表情。那个人衣冠楚楚,绅士打扮,他坐在沙发上看报纸,嘴里叼着一支雪茄,手腕上拴着一条链子,长长地拖在地上,链子的另一端拴着一条高大的德国狼狗。织云委屈得厉害,也顾不上害怕,冲过去就把冯老板往床下拖,带着哭腔说,你在这儿舒服,大家找得你好苦。织云的脚恰好踩在拴狗的链子上,狼狗猛地吠起来。她惊恐地跳到一边,看见那个男人喝住了狗,回头用一种欣赏的目光直视她的脸。

织云,别在这里瞎嚷。冯老板放下烟枪,轻声对织云说,这是六爷,你跪下给六爷请个安。

干吗给他跪？织云瞟了六爷一眼,没好气地说,难道他是皇帝吗？

不准贫嘴。冯老板说,六爷比皇帝还有钱有势。

织云迷惑地看看六爷的脸。六爷并不恼,狭长锐利的眼睛里有一种意想不到的温柔。织云脸上泛起一朵红晕，身子柔软地拧过去，绞着辫梢说，我给六爷跪下请安，六爷给我什么好处呢？

六爷抖了抖手腕，狗链子朗朗地响着。他发出一声短促而喑哑的笑，端详着织云的侧影，好乖巧的女孩子，你要什么六爷给什么。说吧，你要什么？

织云毫无怯意。她对父亲眨眨眼睛，不假思索地说，我要一件水貂皮的大衣，六爷舍得买吗？说着就要跪，这时六爷伸过来一只手，拉住她的胳膊。她觉得那手很有劲。

免了。六爷在她胳膊上卡了一下，他说，不就是水貂皮大衣吗？我送你了。

织云忘不了六爷的手。那只手很大很潮湿，沿着她的肩部自然下滑，最后在腰际停了几秒钟。它就像一排牙齿轻轻地咬了织云一口，留下疼痛和回味。

第二天阿保抱着一只百货公司的大纸盒来到米店。冯老板知道阿保是六爷手下的人，他招呼伙计给量米，说，阿保你怎么拿纸盒来装米？阿保走到冯老板面前，把纸盒朝他怀里一塞，说，你装什么傻？这是六爷给你家小姐的礼物。他认织云做干女儿啦。冯老板当时脸就有点变色，捧纸盒的手簌簌发抖。阿保嬉笑着说，怎么不敢接？又不是死人脑袋，是一件貂皮大衣，就是死人脑袋你也得收下，这是六爷的礼物呀。冯老板强作笑脸，本来是逢场作戏的，谁想六爷当真了，这可怎么办呢？阿保倚着柜台，表情很暧昧地说，怎么办？你也是买卖人，就当是做一笔小生意吧，没什么大不了的事。

冯老板把织云从里间叫出来，指着织云的鼻子骂，都是你惹的事，这下让我怎么办？这干爹是我们家认得的吗？织云把纸盒抢过来，打开一看惊喜地尖叫一声，马上拎起貂皮大衣往身上套。冯老板一把扯住织云，别穿，不准穿。织云瞪大眼睛说，人家是送给我的，我为什么不穿？冯老板换了平缓的语气说，织云，你太不懂事，那干女儿不是好当的，爹一时也对你说不清楚，反正这衣服你不能收。织云抓紧了貂皮大衣不肯放，跺着脚说，我不管，我就要穿，我想要件大衣都快想疯了。

冯老板叫了朱氏来劝，织云一句也听不进去，抓着衣服跑进房间，把门插上，谁敲门也不开。过了一会儿织云出来，身上已经穿着六爷送的貂皮大衣。她站在门口，以一种挑战的姿态面对着父母，冯老板直直地盯着织云看，最后咬着牙说，随你去吧，小妖精，你哭的日子在后面呢。

也是深秋清冷的天气，织云穿上那件貂皮大衣在瓦匠街一带招摇而过。事情果然像冯老板所预料的那样逐渐发展，有一天六爷又差人送来了帖子，请织云去赴他的生日宴会。

米店夫妻站在门口，看着黄包车把织云接走，心情极其沮丧，冯老板对朱氏说，织云还小呀，她才十五岁，那畜生到底安的什么心？朱氏只是扶着门嘤嘤地啜泣。冯老板叹了口气，又说，这小妖精也是天生的祸水，随她去了，就当没养这个女儿吧。

更加令人迷惑的是织云，她后来天天盼着六爷喊她去。她喜欢六爷代表的另一个世界，纸醉金迷的气氛使她深深陶醉。织云的容貌和体形在这个秋天发生了奇异的变化，街上其他女孩一时不敢认她。织云突然变得丰腴饱满起来，穿着银灰色貂皮大衣娉婷玉立，俨然是一个大户小姐。有一天织云跟着六爷去打麻将，六爷让她摸牌，嘴里不停地叫着，好牌，好牌，一边就把她拖到了膝盖上去，织云也不推拒，她恍恍惚惚地坐在六爷的腿上，觉得自己就像一只小猫，一只不满现状的小猫，从狭窄沉闷的米店里跳出来，一跳就跳到六爷的膝上，这是瓦匠街别的女孩想都不敢想的事，而织云把它视为荣誉和骄傲。

你知道六爷吗？有一天她对杂货店的女孩说，你要再朝我吐唾沫，我就让六爷放了你，你知道什么叫"放"吗？就是杀了你，看你还敢不敢吐唾沫？

米店夫妻已经无力管教织云。有一天冯老板把大门锁死，决计不让织云回家。半夜时分就听见织云在外面大喊大叫，你们开不开门？我只是在外面玩玩，又没去妓院当婊子，为什么不让我回家？米店夫妻在床上唉声叹气，对女儿置之不理，后来就听见织云爬到了柴堆上窸窸窣窣地抽着干柴，织云喊着爹娘的姓名说，你们再不开门，我就放火烧了这破米店，顺便把这条破街也一起烧啦！

织云作为一个女孩在瓦匠街可以说是臭名昭著，街上的妇女在茶余饭后常常把她作为闲聊的材料，孩子们耳濡目染，也学会冲着织云的背影骂，小破鞋，小贱货。人们猜测米店夫妻对女儿放任自流的原因，一半是出于对织云的绝望和无奈，另一半则是迫于地头蛇六爷的威慑力。瓦匠街的店铺互相了如指掌，织云与六爷的暧昧关系使米店蒙上了某种神秘的色彩，有人甚至传言大鸿记是一爿黑店。

米店的老板娘朱氏是在这年冬天过世的。之前她终日呆坐于店堂，用一块花手帕捂着嘴，不停地咳嗽，到了冬至节喝过米酒后，朱氏想咳嗽却发不出任何声音了。冯老板找了副铺板把她抬到教会医院去，有人看见朱氏的脸苍白如纸，眼睛里噙满泪水。朱氏一去不返，医生说她死于肺痨。街上的人联系米店的家事，坚持说老板娘是被织云气死的。这种观点在瓦匠街流行一时，甚至绮云也这样说，朱氏死时绮云十三岁了，绮云从小就鄙视姐姐，每次和织云发生口角，就指着织云骂，你当你是个什么东西？你就知道跟臭男人鬼混，臭不要脸的贱货。织云扑上去打妹妹的耳光，绮云捂着脸蛋呜呜地哭，嘴里仍然骂，贱货，你气死了娘，我长大饶不了你。

五龙后来从别人嘴里听说了这些事情，米店打烊后寂寞难耐，他溜到斜对面的铁匠铺跟铁匠们聊天。铁匠们津津有味地谈论米店，说到织云他们的眼睛燃起某种猥亵的火焰。五龙的反应很平淡，他摊开手掌在火上烤着，若有所思，五龙说，这有什么？女人就这么回事。铁匠们调侃他说，嘿，你倒护起她来了？她让你摸过奶子吗？五龙绷着脸，对着火翻动手掌，他说，关我什么事？反正她又不会嫁给我。摸奶子算什么？她让我摸我也不摸。

秋天已经随着街上刺槐的落叶悄悄逝去。冷风从房屋的缝隙和街口那里吹来，风声仿佛是谁的压抑的哭泣。五龙光着脚走来走去，感到深深的凉意。又是冬天了。冬天是最可怕的季节，没有厚被，没有棉鞋，而肠胃在寒冷中会加剧饥饿的感觉。这是长久的生活留下的印象。五龙想象着他的枫杨树老家，大水现在应该退掉了。大水过后是大片空旷荒芜的原野以及东斜西歪的房屋，狗在树林里狂吠，地里到处是烂掉的稻茬和棉花的枯枝败叶，不知道有多少枫杨树人重返了家园。无论怎样，枫杨树乡村的冬景终将是凄凉肃杀的。无论怎样，五龙不想回乡，一点不想。

他站在铁匠铺和米店之间的街面上，朝长长的瓦匠街环顾了一番，他瘦削的身影被夕暮的阳光投射在石板路上，久久地凝固不动，就像一棵树的影子，街上有孩子在滚铁箍，远远的街口那有一个唱摊簧的戏班在摆场，他听见板胡和笛子一齐尖厉地响起来，一个女孩稚嫩的有气无力的唱腔随风飘来。飘过来的还有制药厂古怪的气味和西面工厂区大烟囱的油烟。街道另一侧有人在大锅里炒栗子，五龙回过头看见他们正把支在路边的铁锅抬走，让一辆黄包车通过瓦匠街。掌铲的伙计怪叫了一声，你们看谁来了？

车上坐着米店的大小姐织云。织云斜倚在靠背上，脸色苍白，神情也不像往日鲜活，有个穿黑衣戴鸭舌帽的男人挨着她，五龙认出了阿保，对那夜在码头上的回忆使他头皮发冷。他闪身躲到电线杆后面，不安地看着那辆黄包车慢慢驶过来，停在米店面前。

阿保把织云扶下车。织云明显是哭过了，眼圈红肿着。阿保的一只手摁在织云丰满的臀部上，两个人一起进了门。五龙站在电线杆后面，他内心有一个隐秘的冲动，打死阿保，打死这个畜生。如果是在枫杨树的水稻田里，五龙的仇恨足以让他实施这个愿望，用石头砸，用镰刀砍，或者就用两只手卡紧他的脖子，但这是在异乡异地的瓦匠街，五龙深知陌生的城市和寄人篱下的处境使自己变得谨慎而懦弱了。他只是在想。想。他不敢干。

绮云站在米店门口高声喊五龙的名字。五龙匆忙跑过去，看见绮云一脸厌恶烦躁的样子。她说，你去伺候一下织云，说是病了，又哭又闹的，我懒得管她。五龙说，不是有个男人陪她吗？绮云说，你别胡说八道的，让你去你就去，别让阿保在她房间待久了，懂吗？

我去有什么用？五龙嘀咕着朝后院走，正好撞见阿保从织云房间出来。五龙想从他身旁绕过去，阿保狐疑地瞪着他，突然一把抓住五龙的手腕，拽着朝店堂里拖。绮云迎过来说，阿保你拽着他干什么？他是我家新雇的伙计。阿保说，什么，找这家伙做伙计了？绮云说，是我爹的主意，不过他干活还算老实。阿保哼了一声，撂开五龙的手，那你们可小心着点，这家伙不像老实人。绮云惊疑地问，你认识他？他是小偷吗？阿保狡黠地笑了笑，他直视着五龙的脸说，不会比小偷好，我看他的眼睛就像看到自己，他跟我一样凶。绮云说，这是什么意思？阿保竖起大拇指说，人不是都害怕我吗？所以我让你们也提防点他。

五龙低下头自顾往里走，嘴唇几乎咬出血来，他心里说，这是条莫名其妙缠住我的疯狗，我真的很想杀死他。他慌慌张张地推开织云的房门，回头一望，阿保摇晃着肩膀朝门外走，绮云对着他的背影喊，你要真的对我家好就去告诉六爷，放了织云，别把她当只破鞋耍了。恶心。

织云躺在床上呜呜地哭着，双手抓着头发。她说，疼死我了，我要疼死了。五龙觉得她那种痛苦的模样很滑稽，他走到床前蹲下去给织云脱鞋，说，小姐哪里疼？织云愣愣地看着五龙，高声说，哪里都疼，疼死我了。织云攥着不让五龙脱她的鞋，滚开，你给我脱鞋干什么？难道你也配跟我上床吗？五龙好不容易硬扒下一只高跟鞋，他说，我可不敢，二小姐让我来伺候你，你病了就睡一会儿吧。没承想织云飞起一脚，正好踢在五龙脸上。五龙捂着脸退后几步，满腔愤怒忍住不敢发作。织云说，他妈的，什么男人都想来碰我，我是好欺负的吗？五龙苦笑着说，什么男人都想碰你，可是我从来没碰你。他去倒了一盆热水，把毛巾浇热了递给织云，大小姐，你看来受谁的气了，擦把脸消消气吧。这句话说到织云的伤口上，织云拍着枕头又大哭起来，边哭边说，我怎么不气？我气死了，他凭什么打我，那狼心狗肺的老色鬼，我陪他玩了这么多年，他却动手打我，打我呀！

至此五龙才明白织云哭闹的原因。原来是六爷打了她。他不知道六爷为什么打她，无论在什么地方，男人打女人都是正常的事情，女人总有一些欠揍的地方，五龙想她有什么可伤心的呢，这是活该。他这样想着嘴角浮现出一丝冷笑，悄悄地往门外走。

你给我站住。织云在后面喊，一只枕头砸过来，软软地打在五龙的后背上,你他妈就是这么伺候我的吗?

五龙放下了门上的布帘,他回过头说,小姐该睡觉了,我在这里多不方便。

什么方便不方便的,我才不在乎呢。织云说,我身上疼得没办法,你倒想走了?

你让我怎么办呢? 五龙愁眉苦脸地说,我还能干什么,要不去找个郎中给小姐敷点药吧?

不要郎中,我要你给我揉。织云突然诡秘地一笑,五龙,我要你给我揉。来呀,我不怕你还怕什么呢。五龙看见织云的指尖上涂了蔻丹,鲜红鲜红的手指在胸脯上弹跳了几下,利索地解开旗袍的襟扣,然后就撕开了粉红色的胸衣。五龙张大嘴,惊愕地看见织云雪白高耸的奶子,半掩半露着,上面布满黑红的印痕,他的喉咙里含糊地咕噜了一声,扭过脸去掀布帘子,心怦怦乱跳着。

没出息的货。隔着布帘听见织云的一阵疯笑声和诅咒声。五龙红着脸对墙打了一拳,他说不上来自己是一种什么样的心情,他在想那些黑红的印痕是怎么回事。

五龙的青年时代很少经历这种独特的场面。在枫杨树乡村也有这样的女人,她们与过路的杂货商和手艺人在草垛里苟合,早晨家里的男人手持镰刀或树棍沿路追逐那些女人,女人尖叫的声音听起来像春天房顶上的母猫。那是在遥远的乡村,一切都是粗野缺乏秩序的。而织云半掩半露的乳房向五龙展现了城市和瓦匠街的淫荡。这是另一种压迫和欺凌。五龙对此耿耿于怀。入夜他在地铺上辗转反侧,情欲像一根绳索勒紧他的整个身体,他的脸潮热而痛苦。黑暗掩盖了狂乱的内容。他感到羞愧。他闻见被子上和米店漆黑的店堂里充斥着精液腥甜的气味。

很长时间里五龙的眼睛躲闪着大小姐织云,他不敢看她薄薄的涂着口红的嘴唇,更不敢看她丰满的扭动幅度很大的臀部。这种心理与其说出于腼腆本分,不如说是一种小心的掩饰。五龙害怕别人从他的目光中察觉出阴谋和妄想,他的心里深藏着阴暗的火,它在他的眼睛里秘密地燃烧着。

这天早晨五龙在院子里打水。他听见织云的窗子咯咯响着被推开了,织云略显苍白的脸出现在窗前。她伸出食指对五龙勾了勾,示意他去她房间。五龙不知道她想干什么,疑惑地进了门,看见织云已经坐到梳妆台前,懒懒地梳着头发,也不跟他说话,只听见木梳在她烫过的长发上吱吱地响着,她看着圆镜,突然叹了一口气。

等会儿你跟我上百货公司。织云放下梳子,拍了拍额上的发端,我要给你买双鞋子,还要买两双袜子。

怎么啦?小姐怎么想到给我买鞋子?五龙僵立着说。

刚才看你半天了,这么冷的天还穿双破胶鞋,看得人心里也冷。

五龙抬起自己的脚，那两只黑胶鞋鞋尖上各有一个洞，露出两根黄白色的脚趾，是冯老板从床底下翻出来给他穿的。五龙看着自己的脚说，我也惯了，干活干多了就顾不上冷啦。

那么你是不是喜欢这么受冷？织云转过脸，乜斜着眼睛看五龙，你要是喜欢就别要新鞋了，好像我求着你似的。

小姐千万别这么说，五龙连忙拱着手说，我知道大小姐心善，我再贱再穷也是血肉身子，怎么会喜欢受冷呢？

你知道就好。织云朝脸上扑着粉霜，我不像绮云那么心冷，我还就爱可怜别人，心肠特别软，就是不知道自己将来会不会也受苦，别人会不会也可怜我。

小姐天生富贵命，怎么会受苦呢？五龙凝视着镜子，镜子里织云的脸上有一种真切的忧伤，这让他感到很陌生。他低下头想了想，又说，受苦的是我们，老天造人很公平，造一个享福的人，就要造一个受苦的人，我和小姐就是其中的一对。

什么一对？织云咯咯地笑起来，她的表情总是瞬息万变，指着五龙的鼻子说，你说我和你是一对？我要笑死了。

不，我是说享福和受苦是一对。五龙微红着脸解释道。我哪儿有这命呢？

织云后来招呼五龙出门时被绮云听见了，绮云堵着门不让他们出去，她对织云说，你抽什么疯？他这样的男人你也要带上街，他还要干活呢。织云推搡着绮云说，好狗不挡道，你拦什么？这样的男人你也要吃醋？我看他没鞋穿，我要带他去买鞋子。绮云冷笑一声说，又在充善心了，拿着柜上的钱去做好人，也不嫌恶心。织云的细眉愤怒地拧紧了，她骂了句粗话，放屁，我的钱都是六爷给我的，我愿意怎么花就怎么花，关你什么事？说着回头对五龙说，我们走，别去理她！她是个小醋坛子。

五龙窘迫地倚墙站着，听姐妹俩做着无聊的争执。他心里对双方都有点恨，一双鞋子，买就买了，不买拉倒，偏要让他受这种夹裆气。他看见冯老板也出来了，冯老板微微皱着眉头说，别瞎吵了，街坊邻居听到还以为什么大事，绮云你让他们去，这鞋是我让织云带五龙买的。又对织云说，买双结实耐穿的，别买皮鞋，他是干力气活的人。五龙在一边听冯老板话里的意思，仇恨又转移到他身上。这老家伙最会见风使舵，他是否在暗示织云买一双草鞋呢？草鞋只要几分钱一双。五龙想米店里是没有人真心对他好的。他深知怜悯和温情就像雨后街道的水洼，浅薄而虚假，等风吹来太阳出来它们就消失了。不管是一双什么鞋子都收买不了我，其实他们谁也没把我当人看。五龙想，仇恨仍然是仇恨，它像一块沉重的铁器，无论怎样锻打磨蚀，铁器永远是铁器，坠在他的心里。

从冬天开始，五龙就穿着织云给他挑的一双帆布面的棉鞋。冬天瓦匠街上刮着凛冽的北风，石板路上的污水在夜里结成了冰，尤其是清晨，湿冷的寒气刺入你的骨髓。五龙害怕这样的冬天，但他必须在天亮前钻出被窝，去街口的小吃店给米店一家买油条、烧饼和豆浆。那些赶早买菜的家庭主妇看见五龙的脸长满了冻疮，一手拎着装早点的篮子一手拎着菜蔬，在街市上盲目地徘徊。他的目光是躲躲闪闪的，但是仔细捕捉可以发现一种怨艾和焦躁的神色。

冬天的黄昏，冯老板频繁出没于清泉大浴室，这也是瓦匠街许多小业主抵御冬寒的措施。冯老板有时带着五龙去，让他擦背敲腿的。五龙乐于此道，澡堂里暖烘烘的气息和人们赤条条的身体使他感到松弛。他裸着全身，所有的男人都裸着全身，最隐秘的生殖器暴露在昏暗的光线中。唯有在澡堂的蒸汽和水声中，五龙抑郁的心情才得以消缓。我与你们原本是一样的。五龙将油腻腻的毛巾卷在手上替冯老板擦背。我们原本是一样的，为什么总是我替你擦背？为什么你却不肯给我擦背？一样地长了条鸡巴，一样地身上积满污垢，我却在不停地给这个老家伙擦背，擦背，擦背，为什么？五龙这样想着动作就会消极怠慢下来。

五龙在池子边碰到过码头兄弟会的那帮人,他看见他们呼啦啦跳入热水中时,小腹奇异地抽搐了一下。他想水汽可能会挡住那些暴虐寻衅的眼睛,但冯老板已经在招呼阿保了,冯老板说,阿保,让我的伙计给你擦擦背。然后他看见阿保踩着水走过来,阿保眯着眼睛注视着五龙,一只手在毛茸茸的肚脐上轻轻拍打,他说,给我擦背,擦不好我饶不了你,擦好了赏你一块大洋。五龙扭过脸不去看阿保白皙发福的身体,他说,我给你擦背,以后请你别盯住我不放,我跟大哥无冤无仇的。阿保从水中跳出来,躺到木板上说,那可不一定,我天生喜欢跟人过不去,什么无冤无仇?老子不管这一套,谁不顺眼就治谁,码头兄弟会就干这事。

五龙看着阿保俯卧在木板上的身体,那个身体白得令人憎厌,像女人般的肥厚多肉的臀部微微撅起,肛门处露出几根弯曲的黑毛。五龙朝他身上泼了点水,然后用劲地搓洗他的肩胛、手臂和双肋处。五龙的手轻轻触摸他的松软缺乏弹性的皮肤,皮下是棉花絮状的脂肪和暗蓝的血管。五龙有种灼热的欲望,他想他的手只要从这只臀部下伸过去,就能抓住两只睾丸,只要用劲一捏,这个狗杂种就完蛋了。五龙又想起枫杨树乡村宰牛的壮观场面,他真想把阿保当作一条疯牛宰了。那也很容易,只要一把尖刀,在最柔软的部位下手,他就可以把阿保的整张人皮唰地撕下来,五龙这样想着，手突然颤抖起来，眼睛里迸射出湿润而幸福的光芒。

风吹打着米店的布幌，噼啪作响，是一个寒冷的黄昏。

五龙从铁匠铺里出来，一路拍打着墙壁，径直走到冯老板面前。冯老板正坐在柜台前数钱，他抬头看见五龙怕冷似的缩着肩，木然地站着，五龙明亮的眼睛闪闪烁烁的。

对面打铁的老孙死了。五龙突然说，才咽的气。

听说了，得的是伤寒吧？冯老板说，你没事少往那边跑，要是染上病大家都倒霉。

他们现在缺一个打锤的，打锤的要有力气，他们想让我去。

怎么？冯老板关上钱箱，抬眼审视着五龙，语气中含有一丝揶揄，你也学会跳槽了？谁教你这一手的？

他们说每月给我五块大洋，吃住在店里。五龙冷静地回答，他的指关节插在棉衣怀里活动着，发出咯咯的脆响，我不是傻子，我想去。

冯老板有点诧异地瞪着五龙，然后露出一丝讥讽的笑意。看来好心是没有好报的，病狗养好了都要咬人。冯老板叹了口气，重新打开钱盒数起铜板来，那么你说吧，你想要多少？

五块。我想我花在店里的力气值五块钱。

拿去吧。冯老板扔过来一块大洋，当，又扔过来一块，一共扔了五次。他的表情悻悻的，同时不乏捉弄的意味。拿去吧，冯老板说，你现在像个人了，知道讨工钱了。

五龙弯下腰，把地上的五块钱币慢慢地捡起来。他对着钱币吹了吹，好像上面落了灰尘。他的脸上泛起不均匀的红晕，红晕甚至爬上了他裸露的脖颈和肩胛处。冯老板听见他浊重的喘息声，他把钱塞进棉袄里朝门外走，猛然回头说，我要重新买双鞋，我就要买皮鞋，皮鞋。

冯老板看着他的背影愣了半天，幡然醒悟了那句话的含义。帆布面鞋子和皮鞋，一个被遗忘的细节。他竟然还在赌气。冯老板想想觉得不可思议。这么多天了，他竟然还在为一双鞋子赌气。冯老板突然意识到五龙作为男人的性格棱角，心胸狭窄，善于记仇。他一直把五龙当作可怜畏葸的流浪者，忽略了他种种背叛和反抗的迹象。冯老板站起身走到门口，他看见五龙在傍晚空寂的大街上疾走，仍然缩着肩，步态呈轻微的八字，硕大的被剃得发亮的头颅闪着微光，最后消失在街口拐角处不见了。

狗日的杂种。冯老板倚门骂道。不管怎样，他从心理上难以接受逐渐显现的事实。事实就是五块大洋，还有一双未知的皮鞋，它冷峻地摆到了冯老板的面前。

皮鞋？他要皮鞋？冯老板嘀咕着锁上红木钱箱，然后他抱着它朝后院走。绮云在厨房里乒乒乓乓地剁白菜。冯老板对着厨房说,你知道五龙干什么去了? 他去买皮鞋啦。说完自己笑起来。绮云说,买皮鞋? 不是才买了双鞋吗? 这样的人给他竹竿就要上梁,你们走着瞧吧。冯老板突然恼怒起来,对着厨房里喊,那你让我怎么办? 我难道喜欢这狗杂种吗? 我是要他的力气,力气,干活,你明白吗?

五龙回来时天已经黑了,冯老板看见他在厨房里盛冷饭吃。他蹲着,嘴角因为充塞了饭团而鼓起来,牙齿和舌间发出难听的吧唧吧唧的声音。冯老板发现他是空着手回来的,他隔着厨房的窗户问,你买的皮鞋呢? 给我看看你的皮鞋。

钱不够。五龙淡淡地回答,他的神情已复归平静。

当然不够,要不要把下月工钱先支给你?

用不着。五龙低下头扒了一口饭,他说,其实我什么也不想买,我只是在街上走了一趟。我觉得憋闷得厉害。我在街上瞎走走心里就舒服多了。

在深夜里五龙谛听着世界的声音,风拍打着米店面向街道的窗户,除了呼啸的北风,还有敲更老人的梆子声。一切都归于死寂。面对着寒冷和枯寂,他不止一次想起那列在原野上奔驰的运煤火车,米店和整条瓦匠街就像一节巨大的车厢,拖拽着他,摇撼着他。他总是在昏昏沉沉的状态中睡去。

依然在路上,离乡背井的路又黑又长。摇晃着。人、房屋、牲畜和无边无际的稻子在大水中漂流。他还梦见过那个饿毙街头的男人,他的脑袋枕在麻袋上,头发上结了一层白色的霜粒。五龙看见自己在漆黑的街道上狂奔,听见自己恐怖的叫声回荡在夜空中,那么凄凉,那么绝望。

第三章

遇到太阳很好的天气，织云把藏在箱子里的衣物全部架到院子里晾晒，丝绸、呢绒和皮货挤满了小小的院子，散发着一股樟脑的气味。织云珍惜她的每一件漂亮时髦的衣物，它们也是她在青年时期唯一重要的财产。到了冬天织云微微有点发胖，看上去更加白皙丰腴，即使在室内，织云的下颏和半边脸仍然埋在狐狸皮围脖里，让人联想到电影里那些娇气美丽的女演员。

织云的心情像天空一样明朗，她坐在一张摇椅上，带着满意自得的表情凝视自己的每一条丝围巾、每一套花缎旗袍。午后的阳光从两侧的屋檐上倾泻下来，柔软的丝绸像水一样地波动，静心捕捉甚至能听见一种细微的令人心醉的噼啪声。织云不停地晃动摇椅，随口哼起一支流传在城北码头一带的苏北小调。小调轻佻粗俗而充满性的挑逗，织云哼着突然就捂着嘴笑起来，真滑稽，真下流，她对自己说。她不知道是什么时候学会唱这种小调的。另外，她的不断变花样的骂人话往往脱口而出，这也许是她无师自通，也许是与码头兄弟会那帮无赖恶棍长久厮混的缘故。织云知道自己是个什么样的女孩，什么样的人和事物都会轻易地影响她，导致她简单的喜怒哀乐。

五龙，你过来。织云看见五龙朝院子探了探头就把他叫住了，你过来，给我看着这些东西。

为什么要看着？五龙无精打采地走过来，棉袄上落满了白色粉灰，他拍打着袖管和裤腿，在院子里还怕人偷吗？

不怕野贼怕家贼。织云神秘地说，我要出门，我不放心我的漂亮衣裳。

谁是家贼？我偷这些东西干什么用？

我不是说你，你多什么心呢？织云推搡着五龙说，她朝店堂那里努努嘴唇，当心绮云，她就嫉妒我有这么多漂亮衣裳。她什么也没有。你当心她朝我旗袍上吐唾沫。

她会吗？五龙微笑着很感兴趣地问，她会吐唾沫？

去年我晾衣服时她就吐了。你不知道她有多阴毒，坏心眼一箩筐。

你是姐姐，你怎么不狠狠治她一顿呢？五龙抱着双臂漫不经心地说，二小姐在家里张狂了点，我也怕她。

我不跟她计较。她能持家，爹处处宠她，当个什么宝贝。织云从摇椅上腾地坐起来，她说，我才不愿守着这个破米店熬日子，我两天不出门就头晕气闷。

院子里没有人了。五龙无聊地绕着晾衣竿转了一圈，悬挂的旗袍有时就像一个女人的形状，逼近了可以闻到残留的脂粉的气息。阳光直射到他新剃的头顶，产生一种微妙的酥痒的感觉，他抓抓头发，头发像针一样直立着，有点微热，什么也没有，然后他伸手摸了摸面前的鹅黄色的无袖丝袍，一种柔软滑腻的触觉从手指传及他的身体，就像一摊水最后渗入血液，五龙莫名地打了个寒战，他怀着突如其来的幻想注视着那件鹅黄色的旗袍，心绪纷乱不安。那是夏天穿的衣裳。那是夏天，美貌风骚的织云穿着它在米店出出进进，夏天他们在这里干了些什么？夏天他还在枫杨树乡村的稻田里打稗草，洪水还没有从山上冲下来，所有人都在稻田里无望地奔忙。有时候在正午时分踩水车，听着风车叶片吱呀呀地枯燥地转动，水从壕沟里慢慢升高，流进稻田。那时候他好像预感到了秋季的变化。在疲劳和困顿中他幻想过城市，许多工厂和店铺，许多女人在街上走。女人就是穿着这种鹅黄色的多情动人的衣物，她们的乳房结实坚挺，腰肢纤细绵软，放荡挑逗的眼睛点燃男人的邪念之火。五龙记得他在祠堂度过的无数夜晚，繁重的农活和对城市的幻想使他心力交瘁，陌生的城市女人在梦中频频出现。祠堂的地上和供桌腿上到处留下了白色污迹。五龙记得他的堂叔来到祠堂，敏锐地发现了他的亵渎，堂叔严厉地说，五龙，你弄脏了祖宗的灵地，迟早要遭报应。

我不怕报应。五龙抓住织云的旗袍狠狠地捏了一下，他的脸上出现了红潮。院子里仍然没有人，他走到墙角经常撒尿的地方，匆忙地解开裤带。他就像撒尿那样叉着腿站在墙角，看见有一只老鼠从脚边蹿出去，消失在院子里。

从店堂里传来冯老板和伙计老王的说话声。好像仓房里的米快卖完了，而浙江运米的船却还没到码头，冯老板很焦急的样子，说要请六爷帮忙弄米，又担心他是否肯帮忙。绮云尖细的嗓音这时插进去说，让织云找他，这点小事怕他不帮忙？织云不能白陪他玩呀。

冯老板让五龙跟上阿保他们去码头借米。五龙心存疑虑地问，这几船米怎么借？谁肯借几船米呢？冯老板吞吞吐吐地打断他的话说，你别管那么多，跟着去就是了。

五龙再次来到深夜的码头，旧景旧情触起一种酸楚的回忆，他靠着一垛货包注视着码头兄弟会的几个恶棍，他想看看他们怎么借米。江边灯影稀疏，船桅和货堆被勾勒出复杂的线条和阴影。阿保孩童气的圆脸显得轻松自若。就是这张脸，五龙总是从中看到罪恶的影子，使他畏惧更使他仇恨满腔。奇怪的是他还能看见一张人皮在他身后拖着。他们跳上了紧靠驳岸的一条油船，然后再朝停在里档的船上跳。两条运米的船急遽地摇晃起来，桅上的煤油灯突然消失了。五龙远远地看见阿保把桅灯扔进了江里，他意识到这不是什么借米，而是一次实实在在的抢劫。五龙四处张望，他想为什么没有人来阻止？其他船上的人呢？那些像游神一样穿黑制服的狗子呢？看来这一带真的没有王法，只要你有枪有人，想干什么就干什么。

阿保站在米船上朝五龙招手，示意他过去。五龙迟疑了好久，慢慢地从一条条船上跳过去。他不想参与抢米的过程。但阿保不放过他。狗日的阿保总是不肯放过他，他看见船老大被五花大绑地扔在舱里，嘴里塞着棉花，五龙熟悉这绝望悲愤的眼神，心想这又是一个倒霉鬼。守着一船米的人注定是要倒霉的，难道他不知道这是凶险黑暗的年月吗？他扭过脸去看大舱里的米，在夜色中大米闪烁着温和的白色光芒。他喜欢这种宁馨的粮食的光。

你会弄船吗？阿保说，乡下佬应该会弄船。

我不会。五龙下意识地回答。乡下佬不一定会弄船。

别骗我，阿保用手托起五龙的下巴，审视着他说，我看你的眼睛你又在说谎,快把船停到岸边上,要不没法卸这两船货,要不我就把你一脚踹到江里去。

我弄不好,五龙垂下眼睑,拨开阿保的手说,我试试看吧。

米船摇晃着艰难地靠了岸。有人从黑暗中推来几辆板车,他们开始飞速地卸米,五龙听见米倾倒在板车上发出沙沙的流畅的声音,一切都显得有条不紊,他们就这样沉着而粗暴地抢了两船大米。五龙相信了瓦匠街对码头兄弟会的种种传说,他们凭借恶行和暴力,干任何事情都易如反掌。

扑通一声,五龙回头恰好看见被缚的船老大滚入江中的情景。船老大抬起头似乎想说什么,但是嘴里的布团堵住了声音。五龙看见他的脸上掠过一道绝望苍白的光。他的身体像一捆货物沉重地坠入江中,溅起许多水花。

他跳江了!五龙扔下工具,一只手盲目地拉拽着什么,船老大已经沉入水中,五龙的手上只留下几滴冰凉的水。

他本来就不想活了。阿保淡淡地说,这种屄包,死就死吧,算我成全他。为了一船米跳江?这种人就不配活着。

五龙摸摸自己的手,冰凉而潮湿,他的心里也是同样的感觉。江水在黯淡的月光灯影下向东奔流,五龙想一年又一年,罪恶像蚂蚁一样到处爬行,奔涌的江水不知吞没了多少懦弱绝望的冤魂,为了一船米,他又目睹一次死亡。

47

装满大米的板车在城北狭窄黑暗的街道上疾行。五龙推着车夹在中间，他看见前面的板车突然停在一家新开张的米店门前，从门洞里出来一个女人，和阿保小声地说着什么。阿保回过头挥了挥手喊道，卸下两车。卸两车啦。

怎么卸这儿了？五龙疑惑地问后面的人，这是大鸿记冯老板要的米呀。

你别管。那人说，这是黑食，也不能光喂了冯老板一个人，大家都想捞一点肥水。这米店肯出好价钱吧？

阿保站在路灯下面数钱，数完他咧嘴笑了笑，走到五龙的面前，他从一沓纸币中抽了一张递给五龙说，你出力了，该给钱。五龙盯着他的手说，就这一张？我可累坏了。阿保又抽了一张，他厉声警告五龙，回米店不准提这事，就说只借了这几车米。你要是敢多嘴一句，我让你也去江里喂鳗鱼。五龙沉静地把钱塞到怀里，他说，给钱就行，我什么也不会说，我为什么要说给他们听呢？

到瓦匠街已是半夜时分了。米店父女三人都坐在店堂里苦等。板车停下来，织云奔出来搂住阿保的脖子，很响地亲了一记，说，老娘犒劳你。阿保嬉笑着说，这就行了吗？快去给兄弟们做夜宵，大家都辛苦一夜了，要肉要酒。

五龙跟着那帮人挤进米店，米店一家谄媚的笑容使他觉得恶心，他得继续干活，扛起一箩又一箩的米。冯老板抓起一把米说，这米有点糙，不过有货总比没货好，什么粮食都会卖光的。五龙想他知道为了这些米害掉一条人命吗？他应该预料到这样的事，但是不会在乎，瓦匠街是一条见钱眼开利欲熏心的黑街，瓦匠街的人像毒蛇一样分泌着致命的毒液。没有人在乎一条人命。五龙将米箩放在肩头朝后院走，他想其实我自己也不在乎。一条人命。

从冬天的这个夜晚开始，五龙发现了织云与阿保通奸的秘密，他被种种隐秘而灼热的思想所折磨，常常夜不能寐。到了白天，他悄悄地观察织云的一颦一笑，眼睛里闪烁着狡诈而痛苦的光芒。织云对此毫无察觉，与阿保产生的私情给她的生活带来了新的愉悦，这个冬天织云容光焕发地往来于社交场合和米店家中，每逢六爷去逛城南的高级妓院时，她就与阿保在家里偷情。织云喜欢这种叛逆的方式。

起初听见院墙上的动静时，五龙以为是邻家的猫和米店的大花猫在打架。直到那天深夜五龙去院子解手，猛地看见阿保从院墙上跳下来，他才意识到米店又发生了一件偷鸡摸狗的事。阿保没有发现墙角的五龙，他径直走到织云的窗前去推窗子。窗子无声地开了，阿保猫着身子从窗户里进入了织云的闺房。

五龙惊悚地凝望着那扇窗子。灯亮了一下又遽然熄灭。

除了木格窗的轮廓,什么也看不见了,他蹑手蹑脚走到窗前,站在那儿听了一会儿。房间里的说话声模糊而遥远,偶尔能听见压抑的嬉笑,院子里风很大,五龙很快就觉得寒冷难耐,他打着哆嗦抱紧自己的身体,想象窗户后面的事件。在黑暗和夜寒中偷听阿保和织云的私情,五龙的心情悲凉如水,这个狗杂种,他的日子过得多么恣意快活。五龙咬着牙关想,为什么没有人来收拾这条下流野蛮的恶狗?为什么我没有勇气破窗而入把他从床上拎下来,打断他的脊梁或者踢碎他的睾丸?仇恨、沮丧、嫉妒,它们交织在一起,像一条黑色虫子啮咬着五龙的心。他在黑暗中钻进店堂,躺在油腻的散发着体臭的棉被里幻想着种种奇妙胜景,他看见了另一幅庄严的画面,他和织云在充满脂粉香气的房间里交媾,地上铺着的是一张巨大的淡黄的人皮,他和织云在这张人皮上无休止地交媾。五龙咬着棉被想那是阿保的人皮,那就是从阿保身上剥下来的人皮,它应该用来做他和女人擦屁股的床单。

在铁匠铺里,五龙阴郁地看着发红的铁器在水盆里淬火,吱吱地冒着青烟,他突然对铁匠们说,昨天夜里米店里有贼。他进了织云的房间,你们知道他偷了什么吗?

原来是偷人的贼。铁匠们暧昧地笑了,他们并没有停下手里的工作,织云十四岁就开苞了,她怕什么?她喜欢让男人偷,五龙你他妈着什么急呢?

是阿保那畜生，他翻墙过来正好被我看见了。

看见了又怎么样？你小心阿保收拾你。铁匠们把五龙拉到大砧子上坐下，劝告说，这事别对人说了，只当没见过，要不然会惹祸的。

惹祸的是他。五龙沉默了一会儿，嘴角浮现出一丝淡淡的微笑，他说，他会收拾我，难道就不怕六爷收拾他？你们说六爷知道了会怎样？会怎样？

铁匠们朝斜对面的米店张望，绮云正拎着马桶从虚掩的门里出来，绮云的疏淡的眉毛习惯性地紧蹙着，把马桶盖揭开，靠在墙上，然后她反身进去把门砰地关上了。

冯老板和绮云知道这事吗？铁匠问。

他们不管，他们只操心钱，五龙说，只要有钱，让织云当婊子他们也干。

那就行了，她家里人都不管，你管这脏事干什么呢？

假如六爷知道了会怎样？五龙仍然用一种痴迷的目光询问铁匠，他猛地做了一个割颈的动作，语气坚定自信地说，他会宰了阿保那畜生。把阿保的人皮一刀一刀剥下来。

不一定。有个铁匠说，阿保跟六爷多年了，他是六爷最忠心的看门狗。

会宰掉他的。五龙慢慢地摇着头，他说，就因为是狗，想宰就宰了。六爷不会让他去睡织云的。男人都这样。

你准备去告诉六爷吗？铁匠们又问，你真的敢吗？

会有人宰掉他的。五龙没有正面回答，他站起来朝门外走，走到街上突然回过头对铁匠们说，你们不知道我有多么恨他。

五龙朝瓦匠街街口走去。在绸布店的门口有一个代写家信及红白喜帖的小摊子，五龙就站在摊前看着那个面色焦黄怀抱小手炉的老先生。老先生因为生意清淡，正倚着绸布店的橱窗闭目养神，他感觉到有人急促的喘气热烘烘地喷到他脸上，一睁眼看见五龙焦灼地站在摊前东张西望的。

你要写封平安家信吗？

什么家信？我没有家。五龙咔嚓咔嚓地掰着自己的手指，他低着头说，你写出去的信都能收到吗？

当然，只要是活人，只要有地址。写信的老先生放下手炉，拿起纸墨问，你写给谁？

可是我不知道地址，我也不知道他的大名叫什么。五龙求援似的看着老先生，他说，是六爷，六爷，你应该知道他的，邮局的人肯定也知道他的。

你是说吕丕基？老先生惊诧地放下笔墨，你给他写信？写什么？你想参加他的码头兄弟会吗？

你就写阿保操了织云，他会明白的。

我听不明白，老先生盯着五龙的脸看，他迷惑地问，你是谁？写这样的信？我还从没有写过这种莫名其妙的信。

别管那么多，五龙阴沉着脸冷冷地说，照我说的写，我多给你一半钱。我有钱。

我倒是知道吕丕基的地址，有许多店主跟他要账，不敢去见他人，就让我写信。老先生嘀咕着铺开纸墨，过了一会儿，他抬起头对五龙说，我不想写那个脏字，就写"私通"吧，一样的意思。

随便，只要六爷明白就行，五龙俯视着信笺说。他从棉袄里掏出了一块钱放在桌上，突然想起这就是阿保在澡堂里给他的一块钱。就用这钱给他送终吧。五龙朝街口的四周环顾了一圈，冬天的路人行色匆匆，没有谁留意他，没有谁能猜透他纷繁的心绪。

五龙头一次花钱就是写这封信。钱要花在刀刃上，他想象到阿保的淡黄色的人皮从身上渐渐剥落的景象，一块钱太值得了，如果一块钱买阿保的一条命简直太值得了。

瓦匠街的店铺在三天后都听说了阿保的死讯。据说阿保被剥光衣服塞到一个麻袋里，扔进了江心。了结阿保性命的是码头兄弟会的人，他们平素与阿保相熟。离开码头后这群人闯到江边的小酒馆喝酒，有人哭着撒酒疯，站在桌子上大骂六爷无情无义，把他们兄弟会当苍蝇一样捏。这事很快地张扬开了，甚至有人知道阿保的死因跟米店的织云有关，阿

53

保打翻了六爷的醋坛，结果把命丢了。

没有人知道五龙的信。五龙早晨在炸油条的大锅前听人说阿保昨天死了。他提着篮子的手立刻颤抖起来。收到了。五龙挤在人群中喃喃低语，六爷收到信了。他提着装满早点的篮子一路狂奔，铜壶里的豆浆晃荡着，滴在路上，到了米店门口他站住，突然怀疑起消息的可靠性，这么快，才三天的工夫，那封信真的起作用了吗？

冯老板坐在店堂里喝茶，看见五龙神色仓皇地回来，又朝门外跑，他在后面喊，你干什么去？大清早的像丢了魂。

我出去一趟。我去看死人。

谁死了？谁又死了？冯老板站起来追问道。

阿保！五龙奇怪而响亮的声音把冯老板吓了一跳。冯老板没来得及问个清楚，五龙已经消失在门外了。

从瓦匠街到江边码头隔了三个街区，五龙撒腿狂奔着，穿越早晨湿漉漉的街道和人流，到达码头时太阳正好从吊机笨重的石礅上跳起来，江岸上一派辉煌的日出景象，五龙骤然止步，他觉得心快从咽喉里跳出来了，整个世界向他放出刺眼的光芒，他面前的江边码头清新空寂，昔日阴暗可怖的印象瞬间荡然无存。

五龙沿着江岸慢慢地走，他想地上应该有血迹，宰了人总归会留下痕迹。他低头寻找着，除了满地的煤渣、油渍和纸屑，什么也没有。五龙奇怪为什么看不见阿保的血，也许没用刀子，他们可能把他绑上石头扔进了江里。他想我漏过了一个最渴望的场面，没有看见阿保临死前是什么模样。他会跪下乞求吗？他会想到是谁在杀他吗？

你在找什么？一个捡破烂的老女人从货包后面探头问。

一个死人。你看见昨天夜里那个死人了吗？

江边每天都有死人。老女人说，你说谁呢？

阿保。码头兄弟会的阿保，我来给他收尸。

是这个吗？老女人从箩筐里拎起一件黑绸褂，又拎起一条黑裤子和一顶黑色圆帽，她对五龙说，你要是出钱，我就把这些卖给你。

五龙注视着老女人手里的衣物，他认出那就是阿保平时戴的帽子，那就是阿保敞着襟的黑绸褂子，还应该有一双皮鞋。它曾经在这里残忍地踩住我的手。我的手里抓着一块冰冷的卤猪头肉。五龙突然抬起头看了看天空，天空呈现出一半红色和一半蓝色，那道强光依然直射他的眼睛。他觉得脸颊上有冰凉的一滴，是眼泪。他不知道什么时候流下了这滴奇怪的眼泪。

漫长的冬夜里五龙经常无端地惊醒，在空寂中侧耳倾听人体从院墙上跳落的声音，那种声音沉闷而带有阴谋的形式，它已经随着阿保的死讯而消失，可是五龙听见嘣的一声存在于冥冥之中，它总是在夜深人静时出现在米店的院子里。

织云的生活一如既往地放纵和快乐，她的红唇边永远挂着迷惘而谄媚的笑意，没有什么可以改变她生活的内容和情趣。冬天她学会了风靡一时的探戈舞，有时候独自在院子里练习，她的嘴里响着舞曲清脆的节奏，嘭，嚓，嚓。

五龙曾经偷听了织云和绮云的谈话，话题的中心是阿保之死，那会儿织云正站在水池边刷牙，五龙看着她唇边牙膏的泡沫和漫不经心的表情，突然对女人有了一种深切的恐惧。想想吧，她一手葬送了一个男人的性命，到头来却无动于衷，两个肉体的紧密关系随时会像花一样枯萎吗？

街上人都在说你，说你是条不要脸的母狗，绮云对她姐姐说，你害了阿保，你把他逗得鬼迷心窍才惹的祸。

关我什么事？织云朝地上吐了一口水，她说，他早把六爷得罪了，也不光是为我，他瞒着六爷捞了一大笔钱。

你没见他们对着米店指指戳戳的？你不要脸我还要呢，绮云怨恨交加地说，这下好了，你倒像个没事人，害得我都不敢出门。

别对我说这些鬼话，我不爱听，织云猛地把牙刷摔在地上，她提高嗓门说，谁都容不得我，你们巴不得我也被六爷扔江里去。我要是被剁成一盘肉杂碎，你会吃得比谁都香。

我看你是疯了。绮云冷冷地回敬了一句,你迟早要害了自己,到时候看谁来管你。

谁也别想管我,我自己管自己。哪天我要是死了,你们就挨家挨户送喜糖去。织云说着突然扑哧笑了,她说,真有意思,都来教训我,我到底招谁惹谁了?

对于米店姐妹俩的关系,五龙同样难以把握,他知道织云和绮云是一母所生的亲姐妹,但她们更像两只充满敌意的猫,在任何时候都摆出对峙的姿势,亮出各自尖利的爪子,米店沉寂的空气往往被姐妹俩的斗嘴声所打破。五龙想怎么没有人来打她们的臭嘴?冯老板不敢,冯老板对两个女儿的畏惧多于亲情,碰到这种场面他就面无表情地躲开,并且把气出到伙计们和五龙身上,他推搡着五龙说,你干活去,这儿没你的事,你要想听说书也该买张门票。

五龙忍住笑走到店堂里,米店这家人在他眼中的形象是脆弱而可笑的。他以前没有见过这样乌七八糟的家庭,也许这就是枫杨树乡村与瓦匠街生活的区别之一。五龙用簸箕装米,一次次地朝买主的量米袋里倒,他的心情变得晴和而轻松起来。在这个多事的冬天里,他初次发现了城市与瓦匠街生活的种种薄弱环节,就像一座冰冷坚固的高墙,它有许多漏洞,你可以把身体收缩成一只老鼠穿过去,五龙想我可以像一只老鼠穿过去,吃光墙那边的每一颗米粒。这样想着五龙像个孩子般地兴奋起来，他突然朝店堂里忙碌的人们吱吱叫了一声，然后自己也笑了。

你在学狗叫？冯老板仍然绷着脸，他说，我看你今天高兴得就像一条狗。这年头什么事能让你高兴得像一条狗？

不。我在学老鼠叫。五龙认真地回答。

你就像一只大老鼠。冯老板又说，我的米会被你偷光的。我已经看出来你在想什么坏点子。

五龙脸上的笑容蓦然凝固，他偷眼瞟了下冯老板的表情，冯老板端坐在柜台后打算盘，五龙觉得他说那句话是半真半假的。那么他会防备一只老鼠吗？他会感觉到某种危险而把我逐出米店吗？这还是一个谜。五龙对此并没有太多的忧虑，事实上他已经做过离开米店的准备。现在他不怕没有饭吃了，他深知自己的本钱是年轻和力气，这个城市的工业和店铺作坊日益发达，他可以在任何一个需要劳力的地方谋得一条生路。

瓦匠街的石板路上洒着冬日斑驳的阳光，不断有穿着臃肿的人从米店走过，在车水马龙的市声中可以分辨出一种细碎而清脆的叮咚声响，那是古塔上的风铃。在城市的各种杂乱的声音中，五龙最喜欢听的就是古塔上的风铃声。

第四章

　　冯老板首先发现了织云怀孕的冷酷事实。多年来他已养成了一个不宜启齿的习惯，每到月末的时候，他会跑到织云的房间里偷看马桶。二月里他始终没有见到被血弄污的草纸。以后的几天他不安地观察织云体态的微妙变化，有一次他看见织云在饭桌上干呕，脸色惨白惨白的，冯老板突然怒气冲天，他抢过织云手中的饭碗砸在地上，大声说，你还有脸吃，想吐就滚出去吐个干净吧。织云也不作声辩，跨过地上的碗片和饭粒冲到院子里去。厨房里吃饭的人都听见她哇哇地类似打嗝的呕吐声。五龙也听见了，五龙缺乏这方面的知识，他不知道这样的细枝末节意味着一件大事即将来临。

　　冯老板把绮云从店堂拉到后面，愁眉苦脸地跟她商量对策。他说，你姐姐有身孕了，你知道吗？

我早就料到了，那贱货早晚会出丑。绮云对此并不感到惊讶，她用手指绕着辫梢说，别来问我，我管不了她的脏事，说来说去都是你宠着她，这下好了，米店又要让人指指戳戳的啦。

不知道是谁的种？要是六爷的还好办些，就怕是阿保那死鬼的，冯老板喟然长叹着，突然想起来问，绮云，你知道她怀的谁的种吗？

我怎么知道这脏事？绮云气得跺脚，她尖声说，你不问她倒来问我，我又没偷过汉子，我怎么会知道？

她不肯说。我昨天逼了她半夜还是不肯说，这个不知好歹的小贱货，这事张扬出去你让我怎么见人？

你早就没脸见人啦。绮云瞟了眼父亲冷冷地说，她将长辫往肩后一甩，径直跑回店堂里去。店堂里只有五龙和两个伙计在卖米。他们听见绮云在说，快过秤，马上要打烊关门了。五龙疑惑不解地问，怎么现在就打烊？还会有人来买米的。绮云已经去扛铺板了，她说，不要你管，我们一家要去吕公馆吃饭，今天的生意不做了，关门。

隔了很久，五龙看见米店一家从后面出来。冯老板换了一套崭新的玄色福禄棉袍，戴了礼帽，拿着手杖，后面跟着姐妹俩。绮云拉着织云的手往外走——准确地说是拖拽，五龙看见织云的身体始终懒懒地后倾着，织云好像刚哭过，眼睛肿得像个核桃，而脸上例外地没有敷粉，看上去病态地苍白。

五龙追出门外，看见那一家人各自以奇怪的步态走在瓦匠街上，冯老板走得沉重缓慢，因为佝偻着背新棉袍上起了许多褶皱，绮云始终拽住织云的手不放，脚步看上去很急躁，最奇怪的是织云，织云被绮云拽着跌跌撞撞地走，织云的嘴里不停地骂着脏话，你拽着我干什么？我操你爹，我操你十八代祖宗！

喂，他们怎么啦？铁匠铺里的人探出头对五龙喊。

我不知道，五龙困惑地摇摇头，他转身回到米店问另外两个伙计，他们怎么啦？出什么事啦？

谁知道呢？伙计老王表情暧昧地冲五龙一笑，他说，就是知道也不能告诉你，你还年轻，有些事情不能告诉你。

我不想知道。五龙想了想又说，不过我迟早会知道的，什么事也别想瞒过我的眼睛。

吕公馆的仿明建筑在城北破陋简易的民居中显得富贵豪华，据说六爷修这所园子花了五百两黄金。那次空前绝后的挥霍使人们对六爷的财力和背景不胜猜测，知悉内情的人透露，六爷做的大生意是鸦片和枪支，棉布商、盐商和码头兄弟会只是某种幌子，六爷传奇式的创业生涯充满了神秘色彩。

到过吕公馆后花园的人说，在繁盛艳丽的芍药花圃下面藏着一个大地窖，里面堆满了成包的鸦片和排列整齐的枪支弹药。

米店父女三人站在吕公馆门前的石狮旁，等着仆人前来开门，绮云仍然拉住织云，她说，你在前面走，见了六爷你就向他讨主意，你要是不说我来说，我不怕他能把我吃了。织云烦躁地甩开绮云的手，说什么说什么呀？你们见了六爷就会明白，这是自讨没趣。

仆人把他们领到前厅，看见六爷和他的姨太太站在鱼缸边说话，六爷没有回头，他正在一点一点地把饼干剥碎，投进鱼缸喂金鱼，那个姨太太冷眼打量着米店一家，猛然又不屑地扭过脸去，六爷，你的小妍头又来了，这回怎么还拖着两条尾巴？

织云也不理睬她，自顾朝沙发上一坐。绮云却敏捷地做出相应的回敬，她对织云大声地说，她是谁？是不是刚从粪池里捞出来，怎么一见面就满嘴喷粪呢？绮云说着看见六爷用肘狠狠地捅了姨太太一下，那个女人哎哟叫了一声，气咻咻地走到屏风后面去了，绮云想笑又不太敢笑。

六爷仍然站在鱼缸边喂鱼，目光始终盯着缸里的金鱼，直到一块饼干剥光，他才转过脸看着冯老板，又看绮云，脸上浮现出一丝隐晦的笑意。他拍拍手上的饼干碎屑说，冯老板来找我了，不是谈大米生意吧？

我这小店生意哪里敢麻烦六爷？冯老板局促不安，他的眼睛躲闪着，最后落到绮云身上，让绮云说吧，女孩子的事我做爹的也不好张口。

说就说，绮云咬着嘴唇，她的脸上突然升起一抹绯红，织云怀孕了，六爷知道吗？

知道，六爷说，什么样的女人我都见过，怀孕我怎么会不知道呢？不知道还算什么六爷呢？

说的就是，我们就是向六爷讨主意来了，六爷看这事该怎么办好？

怀了就生，这很简单呀，母鸡都知道蹲下生蛋，织云她不懂吗？

可是织云没有嫁人，这丑事传出去你让她怎么做人呢？绮云说，六爷你也该替她想想，替我们家想想。

我就怕想，我这脑子什么也不想，六爷突然发出短促的一笑，他转过脸看了看横倚在沙发上的织云，你们听织云说吧，她肚子里的种是谁的，只要说清楚了，什么都好说，就怕她说不清楚呀，那我就帮不上忙了。

织云半闭着眼睛靠在沙发上已经很久，这时候她欠了欠身子，弯下腰又干呕起来，绮云又怨又恨地盯着她的腰背，猛地推了一把。绮云尖声叫起来，贱货，你说话！你这会儿倒像个没事人似的，当着六爷的面，你说孩子是谁的就是谁的，你倒是快说呀!

织云从来不说谎，六爷弯起手指弹了弹玻璃鱼缸，他对绮云眨眨眼睛，你姐姐知道我的脾气，她从来不敢对我说一句谎话，织云，你就快说吧。

织云仰起苍白的脸，她的额角沁出了一些细碎的汗珠，嘴边滴着从胃里返出的黏液。织云掏出手绢擦着嘴唇，她偷眼瞟了下六爷，很快又躲闪开，眼睛很茫然地盯着她脚上的皮鞋，然后她小声而又清晰地说，我不知道，我不知道是谁的。

绮云和冯老板在瞬间交流了绝望的眼神，他们再次听见六爷发出那种短促古怪的笑声。爹，那我们走吧，绮云站起来，她的眼睛里闪着泪光，她把冯老板从羊皮沙发上拉起来说，谁也怨不得，让这贱货自作自受吧，以后我要再管她的事，我自己也是贱货!

他们朝门外走的时候从背后飞过来一块什么东西，是一条红色的金鱼，正好掉在绮云的脚边，金鱼在地板上摇着硕大的尾巴，绮云惊诧地捡起来，回头看见六爷的手浸在玻璃鱼缸里，正在抓第二条金鱼。六爷说，我这辈子就喜欢金鱼和女人，它们都是一回事，把我惹恼了就把它们从鱼缸里扔出去，六爷说着又抓住一条，扬手扔来，绮云低头看又是一条红金鱼，她听见六爷在后面说，我现在特别讨厌红金鱼，我要把它们扔光。

织云终于从温暖的羊皮沙发上跳了起来,她踉跄着冲到前院,抱住一棵海棠树的树干,一边大声地干呕着一边大声地啼哭,海棠树的枯枝在她的摇撼下疯狂地抖动。从两侧厢房里走出一些男女,站在廊檐下远远观望。男人,男人,狗日的男人。织云不绝于耳的哭骂声使廊檐下的人们发出了会意的笑容。

回家去,还没丢够丑吗?绮云在织云的身后叱责她。

织云紧紧地抱着树干哭。偶尔抬头望望天空,即使在悲伤的时刻,她的瞳孔里仍然有一圈妩媚的宝石色的光晕。

听到六爷的话了吗?他只是把你当一条金鱼,玩够了就朝地上一扔。你以为你了不起,不过是一条可怜的金鱼,绮云说着朝厅堂的窗户张望了一眼,看见六爷正搂着他的姨太太上楼梯去,后面跟着一条英国种狼狗。绮云愣了一会儿,突然厉声对冯老板说,走呀,还赖在这里干什么?

这就回家?冯老板难以掩饰沮丧的表情,他说,话还没说完,就这样不明不白地回家了,不向他要点钱吗?

你还想要他的钱?绮云拉着父亲朝铁门走,她说,什么也不用说了,这苦果就捏着鼻子咽进去吧,他是什么人,我们家是什么人,斗得过吗?

冯老板和绮云在仆人们诡谲的目光下走出吕公馆。冯老板出门后就朝石狮子的嘴里吐了一口痰，他的脸上显出某种苍老和痛苦。然后父女俩一前一后各怀心事地走过了那道黑色的附有瓦檐的院墙，织云仍然没有跟上来，他们走了好远，发现织云翠绿色的身影沿着墙慢慢地走，拐过了一个街角，那个绿点突然又不见了。

直到天黑，米店的人都吃完了晚饭，织云还没回来，冯老板走到门口，朝瓦匠街东、西两侧张望了一番，街上没有行人，店铺都已打烊，房屋的窗户纸上此起彼伏地跳起昏黄的烛光。风刮过肮脏滑腻的石板路面，卷起一些纸屑和鸡毛。对于冯老板来说，记忆中每年冬天都是多事而烦恼的，比如亡妻朱氏的病死，比如米店因为缺米而半掩店门，比如饿疯了的难民夜半敲门乞讨，比如现在，织云怀孕的丑闻即将在瓦匠街张扬出去，而她直到天黑还不归家。

你去找找她吧。冯老板走到绮云房里说，我怕她出什么事，她从小就糊涂，我怕她再干什么糊涂事。

我不去，你看她要是跳了河我会不会哭，一滴眼泪也掉不下来，我对她早就寒了心啦。绮云用后背对着她爹说。

你是要让我自己去吗？冯老板愠怒地瞪着绮云，他说，我前世作了孽，操不出个儿子，倒生了你们这一对没心没肺的贱货。什么忙也帮不上，还尽给我惹祸。

我不去。绮云用一根玉质牙签剔着牙，在昏黄的灯下她的牙齿洁白发亮。绮云说，叫五龙去，叫五龙去找。

绮云又把五龙从铁匠铺里叫出来。五龙的光裸的脑袋从门缝间探出来看了看绮云，然后他的身体也很不情愿地慢慢挤出门缝，绮云发现五龙仓促地抿着裤腰。

你们在里面干什么坏事？

不是坏事，闹着玩的，五龙有点局促地笑了一声，他说，他们在比大小，非要拉着我。

比什么大小？

比鸡巴。五龙顿了顿突然很响亮地说，他们硬把我的裤子扒下来了。

该死。绮云的脸飞快地红了起来，她扭过脸望着别处，你吃了饭没事干，整天跟着瞎混，这帮铁匠没有好东西。

不瞎混又干什么呢？这么冷的天，这么没劲的晚上。五龙在地上轮流跺着脚来取暖，他说，这么冷的天，二小姐又要差我去哪里？

织云还没回家，你去找她回来。绮云板着脸审视着五龙，她皱了下眉头，怎么，你不愿意去？

我怎么敢？去吕公馆找织云？六爷的大门我可不敢进。

哪儿都去找找，就是别去吕公馆，她以后不会再去那个阎王殿了。绮云推了五龙一下，不耐烦地说，别眨巴着眼睛想套什么底,你快去,快去把她找回家。

五龙狐疑地沿着瓦匠街走去,他缩着脖子,双手拱在袖管里,米店一家显然又发生了什么事,根据米店父女三人的日常生活,五龙迅速做出了接近真实的判断:也许是六爷最近甩了织云。这是他早就预料到的事,男人的禀性玩什么都容易上瘾,玩什么都容易腻味,玩女人也一样。五龙想这回织云是真的被甩掉了,虽然她有高耸的奶子和宽大的屁股,还是被六爷甩掉了。他想织云现在成了一个又鲜艳又残破的包袱,掉在半路上,不知哪一个男人会走过去捡起它。

风从城市的最北端迎面吹打五龙的脸,含有冰和水深深的寒意。歪斜的坑坑洼洼的街道,歪斜的电线杆上低垂着笨拙的卵形灯泡,行人忽多忽少地与五龙擦肩而过,男人和女人,在衣饰繁杂的冬夜,他们的脸上仍然留有淫荡的痕迹。五龙已经习惯了这种城市气息,在路过一家妓院挂满红绿灯笼的门楼时,他朝里面探头张望了一下,有个睡眼惺忪的女人伸出手摁住他的头顶,她的声音沙哑得类似男人:来陪我吧,便宜。五龙看见女人两片血红的嘴唇咧开来,像两片纠结在一起的枯叶。五龙轻轻地怪叫了一声,他说我没钱,然后敏捷地从两盏灯笼下钻了过去,他飞快地奔跑了几步才停下来,心里有一种空虚的感觉。婊子货。他摸了摸自己的脸,手是冰凉冰凉的,脸颊上却异常燥热。婊子货,我操你们。

他一边骂着一边用手掌拍击自己的双颊。城市的北区聚集着多少轻浮下贱的女人,她们像枫杨树乡村的稻子一样遍地生长,她们在男人的耻骨下面遍地生长。五龙边走边想,可是她们与我却毫不相干。

五龙走过大丰戏院时正好是散戏时分,看戏的人们从四扇玻璃门内黑压压地涌出来,五龙一眼就看见了挤在人群里的织云,织云穿着炫目的翠绿色的棉旗袍,掏出手绢擦眼睛。她也许是看戏看哭了。随后五龙发现有一个陌生的男人挽着织云。五龙有点惊诧,就这半天的工夫,织云竟然又勾搭上了一个男人。她似乎在戏院里哭过,但是散戏过后她又开始左顾右盼,苍白的脸上浮现出妩媚的笑容。

织云——大小姐——五龙双手做成筒状,突然放声大喊。他看见许多人用厌恶的眼光瞟他,但他不在乎,他弯下腰,运足气用更高的嗓音又喊了一遍。

织云挽着那个男人走近五龙身旁。你在这儿鬼喊鬼叫的干什么?织云说,才看了部好戏,看得人悲悲切切的,你却在这儿鬼喊鬼叫。

让你回家呢,为了找你我跑断了腿。

找什么?我又丢不了。织云看了看五龙,突然捂起嘴咪咪地笑着,又转向那个男人说,你走吧,我家里人找来了。小心我男人揍你,他的力气可大呢。

他是你男人？那个男人鄙夷地盯着五龙的鞋子、裤子往上看，最后他说，我不信，我们明天怎么再见面呢？

你给我走开吧，已经让你占便宜了。织云朝他的黑亮的皮鞋上踢了一脚，歪着头对五龙咯咯笑着说，五龙，他要是还不滚开，你就揍他，我一点也不喜欢这种男人。

五龙冷冷地面对着那个小男人，一声不吭，他看着男人向后退了几步，突然恐惧地跑起来，消失在戏院后面的小巷里。那条小巷黑漆漆的，什么也看不见。织云拍着手叫道，你吓跑了他，五龙，你眼睛里的凶光吓跑了他。

我不知道。第一次有人怕我。五龙仍然冷冷地说，他用一种怨恨的目光注视着织云，回家吧，他们让我找你回家去，要叫车夫吗？

不。走回家，织云很果断地说，你陪我走回家。

他们隔开有一尺的距离，并排走在路上，从戏院出来的人群很快地消失在朦胧的夜色中，街道一下重归寂静。五龙听见自己的脚步声滞重地敲打着路面，路面上两个形状不同的人影时合时离，慢慢地如水一般地涌动。他还听见自己的胸腔里有一块石子，它沿血管心脏和肺的脉络上下滚动。所以他的呼吸不畅，他的情绪突然紊乱起来。

我以为你在哭，谁想你在看戏，谁想你还是快活，还跟男人在一起。

我？织云拍拍路边的电线杆，她咬着牙骂了一句，我操他叔叔，我要让那狗东西看看，没有他老娘照样可以寻欢作乐。我才不在乎呢，一点也不在乎。

空气湿润而阴冷，薄薄的羽毛似的雪花渐渐飘满夜空，一俟落地就无声地融化了。他们途经灯火阑珊的商业区时步履匆匆，快到瓦匠街了，织云的脚步忽然放慢下来，她瞥了眼五龙，横着走了一步，她的肩膀很微妙地撞了一下五龙。

我冷。织云说，你听见了吗？我说我冷。

我也觉得冷。五龙抬眼望了望微雪的天空，主要是下雪了，这地方不常下雪吧？

你搂着我，这样就暖和多了。

五龙吃惊地张大了嘴巴，他看见织云新烫的波浪式发卷上落了白白的一层雪珠，织云的眼睛显得温柔而多情。

怕什么？没人看见的，织云又说，就是看见了也没什么，是我自愿的，我愿意让你搂着你就搂着。怕什么？

五龙想了想，伸出一条胳膊僵硬地揽住织云的髋部，他的嘴唇动了动想说什么，结果什么也没说。

搂这儿。织云拉住五龙的手往上移到腰部，她说，搂紧一点，你的力气跑哪儿去了？

五龙觉得脸上滚烫滚烫的。雪花落在眉棱上竟然有一种清凉的感觉。他的手臂像绳索环绕着织云的腰，透过绸布和棉花,他清晰地感觉到了女性肉体的弹性和柔软,胸腔里的那颗小石子依然在活动,现在它一寸寸地向下滑动,直到小腹以下。他知道裤裆处在一点点地鼓起来,他不敢低头看,哪里也不敢多看。他紧紧地搂着织云往瓦匠街走,再次联想到一只老鼠,一只老鼠拖着食物运往某个黑暗神秘的地方。

狗日的东西,他不甩我我还要甩他呢。织云倚在五龙的肩膀上,突然说道,我咽不了这口气。

是你让我这样做的。五龙终于说出想说的话,顿了顿他又说,你可别让我上当。

这世道也怪,就兴男人玩女人,女人就不能玩男人。织云扑哧笑了一声,说,老娘就要造这个反。

五龙意识到织云在想什么,她的目光像水一样变幻不定,嘴角的微笑也是梦幻的色彩,令人难以捉摸。五龙的手被轻轻弹了几下,然后那只手被织云自然地牵引着,慢慢往上升,最后按在织云坚挺结实的胸部。五龙觉得他的整个身体像风中之草,被这阵突如其来的风吹得东摇西晃,他已经无法支撑了。

这么好的奶子,他不要。织云喃喃地说,他不要就给你,我才不在乎呢。

五龙后来一直以古怪的姿势,挟着织云走。他想尽情地揉摸,但是手指的关节像被锁住了,无法自如地活动。他用力按住那只可爱的硕大的奶子,甚至摸到了织云的心跳。织云的心跳悠闲自如,这使五龙感到隐隐的敌意。他揽住了这个城市著名的贱货,任何一种偷情方式对于她都是寻常之事,她如此平静。五龙想,这个不要脸的贱货。

在米店门口他们对视良久。瓦匠街的黑暗和薄雪再次遮蔽了一个秘密。五龙抱住织云,在她的温热的脖颈上吸吮着,他终于坠入真实的仙境。急促的喘息声突然中断,五龙颤抖着低低叫了一声,他感觉到精液从身体边缘喷泻而出,很快裤子变得冰冷而滑腻。

早晨起来院子里积了一层很薄的雪,人走过的地方雪就消失了,留下黑色的鞋印。这里的雪无法与枫杨树相比拟,与其说是雪不如说是冬天的霜。五龙看看天,雪后的天空蓝得发亮。附近工厂的黑烟像小蘑菇一样在空中长大,然后渐渐萎缩,淡化,最后消失不见了。

他从柴堆上捡起斧子开始劈柴。斧子已经锈蚀得很钝,木柴有点发潮,不时地从斧刃下跳出来。五龙摸了摸被震疼的虎口,摸到一缕淡红色的血,冬天以来他的手已经多次留下了创口,都是干活干得。五龙用嘴吮掉手上的血,然后抹上一些唾液。这个动作使他莫名地想起织云雪白的脖颈。他望了一眼织云的窗户,木格窗子紧闭着,昨夜它为什么不是虚掩的呢? 五龙恍惚看见了死鬼阿保跳窗入室的情景。阿保的身子猫着跳进了织云的闺房,那一瞬间近在眼前。五龙想到这些心情变得阴郁起来,他狠狠地劈着杂木树棍,似乎想借此发泄凝结在心里的火气。

织云趿拉着一双棉鞋出来,踢踢踏踏走到五龙身后,五龙仍然蹲着劈柴,他看见织云的脚从空当处伸过来,脚尖趷起顶他的阴囊。疼死我了,五龙抓着裤裆跳起来,他低声说,别闹,小心他们看见。织云只是捂着嘴得意地笑,怕什么?昨天让你占了便宜,今天让你看看老娘的厉害。织云的衣裳还没有扣好,露出浑圆雪白的脖颈,五龙看见一块新鲜的紫红色瘀痕,它像虫卵似的趴在她的脖子上。

你的脖子。五龙呆呆地凝视着那块瘀痕,在瘀痕的周围是女人纤细的淡蓝色的血管和一些浅黄色的茸毛。你的脖子是我咬的吗?

你的眼睛吓人,真能把人吃了。织云抬腕扣好纽扣,不置可否地说,我的胃好难受,我要去弄点生咸菜吃。

五龙看着织云跨过柴堆进了厨房,手里的斧子当的一声掉在地上。这个雪后的早晨给他虚幻的感觉。他听见织云在厨房里掀开了腌菜缸的缸盖,然后是一阵清脆的咀嚼的声音。他又蹲下身子继续劈柴,脑子里仍然想着织云脖子上的瘀痕,那真的是我咬的? 他摇了摇头,用力挥动斧子,碎柴飞满了院子。

织云的嘴里咬着一块湿漉漉的咸菜出现在厨房的窗前。她眨着眼睛示意五龙过去。五龙犹豫了一会儿，在确认了周围无人以后疾步溜进厨房。他用手撑着缸沿，低头看着盐卤水映现的自己的脸。叫我干什么？他说，心又发狂地跳起来。

这咸菜又酸又甜，我一次能吃好几块。织云很快地把最后一点咸菜吸进嘴里，她走到五龙身边，两只手轮流在他的裤子上擦拭着，让我擦擦手，反正你的裤子也不比抹布干净。

反正你们都把我当狗，五龙仰脸看着厨房被油烟熏黑的房梁说，你们都是人，我却是一条狗。

是大公狗。织云哧哧地笑起来，她瞟了五龙一眼，一只手停留在他的腿上，慢慢地往斜向移，她说，大公狗，我一眼就看出来你在想什么，男人都长着不要脸的狗鸡巴。

五龙低头看见织云的纤纤五指猫爪似的抓挠着他，他用力摁住咸菜缸的缸沿，僵硬地站着。厨房里充斥着盐卤和蔬菜的酸臭味，还有织云身上残留的脂粉气息。他的眼前浮现出死鬼阿保臃肿的脸，他突然地感到颓丧，身体往后一缩，离开织云那只大胆的手，然后他推开了织云。我不是狗，他说，我要去劈柴了。

绮云站在厨房门口梳头，看见五龙推门出来就朝地上啐了一口，她抓住发黄的头发猛地梳了几下，从梳子上挖出一缕头发。她说，恶心，你们真让我恶心。

75

我什么也没干，五龙从容不迫地从绮云身边绕过去，不信你问你姐姐，她最清楚。

我不用问，我什么都清楚。绮云用力踢开了厨房的木门，织云，你伤疤没好就忘了疼，世界上没有比你更贱的贱货了。

织云没有回答，她撸起袖子又从缸里捞了一块咸菜，塞进嘴里嚼着，她问绮云，今年的菜是谁腌的？又酸又甜，我特别爱吃。

五龙重新蹲下去劈柴，看见冯老板从店堂里出来，冯老板问，你们又在闹什么？五龙摇摇头说，没闹，我一早起来就在劈柴，是她们在闹。

外面兵荒马乱的，家里也不安宁。冯老板幽怨地说，这样的日子还不如死了的好。冯老板在雪地上走了一圈，又走了一圈。他抬头望了望雪后初霁的天空，两只手轮流击打着腰部，不死就得活下去。冯老板捶着腰往店堂走，他的话使五龙发出了会意的微笑，他说，不死就得天天起床，天天打开店门，这样的日子过得真滑稽。

第五章

到了腊月，五龙的睡眠变得短促而昏聩。每当瓦匠街上响起敲更老人的三更梆声，他就受惊似的从店堂的地铺上跳起来，披着棉袄光着脚无声地潜入后院。时过境迁，织云的窗户现在为他虚掩着，他怀着狂野的激情越窗进入织云的闺房，到了街上五更梆声响起时翻窗离开，这就像孩子的游戏使他心迷神醉，他的过剩的精力被消耗殆尽。在寒风薄冰的院子里停留的瞬间，他习惯于朝那堵碎砖垒成的院墙张望，院墙上除了几株瓦楞草，并没有人迹。现在阿保再也不会从院墙上跳进来了。现在的夜半客人是我自己。五龙在黑暗中无声地微笑着，他想通奸就是一杯酒，它让人开怀畅饮，有的会酩酊大醉而惹来杀身之祸，有的却在小心翼翼地品味，绝不喝醉，比如我自己，五龙想，我只会更加清醒，我只是觉得腹部以下空空荡荡而已。

仓房的门开着，借着熹微月光可以看见一垛山形的米，闪着模糊的细碎的白光。五龙慢慢走了进去，坐在麻袋包上注视着黑夜中的米垛。秋天上市的米到了冬天依然不失其温和的清香，五龙抓起一把米塞进嘴里嚼着，嘴里尚存着织云脂粉的香味，那股香味与坚硬的米搅拌在一起，使五龙产生了一种古怪的感觉，他突然想起织云隐匿在黑夜和绸被下的肉体，那是一朵硕大饱满的花，允许掐摘但是不准观看。织云从来不开灯。当五龙说开开灯吧，让我看看，织云狠狠地拧了他一把，她说，不许开灯，你想得寸进尺？五龙自嘲地摇了摇头，举起两只手闻着，他的手上同样留下了复杂的气味，他准确地分辨出那是米的清香和女人下体的腥味，在他肮脏的手掌上，两种气味得到了奇妙的统一。

米垛在黑暗中无比沉静，五龙想着纷乱的心事，手在米堆上茫然地滑动，他听见了山形的米垛向下坍陷的沙沙声，他还听见角落里的捕鼠夹猛地弹起来，夹住了一只偷食的老鼠。老鼠吱吱的惨叫声听起来很可怜，五龙垂下头，他感到困倦瞌睡。奇怪的是他不想离开仓房，倚靠着米就像倚靠着一只巨型摇篮，他觉得唯有米是世界上最具催眠作用的东西，它比女人的肉体更加可靠，更加接近真实。

后来五龙把米盖在身上，就像盖着一条梦幻的锦被，在米香中他沉沉睡去。仍然有许多梦纵横交错，其中一个梦境是多次重复的，他又看见了枫杨树乡村的漫漫大水，水稻和棉花，人和牲畜，房屋和树木，一寸一寸地被水流吞噬，到处是悲恸的哀鸣之声，他看见自己赤脚在水上行走，黯淡的风景一寸一寸地后移。他在随风疾走，远处是白米组成的山丘，山丘上站满了红衣绿裤的女人。

清晨鸡啼的时候五龙从米堆里爬了起来，他拉拽着发黏的裤子，梦里的再次遗泄使他感到一丝忧虑。他不知道长此以往会不会损害他的力气，那是违背他生活宗旨的。五龙拍着身上的米灰走出仓房，冯老板正站在院子里，他拎着夜壶惊诧地看着五龙。

你在仓房里睡？你在搞什么鬼名堂？

没有。我刚才抓到了一只老鼠。五龙随手指了指仓房，不信你去看，一只老鼠被我打死了。

那些老鼠我不怕，我怕你这样的大老鼠。冯老板把夜壶的壶嘴朝下，倒出浑黄的尿，他说，你没有偷我的米吧？

我不是贼，五龙拍打着头发上的米灰说，再说我天天能吃饱，偷米干什么？

你可以接济你的乡下亲戚，你不是说他们都快饿死了吗？

我不会去管他们的事，我为什么要接济他们呢？自己活下来就不容易了。

你还可以把米卖给街上的米贩子，他们会给你钱，你不是一心想赚大钱吗？

我说过了我从来不偷。五龙冷冷地说，我只会卖力气干活，这你心里清楚。染坊的老板每月给伙计八块钱，你却只给我五块。五块钱，只能打发一条狗。我真该偷的。

冯老板从水缸里盛了一瓢水，他把水瓢对准夜壶的嘴灌进去，拎起夜壶晃悠着，他的干瘦的脸上挂着一丝不易察觉的笑意，抓起一把毛刷伸进壶嘴，用力刷着他的夜壶。

你不光会卖力气干活，这我早就看出来了，冯老板突然说，我老眼昏花，耳朵还很灵。夜里我能听到米店的每一丝动静。

那你怎么不起来呢？你应该起来看看有没有人偷米。

绮云有时也能听见。我对她说是她娘的鬼魂，她娘不放心两个女儿。绮云就相信了。你呢，五龙你相信鬼魂吗？

我不相信。五龙有点紧张地舔着干裂的嘴唇，他看着院墙外面的枯树枝说，鬼都是人装的，我从小就不怕鬼。

其实我也不相信。冯老板回头直视着五龙的脸，眼神闪闪烁烁的，现在鬼老是去缠织云，织云鬼魂附身了。

也许是织云去缠鬼呢？五龙抱着双臂在院子里踱了几步，他说，你女儿是什么样的人，你比我更清楚。

冯老板把夜壶放在墙角边，朝里面吹了一口气，然后他朝五龙这边慢慢走过来，冯老板布满血丝的眼睛忧愤而无奈。他朝半空中伸出青筋毕露的手，迟缓地抓住五龙的衣襟。五龙以为冯老板要动手，但他只是无力地抻了下那件破棉袄。他听见冯老板深深地叹了口气。

五龙，你想娶织云吗？冯老板几乎是呜咽着说，我可以把织云嫁给你。

五龙发愣地看着冯老板过早衰老的脸，他不相信自己的耳朵。事情的发展已经远远超出了他的预料。他没有防备。

我把织云嫁给你。但是我不会给你米店的一粒米。冯老板撩起衣角擦着眼睛，他说，那是冯家世代相传的财产，我不会把它交给你这个野种，我知道你是冲着它来的。

五龙抬头望了望米店的天空，天空是一片业已熟悉的灰蓝色，早晨的阳光被阻隔在云层的后面，被刺透的部分呈现出几缕暗红，就像风中干结的血痕。有人在西北方向牵引风筝，风筝的白点在高空毫无规则地游弋，就像迷途的鸟。

我随便。五龙觉得自己的喉音听起来很陌生，说这句话用了太大的力量，他的喉咙似乎被某种利器深深地刺了一次。他以一种淡漠的表情面对着冯老板，你现在后悔还来得及，你可以说你是跟我开的玩笑，我不会生气。

我后悔的是当初没把她摁死在马桶里。冯老板剧烈地咳嗽起来，一边拍着胸一边朝房里走，在台阶上他回头对五龙说，穷小子，你命大，让你捡了这么多的便宜。

冯老板苍老微驼的背影消失在蓝花布帘后面，五龙突然打了一个寒噤，他觉得这个早晨有一种魔力，他的整个身心在梦幻的境界中急遽坠落，他的心脏，他的头发，他的永远坚挺的鸡巴，它们在这种坠落中发出芜杂刺耳的呼啸。那块蓝花布帘被风所拂动，每一朵花都在神秘地开放。这是真的。五龙深深地记住这个早晨的所有细节。米店和米店里的人，你们是否将改变我以后的生活？为什么偏偏是你们改变了我以后的生活？

连续两个夜晚，织云把面向院子的窗户虚掩着，但五龙却没有如约而来。到了第三天织云按捺不住，她把五龙从院子里推进厨房，插上门，扬手就扇了他一记耳光。织云破口大骂，你得了便宜还卖乖，竟然耍弄起老娘来了？

五龙捂着脸站在门后，他的膝盖抬起来，单脚抵着身后的咸菜缸。他的脸上浮现出一丝傲慢轻侮的微笑，这在五龙是罕见的。织云看着他，又看看自己的手，她对五龙的表现深感迷惑。

你马上就要嫁给我了，你这个贱货。五龙漫不经心地用手指弹着大缸，缸壁发出嗡嗡的回响，他说，上床急什么？

你马上就是我的人了，我现在一点也不着急。

呸。织云啐了一口，自己又咯咯笑起来，你在说梦话，你想操女人都想疯了。

不信去问你爹，问你妹妹，是他们要把你嫁给我的。五龙说着把织云拉过来，他摁住织云的双肩，把她的脸往咸菜缸里压，他说，在盐卤里照照你的脸，你这只破鞋破得没有鞋帮了，你不嫁给我还能嫁给谁？

织云尖叫了一声后挣脱五龙铁箍似的手臂，她惊惧地凝望着五龙，怕冷似的缩起肩膀，过了一会儿她说，我相信，我相信他们会做这种事。她的黯淡的瞳仁很快复归明亮，突然对五龙粲然一笑，她伸出指尖轻轻划着他下巴上的胡子，那么你呢，你想娶我吗？

我要。五龙垂下眼睑看着织云蔻丹色的指尖，他淡淡地说，我都想要，就是一条母狗我也要。

你会后悔吗？织云说，你以后会后悔的。

以后的事现在不管。五龙皱紧浓眉拨开了织云的手指，他说，你应该去问你爹，什么时候成亲？我这是入赘，不抬花轿不放鞭炮，但是要准备一百坛黄酒，我懂得这一套，在我们老家，入赘的男人最让人瞧不起。他必须当着众人喝光一坛黄酒。

这是为什么？织云拍着手说，这多有意思，为什么呢？

证明他是一个货真价实的男人。

到我们成亲那天,你也要喝光一坛酒?织云露出稚气而愚蠢的笑容,她快活地说,这多有意思,我最爱看男人喝酒的疯样。

我不会喝的,我恨酒,它让男人变得糊涂可欺,五龙沉思了一会儿,声音忽然变得喑哑而低沉,我知道你们的算盘,其实我不是入赘,其实是米店娶我,娶一条身强力壮传宗接代的看家狗,娶一条乡下来的大公狗。

五龙朝阴暗杂乱的厨房环顾了一圈,脸上是一种讥讽和不屑的神情,他突然背过身去解裤带,对着咸菜缸哗哗地撒尿。织云瞠目结舌,等她反应过来去拖五龙的腰已经晚了。织云涨红着脸扇了五龙第二记巴掌,你疯了?这缸咸菜让人怎么吃?

你们家阴气森森,要用我的阳气冲一冲,五龙若无其事地提上裤子说,不骗你,这是街口的刘半仙算卦算出来的,你们家需要我的尿,我的精虫。

五龙,你他妈尽干阴损我家的事,就算我饶了你,他们也不会放过你。你太让人恶心了。

他们不知道,五龙走到门边去拔门闩,他说,你不会去告密的,我马上就是你男人了。

织云弯腰俯视着缸里的咸菜,黄黑色的盐卤模糊地映出她的脸容，眉眼间是一片茫然之色，她缩起鼻尖嗅了嗅，不管是否有异味，现在她心爱的食物已经浸泡在五龙的尿液中了，她无法理解五龙这种突兀的恶作剧，她觉得这天五龙简直是疯了。她猜想他是高兴得疯了。

在瓦匠街一带无数的喜庆场面中，米店里的成亲仪式显得寒酸而畏葸。他们挑选了腊月二十八这个黄道吉日。前来参加婚礼的多为冯家的亲戚，亲戚们事先风闻了这件喜事后面的内幕，他们克制着交头接耳讨论真相的欲望，以一种心照不宣的姿态涌入米店店堂和后面的新婚洞房，已婚的女人们冷眼观察新娘织云，发现织云的腰和臀部确实起了微妙的变化。

婚礼上出现的一些细节后来成为人们谈论米店的最有力的话柄，比如鞭炮没有响，只买了一挂鞭炮，点火以后发现是潮的；比如藏在被子里的红蛋，摸出来一捏就碎了，流了一地的蛋液，原来没有煮熟，再比如新郎五龙，他始终不肯喝酒，当男人们硬架着灌进一碗酒时，他用手捏紧了鼻子，当着众人的面全部吐到了地上。他说他绝不喝酒。

米店里的喜庆气氛因此被一只无形的黑手遮盖着，显得窘迫不安。冯老板穿上那套玄色的福禄绸袍走出走进，他的眼神却是躲躲闪闪游移不定的，绮云则端坐窗下打着毛线，一边烦躁地指挥那些帮忙操办的亲戚邻居。再看新娘织云，她上了鲜艳的浓妆，穿了一件本地鲜见的玫瑰红色的长裙，镶着金银丝线的裙摆懒懒地在地上拖曳，织云的脸上没有羞涩和喜悦，而是一种疲惫的慵倦。她在给舅父倒酒的时候甚至打了一个哈欠。只有从五龙黝黑结实的脸上可以看出激动不安的痕迹，他坐着的时候不停地挪动身体的位置，站起来更显得手足无措。但是他不肯喝酒，他对所有劝酒的人说，我不喝，我绝不喝酒，眼睛里掠过一道令人费解的冷光。

六爷的家丁是在闹洞房时赶到的，他直闯进来，拨开拥挤的人群走到五龙面前。你是新郎吗？五龙木然地点了点头，家丁递给五龙一只精致的描有龙凤图案的漆盒，他说，这是六爷的礼物，六爷关照等你们办完事再打开。然后家丁凑到五龙的耳边说了一句话，五龙的脸立刻白了，他捧着六爷的礼物原地转了几圈，最后踩着椅子把它放在立柜的顶上。

他送的什么？织云拉住五龙的胳膊问，是手镯还是戒指，要不然是项链？

我不知道他是什么意思。五龙神情阴郁，低下头咽了一口唾沫，我不知道他们为什么盯住我不放，我从来不招惹他们，为什么盯住我不放？

午夜时分米店人去屋空，五龙和织云在黄昏的灯下互相打量，发现各自的脸上都充满了麻木和厌倦之色。院子里还有人在洗碗碟，不时传来水声和碗碟撞击的声响。绮云骂骂咧咧地来到窗前敲窗，五龙，快出来干活，你以为做了新郎就可以不干活吗？

五龙端坐不动，对窗外的催促置之不理，他咔嚓咔嚓掰着指关节，突然跳起来，站到椅子上去取那只漆盒，他把漆盒扔到床上，对织云低声吼道，看看吧，看看六爷送你的是什么首饰？

漆盒的盖在床上自动打开，一块黑红的丑陋的肉棍滚落在花缎被上，喷出一股难闻的腥臭味。织云惊叫了一声，从床上爬下来，远远地注视着那块东西，这是什么？她睁大眼睛问，是狗鞭吗？

是人鞭。五龙冷冷地瞟了织云一眼，你应该认识它，是阿保的，他们把它割下来了。

畜生，他是什么意思？织云的肩膀战栗起来，她一步步地后退，一直退到墙角，恶心死了，你快把它扔出去。

我知道他是什么意思。五龙走过去，用两根手指翻弄着那块东西，他说，我就是不知道为什么送给我，为什么所有的人都容不得我，盯住我不放？

扔出去，快扔出去，织云跺着脚尖叫。

是要扔出去，五龙小心地捡起那块东西，走到窗前去开窗，窗外站着绮云，横眉立目地瞪着他。五龙说你躲开点，右手朝窗外用力一挥。他看见那块东西掠过绮云的头顶，然后轻盈地飞越米店的青瓦屋顶，就像一只夜鸟。它会掉落在瓦匠街的石板路上，五龙拍了拍手掌，回头对织云说，街上有狗，狗会把阿保的鸡巴全部啃光的。

花烛之夜在忙乱和嘈杂中悄悄逝去，凌晨前米店终于沉寂无声了。窗外飘起了点点滴滴的冬雨，雨点打在屋檐和窗棂上，使院子笼罩在冰冷湿润的水汽之中。五龙披着一半被子坐在床上，灯依然亮着，灯光在织云熟睡的脸上投下一圈弧形的光晕。织云突然翻了个身，一只手在桌上摸着寻找灯捻儿。暗点。她含糊地咕噜一句后又沉沉睡去。五龙把织云卷紧的被子慢慢往下拉，织云白皙饱满的身体就一点一点地展现在五龙眼前，我要看看清楚，他说，手从深深的乳沟处下滑，一种非常滑腻的触觉，最后停留在女人的草地上。在灯光下他看清楚了。一切都符合以往的想象，这让他感到放心。他看见织云的小腹多情地向上鼓起一堆，就在上面粗粗地摩挲了一会儿，他没有想到其他问题。这也许是贪嘴的缘故。五龙想，这个贱货，她总是在不停地嚼咽食物。

五龙不想关灯，他从来不怕黑暗。但他觉得光亮可以帮助他保持清醒，在一种生活开始之前他必须想透它的过程、它的未来。许多事情无法预料，但是你可以想。想是隐秘而避人耳目的。想什么都可以。他听见窗外的雨声渐渐微弱，冷寂的夜空中隐隐回旋着风铃清脆的声音。那是瓦匠街街口古老的砖塔，只要有风，塔上的风铃就会向瓦匠街倾诉它的孤单和落寞。五龙听见风铃声总是抑制不住睡意，于是他捂住一只耳朵，希望用另一只耳朵寻找别的声音。他听见远远的地方铁轨在震动，火车的汽笛萦绕于夜空中。他看见一列运煤货车从北方驶来，乌黑的煤堆上蜷伏着一个饥饿而哀伤的乡村青年。他再次感觉到大地的震动。米店的房屋在震动，这里也是一节火车，它在原野上缓缓行驶，他仍然在颠簸流浪的途中。他在震动中昏昏欲睡。

我不知道火车将把我带到什么地方去。

春节这天，瓦匠街上奔走着喜气洋洋的孩子和花枝招展的妇女。春节的意义总是在一年一年地消解，变得乏味而冗长。五龙坐在米店的门口晒太阳，跟所有节日中的人一样，他也在剥花生吃，他无聊地把花生壳捻碎，一把扔在街上。对面铁匠铺里有人探出脑袋，朝他诡秘地笑。铁匠高声说，五龙，结婚的滋味好吗？

一回事，五龙把一颗花生仁扔进嘴里，他说，五龙还是五龙，结不结婚都是一回事。

不是一回事，你以后就知道啦，铁匠以一种饱经风霜的语调说，你怎么不跟着他们串亲戚去？

我不去。我连动都不想动。

是他们不想带你去吧？铁匠毫不掩饰地笑起来。

别来惹我，五龙沉下脸说，我心烦，我连话都不想说。

傍晚时分阳光淡下去，街上的人群渐渐归家。石板路上到处留下了瓜皮果壳和花炮的残骸。这是盲目的欢乐的一天，对于五龙却显得索然寡味。他看见米店父女三人出现在街口，冯老板与肉店的老板打躬作揖，弯曲的身体远看像一只虾米，织云和绮云姐妹俩并排走着，织云在咬一根甘蔗。五龙站起来，他觉得他们组成了一片庞大的阴影正朝他这边游移，他下意识地跨进了店堂。其实我有点害怕，他想。这片阴影是陷阱也是圈套，他们让我钻进去了。他们将以各自的方式吞食我的力气，我的血，我的心脏。这种突如其来的想象使他感到焦虑。他走过空寂的店堂，对着院墙一角撒尿。他憋足了劲也没有挤出一滴。这是怎么啦？他朝后面望了一眼，并没有米店的人在院子里窥视他的行为，父女三人还在街上走呢。这是怎么啦？五龙深刻地想到另一个原因，米店浓厚的阴气正在恶毒地钻入他的身体，他身体的每一部分都成了米店一家的猎物。

冯老板一回家就叫住了五龙。五龙从后院慢慢走到柜台前，他看见冯老板红光满面，嘴里喷出一股酒气，他厌恶冯老板脸上倨傲而工于心计的表情。

你明天坐船去芜湖，冯老板捧着他的紫砂茶壶，眼神闪烁着罕见的喜悦,芜湖米市要收市了,听说米价跌了一半,你去装两船米回来,春荒就不愁了。

去芜湖? 五龙说着鼻孔里轻微地哼了一声,才结婚就派上大用场了,一天舒服日子也不让人过。

我看你真想端个女婿架子? 冯老板的嘴角浮出讥讽的微笑,他说,你一文钱不花娶了我女儿,替我出点力气不是应该的吗? 再说我是给你工钱的,你应该明白这个道理。

我比谁都明白。我没说我不去。五龙说,我怎么敢不去? 你把女儿都送给我了。

多带点钱,冯老板打开钱箱数钱,他忽然担忧地看了五龙一眼,钱千万要放好,水上也有船匪,你不要放在舱里,最好藏在鞋帮里,那样就保险多了。

钱丢不了,什么东西到了我手上都保险。但是你就放心我吗? 说不定我带上钱一去不回呢? 那样你就人财两空了。你真的放心?

冯老板吃惊地瞪着五龙。他的表情既像受辱也像恐慌,过了好久他重新埋下头数钱,他说,我想你不至于那么恶,你以前多可怜。你跪在我面前求我收留你,你不应该忘记我对你的恩惠。现在我又把女儿嫁给你了。

我没跪过。我从来不给人下跪。五龙直视着冯老板,突然想到什么,朝空中挥挥手说,不过这也无所谓,你说跪了就是跪了吧。

你到底去不去？冯老板问。

去。我现在成了新女婿了，我不帮你谁帮你？五龙朝门边走去，对着街道擤了一把鼻涕，然后他在门框上擦着手说，不过我先把话说明了，假如遇到船匪，我会保命舍财的。我可不愿意用一条命去抵两船米。

五龙站在门边凝望暮色中的瓦匠街，脑子里清晰地浮现出那个陌生的船老大坠入江中的情景。兵荒马乱的饥馑岁月，多少人成为黄泉之下的冤魂，他们都是大傻瓜。五龙想他不是，对于他而言最重要的是活着，而且要越活越像个人。我不是傻瓜。他在心里说。

五龙一去芜湖就没了音信。

半夜里绮云听见她的房门被狂暴地推响。外面是织云尖叫的声音，快开门，让我进来。绮云睡眼惺忪地去开门，看见织云披着棉被冲进来，冲进来就往床上钻。吓死我了，他们都要来杀我。织云的脸在灯下泛出青白惊骇的光。

半夜三更你又发什么疯？绮云爬上床，推了推织云簌簌颤动的身子，她说，我不要和你睡一床，我讨厌你身上的骚气。

我老做噩梦。他们都来杀我，织云用被子蒙住脸，闷声闷气地说，他们拿着杀猪刀追我，吓死我啦。

你梦见谁了？绮云皱着眉头问。

男人们，六爷、阿保，还有五龙。五龙的手上提着一把杀猪刀。

活该。我看你早晚得死在他们手里。你会遭报应的。

也许怪我白天看了屠户宰猪。织云从被窝里探出头，求援似的望着绮云，下午我在家闷得发慌，我去屠户家看他宰猪了。就是那把杀猪刀，一尺多长的刀，上面还滴着血。我梦见五龙手里抓着它。

男人都很危险，你以为他们真的喜欢你？绮云把自己的枕头换到另一端。她不想与织云睡在一头。

我真后悔去看宰猪，可是日子这么无聊，不去看宰猪又去看什么？织云重重地叹了口气，她的手在自己的小腹上轻柔地抚摩着，她说，我的好日子怎么糊里糊涂就过去了？等孩子一生下来什么都完了。他妈的，我真不甘心。

还想怎么样呢？绮云吹熄油灯，在雕花木床的另一端躺下。睡吧。她说，你反正吃饱了什么也不管，我还得起早。我得为家里做牛做马。我天天头晕。你们从来不管我的死活。

别睡着了绮云，陪我说会儿话吧。织云突然抱着枕头爬到了绮云这一端，语气带着哀求，我的心里怎么这样乱？好像灾祸临头的样子，会不会是五龙去贩米出了什么事？

你倒牵挂起他来了？绮云背过身，在黑暗中冷笑了一声。我看你不是牵挂，是害怕。你怕怀孕的事哪一天就会露馅，你怀了个野男人的私生子。

我不知道，有时候我想告诉他实情，随便他怎样待我，那样我们就谁也不欠谁了，现在我老觉得亏心，绮云，你说他要知道这事会怎么样？

你去问他，他是你的男人。我根本不想掺和你们的脏事，绮云不耐烦地回答。她推开了织云的手，那只手神经质地卷着她的头发。绮云说，我劝你别告诉他，他这人其实心狠手辣，我从他的眼睛里能看出来。

可是纸包不住火。这样瞒下去瞒到什么时候呢？

天知道，绮云突然坐起来，透过房间的黑暗审视着织云，她压低声音说，我问你一句话，你要说真话。假如五龙这次有去无回，你会怎么样？你会哭吗？

什么意思？织云瞪大了眼睛，你说这话是什么意思？

你去问爹。绮云欲言又止，想了想又说，这事不能告诉你，你的嘴太快，爹关照过我，这事不能告诉你。

你不说我也猜得出来，织云怔怔地望着黯淡的窗户纸。她说，是不是爹买通了江上的船匪，让他们结果五龙的性命？你不说我也知道，这种事我听得多了。

这可是你自己说的，我可没说过。绮云又钻进被窝，用脊背对着织云,你千万记住,这是为了你好,为了老冯家的名声,爹也是一片苦心。

可怜的人,织云忧虑重重地说,我觉得五龙太可怜了。

绮云不再应声,渐渐地响起了均匀舒缓的鼻息。织云下意识地伸出手去握住绮云冰凉的手指。这一夜使她恐惧,她觉得孤立无援,她觉得哀伤。绮云朝南的房间同样浸透了黑暗和寒气,布帘后面的马桶隐隐散发出一股酸臭味。而玻璃瓶中的两枝蜡梅早已凋零。织云在入睡前听见窗外的风吹断了檐下的冰凌,冰凌掉在院子里,声音异常清脆。

几天来织云有一种坐立不安的感觉,早晨织云倚在米店的门口,一边嗑着南瓜子一边朝街口那儿张望,事物正在发生奇妙的变化,她真的开始牵挂起新婚丈夫了。早晨织云的怀孕之身经常有下坠的感觉,这使她心情抑郁,有时她希望腹中的血胎来自五龙,她不知道这种想法有什么意义,但她确实这样想了。

织云看见五龙出现在街口时惊喜地叫出了声,她捧着一把南瓜子朝他奔跑过去,南瓜子沙沙地从指缝间纷纷飘落。她抓住五龙的手臂摇着,一时不知道说什么话。五龙背着褡子闷着头走,他说你抓着我干什么?我要回去见你爹。织云泪眼蒙眬地跟在后面,织云仍然想不出该对五龙说什么话。她一路小跑跟在五龙的后面,抬起手背擦着湿润的眼睛。

五龙带着一种空寂的神情走进米店。冯老板和绮云都在店堂里。冯老板的脸有点发白,他苍老的身体从柜台后面慢慢地挺起来,你回来了?回来了就好。五龙没有回答,他朝柜台后面的父女俩横扫了一眼,突然飞起脚踢翻了一只米箩。

两船米都运回来了吗?绮云愣了一会儿突然问。

在码头上。你们自己去拖回来吧。五龙的目光追逐着在地上滚动的米箩,他走上去又踢了一脚,米箩滚到院子里去了,这时候五龙猛然回过头盯着冯老板,眼睛里那道熟悉的白光再次掠过,他说,你付给船匪的钱太少了,他们只朝我的脚上开了一枪,他们说那点钱只够买一根脚趾,买不了一条人命。

我不知道你在说些什么,你要是累了就去屋里躺一会儿吧。冯老板镇定自若地说,他推了推身旁的绮云,绮云你去倒点热水,给他擦擦脸。

你们看看我的脚。五龙弯下腰脱掉一只棉鞋,脱掉一只粗布袜,然后他把左脚架到了柜台上,看看吧,一根脚趾打断了,那天流了好多血,你们应该好好地看看它,这样才对得起你们花的钱。

冯老板扭过脸不去看那只血肉模糊的脚,他扭过脸剧烈地咳嗽起来,绮云在一旁突然喊起来,把你的脚放下去。放下去,多恶心。

恶心的是你们，五龙仍然将受伤的左脚高高跷在柜台上，他回头看了看缩在角落里的织云，他说，你们把这个贱货塞给了我，又想方设法害我，我不知道你们一家玩的是什么鬼把戏。

你别看我，我什么也不知道。织云躲避着五龙犀利的目光。她缩在角落里啃着指甲，显得惶惑不安。

你们害不了我。五龙终于把脚收回来，重新穿鞋的时候他的嘴角上有一丝含意不明的微笑，他说，我五龙天生命大，别人都死光了我还死不了。

五龙微瘸着朝院子里走，他看见出门前洗的衣裳仍然挂在晾衣绳上，衣裳上结了一些薄薄的冰碴儿，他伸出手轻轻地捻着那些冰碴儿，手指上是冰冷刺骨的感觉，他脑子里固执地想着在芜湖附近江面上的遭遇，想到黑衣船匪跳上贩米船后说的话，想着子弹穿透脚趾的疼痛欲裂的感受。我不知道他们为什么盯着我不放，我从来没有招惹他们，他们却要我死。五龙狠狠地拍了下坚硬的衣服，然后坚决地把它们从竹竿上扯下来。

织云看见五龙腋下夹着衣裳走出来，嘴里骂着最脏的脏话。织云拦住他说，你去哪儿？五龙用力抡开她的笨重的身体，继续朝门外走。织云追着他，去扯他棉袄的衣角，五龙，你要去哪儿？五龙在台阶上站住了，他迟缓地转过身来，淡淡地看着织云,他说,我去澡堂。你以为我要走? 我为什么要走? 我是你的男人,我是这米店的女婿,即使你们赶我我也不走了。他将干结的衣裳在墙上抽打着,加重语气说,我不走。

起初五龙是侧卧着的,与织云保持着一拳之隔的距离。当织云吹灭油灯时看见五龙坐了起来,盘腿坐在棉被上,用指尖拔着下巴上的胡子楂,这样静默了很长时间,织云听见五龙说过一句话。真黑,满眼都是黑的。织云睁开眼睛看了看周围,房间确实是黑漆漆的。五龙端坐的影子酷似一块石碑。这不奇怪,织云想,这是难耐的冬夜,太阳很早就落山了,每个人都在想法对付这样的夜晚。

织云睡着后又被什么弄醒了。她想肯定是五龙。五龙模糊的密布着阴影的脸现在离她很近,他在审视着她的睡容。织云爬下床,摸黑坐到马桶上去,她窸窸窣窣地撕着草纸,掀开布帘看五龙,五龙仍然像一块石碑一样竖在床上。

你老这样坐着,你老是在夜里偷看我,我不知道你脑子里想着什么鬼念头? 织云睡眼蒙眬地说,你的眼睛让人害怕。

我要看看清楚你们这一家人。你们想让我死,我不知道你们为什么这样恨我。

不关我的事,别问我,织云嘴里咝咝地呵着气,迅疾地钻进被窝，蒙住整个头部和身体。她说，冻死我了，我只想睡觉，既然你平安回来，我就不用操心了。

可是我的脚被穿了一个洞。五龙突然厉声大喊，他一把掀开织云身上的被子，把那只受伤的脚搁到了她的脸上，他说，看见上面的血迹了吗？我要让你们舔干净，你若是不舔就让你爹舔，你爹若是不舔就让你妹妹舔，反正是你们一家害了我，我要让你们尝尝我的血是什么味道。

你疯了？织云拼命从五龙手上抢她的丝绵被，她说，早知道这样，还不如让六爷崩了你，六爷枪法准，他不会打你的脚，我会让他照准你的脑袋打，你就不会来烦我了。

别拿六爷吓我，五龙的肩耸了耸，紧接着他狠狠地打了织云一记耳光，小婊子，你以为你是什么？你不过是一只破鞋，男人穿两天就会扔掉，你现在让六爷扔到我脚上了。现在随便我怎么治你，我是你男人。

织云捂着脸在黑暗中愣了半天，然后哇的一声尖叫着朝五龙扑去。她用枕头砸他的头，用头撞五龙的胸，她用最恶毒的语言骂着五龙，你以为你是个人了，你竟敢打老娘的耳光了，你怕我夹不断你的小鸡巴？但是五龙腕力过人，五龙一次次地推开织云，织云最后半跪在地上，抓到五龙的另一只脚，她攥紧其中的一根脚趾，用尽力气咬住，她听见了五龙的狂叫和骨折断裂的清脆的声音。

冯老板和绮云在外面敲门，冯老板隔门叫道，五龙你要敢对织云下毒手我明天就送你蹲大狱，你快给我住手。五龙从床上捞到织云的鞋子朝门上扔过去，他忍住疼痛捧起另一只脚察看伤情，一边对着门外说，你们来干什么？这是我们夫妻吵架，没你们的事。你们滚回去睡觉。冯老板仍然在外面捶着门，他说，五龙你别以为抓住什么把柄，你脚上挨的是船匪的枪子，你说是我害你有什么凭证？你拿不出任何凭证。五龙冷笑了一声，他把被织云咬伤的那只脚朝空中伸了伸，他说，这回有凭证了，你女儿咬断了我的第二根脚趾。我没法走路了，我还怎么为你们卖命干活？以后你们就养着我吧，我不怕你们撵我走。

织云冲过去拔开门闩，发疯般地捶打着冯老板的肩膀，她一边抽泣一边跺着脚，你们为什么要让我嫁给他，这个畜生，这个歹毒的乡下佬。

冯老板的身体无力地摇晃着，他一言不发，绮云举着蜡烛朝房间里照了照，噗地吹灭了火苗。她转身朝自己的房间走，边走边说，怨谁呢？是你愿意嫁他的，说来说去还是怨你自己。这是活该。

第六章

冬天对于织云来说是一个漫长而痛苦的梦,她曾听瓦匠街上的妇女谈到过流产,她们认为在第四个月的时候可以轻而易举地促成流产,那要靠男人的力气,织云有心地尝试过,夜里五龙粗暴的行为充满杀机,给她带来了疼痛和另一种煎熬。她希望那团讨厌的血块会掉在马桶里,但事实上一无所获,她觉得孩子在腹中越长越大,甚至会活动了。有时候她细微地感觉到孩子的腿蹬踢的动作,孩子的手在盲目地抓挠着她的脂肪和血脉。

织云在冬天过后明显地胖了,她的脸上长满了褐色的蝴蝶斑,有时候她坐在柜台一角观望伙计卖米的过程,她的忧郁和倦于思想的表情让人联想到早逝的老板娘朱氏。没有人猜得透织云心里的事。也许她的心里什么也没有。她穿着多年以前六爷送的水貂皮大衣，绷得很紧，妇女们评价织云的衣饰时充满恶意，她们说织云为了招摇，穿什么都行，什么都不穿也行。

织云喜欢闲逛的习惯依然不改。有一天她在花鸟市选购一枝石竹花时看见了六爷，六爷被几个家丁簇拥着走到卖鸟人的摊子前，将手伸到鸟笼里去触摸一只绿鹦鹉的嘴。织云的心就莫名地提了起来。她站在那里用石竹花半掩着脸，想回避他又想被他看见，花鸟市人流匆匆，而织云站在那里一动不动。后来她看见六爷提着鸟笼朝这边走过来，几个家丁放慢了脚步跟在后面，有个熟识的家丁边走边对织云扮鬼脸。

几天不见肚子这么大了？六爷俯视着织云被旗袍绷紧的腰腹，六爷笑起来时就露出上下两颗黄澄澄的金牙，女孩就是这样，说变丑就变丑了，眼睛一眨鲜花就变成了狗屎。

你管我丑不丑呢。织云转过脸，用手上的一枝石竹花轻轻拍着自己的肩，我又不是你的姨太太，我也不是你的干女儿。

听说你嫁了一个逃荒的？六爷的目光沿着织云弧形的身体渐渐上移，最后停留在织云的脸上，他说，好好的一个女孩子，怎么嫁给了一个逃荒的？多可惜。

不要你管。我想嫁谁就嫁谁，我就是嫁给一条狗你也别管。我们谁也不欠谁的。

六爷朝身后吆喝了一声,那条高大的洋狗从垃圾堆旁蹿过来,咬着六爷的皮鞋。六爷对织云说,你想嫁狗就嫁给我的狗,那也比逃荒的强。

织云朝地上响亮地啐了一口。畜生,我懒得跟你们斗嘴。织云扭过脸想走,六爷用鸟笼挡住了她的身体。那只绿皮鹦鹉在笼里跳着,钩状的喙部触到了她的胸,织云尖叫一声拍开了鸟笼,她说,别缠我,我们谁也不欠谁了。

六爷将鸟笼拎高了看着绿皮鹦鹉,又看看涨红了脸的织云,他说,你别发火,让鹦鹉来给你消消气吧,它会学人话,我说什么它也跟着说什么。然后六爷的手伸进鸟笼摸了摸鹦鹉的羽毛,他憋细了嗓门突然说,贱货,贱货,贱货。

贱货——贱货——贱货。织云清晰地听见了鹦鹉学舌,鹦鹉跟着六爷骂她贱货。六爷和家丁们快活地笑起来。织云下意识地跳了一步。她摔掉手里的石竹花,愤怒和屈辱使她的眼睛熠熠发亮。织云突然朝六爷扑过去,她想用指甲抓他的脸,但旁边的家丁蜂拥而上架住了她的双臂,织云臃肿的身体半悬在空中,她咬着牙骂,我当初怎么没把你的老鸡巴割下来喂狗,我怎么鬼迷心窍让你破了苞。织云仰着脸,眼泪止不住地淌落下来。周围的路人都仰起脸看她。

家丁们在六爷的示意下松开了织云,织云的脚踩在那枝石竹花上,身体簌簌发抖。六爷把鸟笼交给一个家丁提着,不动声色地注视着织云。他用手指细细地将头发朝两侧分，然后他想到了什么，走过去用手摸了摸织云隆起的腹部，那只手停留了很长时间，织云没有反应，她捂着脸低声地哭泣着咒骂着，我恨，我恨透了男人，你们这些狼心狗肺的男人。

别骂了。六爷突然凑在织云的耳边说，语调是温柔可亲的，也许你怀着我的种，孩子生下来如果像我，我就认养他，我还要用八抬大轿把你接来做我的五姨太。

直到六爷和家丁们离开花鸟市，织云才如梦初醒。在意外的悲伤和羞辱过去后，她回味着六爷最后对她的耳语。五姨太？谁稀罕？我不稀罕。织云掏出小手帕擦着眼睛。她穿行在花鸟市的鲜花和鸟禽之间，竭力回忆当初受孕的准确细节，但是她怎么也分不清腹中的婴儿是谁留下的。那时候她像一只小猫穿梭于两个男人之间，她无法分清。这一切只能听天由命了。织云想到她的唯一筹码就押在分娩的那一天了，这使她的心情非常惶惑无主。

米店里正在出售一种来自浙江的糙米，那垛糙米在店堂里堆成一座小山，颗粒很小，色泽有些发黑，即使是这样的米，人们也在排队争购。绮云忙着过秤，她把长辫盘成髻子顶在头上，髻子用一根镶宝石的银簪子插着，织云一眼就认出那是她的，换了以往的日子，织云会毫不客气地把银簪从绮云发髻上拔下来，但现在她无心这么逗事。她蹙紧双眉把买米的队伍分成两半，侧着身子从缝隙中穿过去，她说，成天挤着买米，卖米，烦死人了。她听见父亲在柜台那里对她喊，把你男人叫出来，这里没有人手，他却躲在仓房里睡大觉！

仓房的柴门虚掩着，织云从门缝里张望了一下，她看见五龙坐在米垛旁，手里抓着一把米想着什么问题，然后他开始将米粒朝地上一点点地撒，撒成两个字形，织云仔细地辨认那两个歪歪扭扭的字，五——龙。那是他的名字。织云推门走进去，五龙没有抬头，他的受了伤的双脚裸露着，可以看见两种形状的伤疤。

看不出来你还会写字。织云踮足踱着地上的米粒，说，你写个织云给我看看？我的名字你会写吗？

我只会写自己的名字。五龙收拢双腿蹲坐在麻袋上，双手抱紧了膝盖，他说，你又来骚情吗？你不知道我烦你？

我去花鸟市逛街了，你猜我碰见谁了？

随便你碰见谁，我根本不想知道。

我碰到了六爷，织云的手下意识地拉着仓房的柴门，柴门一开一合，发出吱吱的刺耳的声音，她说，你猜那老杂种怎么说，他非说我怀了他的种。

那很有可能。你是天底下最贱的贱货。五龙冷冷地说。

如果真是那样，你会怎么办？织云试探着走近五龙。手伸过去搓着他的肩胛,她怀着一种歉意注视着五龙,告诉我,你会怎么办? 你会气疯的是吗?

不会,五龙忽然古怪而恶毒地笑了,他抓过一把米从空中抛起来,张大嘴去接那些米粒,米粒准确地落进他的嘴里。五龙咔嚓咔嚓地嚼咽着。腮帮鼓了起来,他说,其实我什么都知道,你们以为我是傻瓜,把我当一块石头搬来搬去,堵你们家的漏洞,堵人家的嘴,堵得住吗? 其实你们才是不折不扣的傻瓜。

织云闪烁的眸子倏地黯淡下去,她觉得什么东西在内心深处訇然碎裂了。那是最后的一缕遮羞布被五龙无情地撕开了。织云突然感到羞耻难耐,她的喉咙里吐出一声含糊的呻吟,浑身瘫软地跌坐在米垛上。她的脸紧贴着米垛,一只手茫然地张开着,去抓五龙的衣角。五龙,别这样,对我好一点,你别把我当成坏女人。织云几乎是哀求着说,她觉得整个身心化成一页薄纸,在仓房里悲伤地飘浮。

五龙平静地看着米垛上的织云,他的脸部肌肉是僵硬的,眼睛里却流露出一丝狡黠的笑意,后来他插上了仓房的柴门,很利索地解开织云旗袍的襟扣。他说,让我来对你好,我会对你好的。织云知道他的意思,她没有力气反抗,只是抓住短裤说,别在这儿,别在这儿。五龙强劲的双手迅速扒光了织云的所有衣裳,他低声吼道,住嘴,闭上你的眼睛,你要是敢睁眼，我就这样把你扔到大街上去。

你又发疯了，你就不怕被人看见？织云说着顺从地闭上眼睛。这是她新的难以理喻的习惯，她开始顺从五龙。她感觉到五龙粗糙冰凉的手由上而下，像水一样流过，在某些敏感的地方，那只手竖起来狂乱地戳击着，织云厌恶这个动作，她觉得五龙的某些性习惯是病态而疯狂的。

后来五龙就开始把米拢起来撒在织云的身上。米从织云的乳沟处向下滑落，那些细小光洁的米粒传导出奇异的触觉，织云的身体轻轻颤动起来。她说，你在干什么？你到底想干什么呀？五龙没有回答，他盯着织云隆起的腹部，嘴里紊乱地喘着粗气，然后他咬着牙抓过一把米粒，用力塞进织云的子宫，他看见织云睁开眼睛惊恐地望着他，你疯了？你到底想干什么呀？五龙沉着地摁住织云摆动的双腿，他说，闭上眼睛，我让你闭上眼睛。

该死的畜生，织云捂住脸呜呜地哭诉着，你在干什么呀？你要把我的身体毁了。你难道不知道我怀着孩子？

你哭什么？五龙继续着他想干的事，他喘着气说，这是米，米比男人的鸡巴干净，你为什么不要米？你是个又蠢又贱的贱货，我要教你怎么做一个女人。

你老是这样我没法跟你过。织云悲怆地捏紧拳头捶打五龙的背部，她说，我嫁了你，你娶了我，我们认命吧，你为什么不肯好好地待我,你非要逼死我吗?

现在说这些已经晚了。五龙朝地上吐了一口痰,然后他站起来搓了搓手,走到门边去拉木闩,他一只脚跨出去,另一只脚还停留在仓房里,回头轻蔑地瞟了织云一眼,织云脸色煞白地从米堆上爬起来。他看见细碎晶莹的米粒正从她白皙的皮肤上弹落下来。没有人偷窥这种游戏,织云的啜泣在偌大的仓房显得空洞乏力,它不能打动五龙坚硬的石头般的心。

一些浴客目睹了冯老板突然中风的情景。冯老板从热水池里爬起来去拿毛巾,他把毛巾卷起来在肋骨处搓了一下,对池子里的熟人说,看我瘦得就剩了一把老骨头,店里店外全靠我一个人。冯老板的话显然没说完,但他突然僵在那里不动了。浴客们看见他的眼珠突然鼓出来,嘴歪扭着流出一摊口水,他的干瘦枯槁的身体砰地撞在一块木板上。他们把冯老板往外搬的时候,冯老板已经小便失禁了,暗黄的尿液都浇在他们的身上。

绮云看见父亲被抬进米店立刻哭起来。她跺着脚说,天天泡澡堂,这下好了,泡成个瘫子,你让我怎么办?冯老板被放在红木靠椅上,用凄凉的眼神注视着绮云,他口齿已经含混不清,我辛苦一辈子了,我要靠你们伺候了。柜台上放着那把油漆斑驳的算盘，珠子上的数字是五十八，那正好是冯老板的年龄，冯老板的目光后来就直直地定在两颗珠子上，他绝望地想到这一切也许都是天意，他日渐衰弱的身体对此无法抗拒。

米店打烊三天后重新打开店门，人们到米店已经看不见冯老板熟悉的微驼着腰背的身影。一个上了年纪的瘫子总是独自坐在黑漆漆的房间里的。有时候从米店家的厨房里飘来草药的味道，那是在给冯老板煎药，提供药方的是瓦匠街上的老中医。老中医对绮云说过，这药只管活络经脉，不一定能治好你爹的病。其实他是操劳过度了。他烦心的事太多，恶火攻心容易使人中风瘫痪，你明白这个道理吗？绮云的脸色很难看，她说，道理我都明白，我就是不明白冯家怎么这样背时？我爹瘫下来倒也省心，让我怎么办？织云光吃不做事，全靠我，我这辈子看来是要守着这爿破店去入土了。

冯老板睡的房间现在充满了屎尿的臭味，织云推诿身子不方便，从来不进去，每天都是绮云来端屎倒尿。绮云一边给她爹洗身子一边埋怨说，我过的是什么鬼日子？什么事都推给我，我就是有三头六臂也忙不过来。冯老板的枯瘦的身体被生硬地推过来摆过去，浑浊的眼泪就掉了下来。他说，绮云，你怨我我怨谁去？怨天吧，我觉得冯家的劫数到了，也许还会大难临头，你去把店门口的幌子摘下来，换面新的，也许能避避邪气?

绮云站在门口举着衣叉摘米店残破的幌子,她个子瘦小,怎么也够不着,绮云又回到店里搬凳子。她看见五龙倚着门在剔牙。压抑多日的怨恨突然就爆发了,她指着五龙的鼻子说,你的脸皮就这么厚?当真享福来了,看我够不着就像看戏,你长着金手银脚,怎么就不想动动手?五龙扔掉手里的火柴棍,大步走过去,他朝空中跳了一下,很利索地就把那面千疮百孔的布幌扯了下来。然后他抱着它对绮云笑道,你看我不是动手了吗?这样你心里该舒坦些了。绮云仍旧阴着脸说,屎拉得不大哼哼得响,你得再把新的幌子打出去。说着把写有大鸿记店号的新布幌挂在木轴上,扔给五龙。五龙接住了很滑稽地朝布面上嗅了嗅,他说,这没用,换来换去一回事,这家米店是要破落的。这是街口占卦的刘半仙算出来的。绮云充满敌意地看着五龙,你等着吧,你就等着这一天吧。

五龙把新制的布幌挂好了,仰脸看着白布黑字在瓦匠街上空无力地飘摇,他敏感地意识到这面布幌标志着米店历史的深刻转折。他用手指含在嘴里打了个响亮的呼哨。

绮云也在仰首而望,春天的阳光稀薄地映在绮云瘦削的脸上,她的表情丰富而晦涩,一半是事故沧桑,另一半是浓厚的忧伤。她的手指在门框上烦躁地滑动着。五龙擦着她的身子走进门里，他的肘部在绮云的胸前很重地碰了一下。绮云觉得他是故意的，她冲着五龙骂了一句，畜生，走路也想走出个便宜。

五龙继续朝后院去，他装作没有听见。

五龙难以把握他的情欲和种种黑夜的妄想，它们像带刺的葛藤紧紧地攀附在五龙年轻健壮的四肢上，任何时候都可能阻挠他的艰难跋涉。夜晚或者清晨，五龙仰卧在丝绸和锦缎之上，他的身体反射出古铜色的光芒。他想从前在枫杨树乡间的日子是多么灰暗。走来走去，摇身一变。现在我是什么？他想，我是一只光秃秃的鸡巴，作为一件饰物挂在米店的门上。没有人知道他的心事。没有人看见他的情欲如海潮起潮落，在神秘的月光下呈现出微妙的变化。米店之家因此潜伏着另一种致命的危险。

怀孕的织云很快使五龙感到厌倦。他的目标自然而然地转移到绮云身上。绮云曾经发现五龙面对一条卫生带吞咽口水的尴尬场景，绮云灵机一动猛地把门推开，五龙就夹在门旮旯里了。绮云用劲顶着门说，你看吧，看个够，你干脆把它吃了吧，下流的畜生。五龙从门后挤出半边涨红的脸庞，他说，我就看，看又不犯法，你能咬掉我的卵蛋？

绮云把这事告诉织云，织云没有生气，反而咯咯大笑，她说，谁让你到处乱挂的？又不是什么彩旗，男人都是这德行，看到一点是一点，绮云对她的表现有点惊诧，她说，他这么不要脸，你就一点都不在乎？他可是你的男人。织云收敛了笑容不说话了。她咯嘣咯嘣地咬着指甲，过了好久说，在乎也没用，我欠他的太多了。绮云扶床站着，看见粉红色的指甲屑从织云的唇齿间一点点掉在被子上，她猛然扭过脸去，恶心，真恶心，你们都让我恶心透了。

很久以来绮云一直受着五龙坦然而笨拙的性挑逗，绮云怀着深深的厌恶置之不理，夜里她插上两道门闩睡觉。她总是睡不安稳，有一次她听见五龙在深夜鼓捣房门，他用菜刀伸进门缝，想割断榆木门闩。绮云在斑驳的黑暗中看见菜刀吓了一跳，她对五龙的疯狂感到恐慌和愤怒，她想找一件东西把菜刀打落，但她在房间里转了半天也没有找到。绮云不想呼叫，不想惊动病榻上的父亲以及左邻右舍，她只想对五龙施行一次秘不告人的打击。绮云最后拎起墙角的马桶，让你进来，让你进来，她走过去飞速地拨开门闩，外面是五龙赤裸的泛着微光的身体，他提着菜刀僵立在门口，畜生，我让你进来，绮云咬着牙端起马桶，朝五龙泼去一桶污水脏物，她的动作异常轻巧娴熟。她听见五龙狂叫了一声，手里的菜刀当啷落地。绮云关上门，身体就瘫在门上，她看见污水从门下淌进了房间，散发着一股臭味，绮云终于伏在门后失声痛哭起来,她说,这是怎么回事? 受不完的罪,吃不尽的苦,活着还不如死了清静。

绮云瞒着父亲这些事。一方面是羞于启齿,另一方面是害怕加重他的病情——绮云一心希望父亲痊愈来撑持米店。第二天绮云走进父亲的房间,看见他的怀里躺着一把锈迹斑斑的大斧子。绮云急步跑过去抢下斧子,她说,爹,你拿斧子干什么? 冯老板摇摇头,目光黯淡地注视着绮云说,给你的,我昨天夜里在地上爬了半夜,我是用嘴把斧子咬起来的,绮云又问,你给我斧子干什么? 现在这节气也用不着劈柴。冯老板朝空中虚无地瞭望着,他的嗓音粗哑而含糊,劈那畜生的脑袋,他再缠你你就拿斧子劈他的脑袋。我不能动弹,你替爹干这件大事。

绮云的脸看上去憔悴不堪,她弯下腰把斧子扔到床底下去,然后慢慢地站起身替父亲掖着被子,面无表情地说,爹,我看你是气糊涂了。家里的事你就别管了,你也没法管,就给我安心躺着吧。我有办法对付他。

他是一颗灾星,不除掉他老冯家会有灭顶之灾的。冯老板痛苦地闭起了眼睛,他的眼角因虚火上升而溃烂发红,边缘结满了一层白翳,他突然叹了一口气,都怪我当初吝啬,船匪黑大要黄金四两,我只给了他二两。

别说这些了。绮云皱着眉头打断父亲的话,她说,我现在觉得你们所有人都让我恶心。

怪我当初打错了算盘，放他进了家门，我没想到他是这样一条恶狗，打也打不跑。冯老板继续倾吐着心中的积怨，他说，我没想到他是一颗灾星，他早晚会把我的米店毁了，你们等着瞧吧。

绮云顿时觉得怒不可遏，她把冯老板的尿壶重重地摔在台阶上，嘴里一迭声地喊，毁了才清静，这种日子天生是没法过了。我趁早嫁个男人，这家里的破烂摊子留给你们慢慢收拾去吧。

搬运工扛米进店后突然发出一阵骚动，他们把麻袋里的米往仓房倒，倒出了一个死孩子。孩子穿着一条肥大的破烂的裤子，光裸的肚皮高高地鼓起来，像一只皮球，搬运工惊诧万分地看着孩子半埋在米堆里的尸体，他的脸是绛紫色的，身体的形状显得很松弛，手却紧紧地捏着，捏着一把米。

五龙闻讯走进仓房，他的脸上并没有惊骇之色，他蹲下去，用一根手指把孩子的嘴撬开，孩子的嘴里塞满了发黄的米粒。五龙又摁了摁孩子绷紧的失去弹性的肚子，低声说，让生米胀死的，他起码吃了半袋子米。

真倒霉，绮云在一旁手足无措，她不敢正视米堆里的孩子。这孩子怎么钻进麻袋里去了？

饿。五龙转过脸，用一种严峻的目光看了看绮云，他说，这孩子饿急了。你连这也不懂？

快把他弄出去吧。绮云走出仓房，朝店堂里张望了一番，她对五龙说，你还是把他装到麻袋里，别让人看见，否则就把买米的全吓跑了。

你从来没挨过饿，所以你他妈什么也不懂。五龙轻轻地把孩子重新装进了麻袋。然后他把麻袋扛在肩上朝外走。他听见绮云跟在后面说，你把他扔到护城河里去吧，千万别让人看见。五龙突然爆发了一种莫名的愤怒，他回过头厉声说，你慌什么？孩子不是你害死的，你慌什么？他是让米胀死的，懂了吗？

五龙背着麻袋走到护城河边，麻袋里的孩子很重，幼小的尸体散发着死亡冰凉的气息，五龙把麻袋放在草地上，他突然想再看一眼这个陌生的孩子。他拉断封线，将麻袋朝下卷了几道边，那张绛紫色的平静的小脸再次出现在眼前。一个被米呛死的孩子，或许他也是来自大水中的枫杨树乡村。五龙抱着脑袋俯视死孩子的小脸，似乎想永远记住他的模样。过了好久他缓缓地站起来，端起了那个沉重的麻袋。护城河肮脏的漂满垃圾油污的水吞没了一具新的尸首。春天河水湍急地奔流，在五里以外的地方汇入大江。五龙相信他扔下水的孩子将永远在水中漂流，直到最后葬身鱼腹。

五龙低垂着头踽踽独行，在经过瓦匠街街口时，他听见砖塔上的风铃在大风中丁零作响，风铃声异常清脆。点心铺的伙计正在一口油锅里炸着麻雀，有人围着油锅等候。这个世界一如既往。五龙突然哽咽起来，他用袖管擦着眼睛走过杂货店，织云正在杂货店里买水磨年糕。她看见五龙便喊起来，五龙，给我提上年糕。五龙没有听见，他仍然低垂着脑袋歪着肩膀走。织云好不容易赶上了他，织云说，给我提上年糕。五龙大梦初醒般地抬头看着织云，他舔了舔枯裂的嘴唇，突然问，你知道每天世界上死多少人？织云愣了一下，她发现五龙的神情接近于梦游，而且他的眼眶里有一点模糊的泪光。织云说，怎么想起来问这个？我又不是阎王爷，我怎么会知道？

冯老板服了九帖草药，病情未见一丝好转，反而恶化了。他开始便秘，干瘦的身体奇怪地浮肿起来，他对病榻上的风烛残年丧失了信心。当绮云端着药碗给他喂药时，冯老板张大嘴，但药汁全部倒流在脖子上，他已经忘记了吞咽的动作，绮云用手巾擦去父亲脸上脖子上的黑色药汁，她意识到父亲的日子屈指可数了。

在回光返照的短短一天里，冯老板做了他想做的所有事情。他把米店的每一把铜钥匙交给了绮云，并把私藏金银的地方告诉了绮云。冯老板把织云叫到床前,他用一种绝望和忧虑的目光盯着织云沉重的身子,他说,我最不放心的就是你。你总是上男人的当,你会被他们葬送的。最后五龙走到了冯老板的病榻前,五龙觉得冯老板枯槁垂死的面容很熟悉,他好像第一眼见到冯老板时就发现了这种死亡的气息。他把半掩着的蓝花布帐挂到钩子上,宁静地看着那个濒死的人。五龙,你靠近我,我跟你说句话。冯老板说。五龙弯下腰,他看见冯老板偏瘫多日的右手奇迹般地抬了起来,畜生、灾星。冯老板肮脏而尖利的指甲直直地捅进五龙的眼窝。五龙疼得跳了起来,他觉得整个左眼已经碎裂,血汩汩地涌出来,淌过脸颊和嘴唇。他没想到冯老板临死前会下这种毒手,他没想到那只偏瘫的手还会再次抬起来。五龙低吼着扑过去,他的双手痉挛地摇撼着那张红木大床,你再来,再来一下,我还有一只眼睛,我还有鸡巴,你把它们都掐碎吧。

冯老板就是在五龙的摇撼下合上眼睛的。五龙在狂怒中听见了死者喉咙间的痰块滑落的声音,他在瞬间平静下来,捂着眼睛往外走。织云和绮云姐妹正坐在院子里撕白布,五龙从地上捡了一条白布束在腰上,又捡了一条擦脸上的血,然后他说,老东西死了,他抓瞎了我的眼睛就满意了。他咽气了。

姐妹俩急急地奔向冯老板的房间,绮云手里还拽着一条长长的白布，五龙站在院子里听见熟悉的哭丧声在寂静中响起来，姐妹俩的哭声忽高忽低，惊动了店堂里的两个伙计。他们走进院子看见五龙捂着眼睛站在一堆白布里，五龙对他们说，老东西把我的眼珠抓瞎了，这回米店真的要养着我了。

两匹白布在几天前就准备好了。现在它们被剪成条状和块状，零乱地堆在米店的院子里，布与米是不同的两种物质，在阳光下散发的气息也有区别。这天下午五龙在米店里闻到了新鲜棉花的气息，那是久违的常常怀念的气息，在米店姐妹悲恸的哭声中，它使五龙感到亲切温馨。五龙蹲下来轻柔地抚弄那些白布，布的褶皱，布的纹理，在手指的触动下发生着细腻的变化。

第七章

秋风又凉的一天,从米店里传出了婴儿的第一声啼哭。接生婆举着沾满血污的双手跑到院子里,她对五龙大声喊道,五龙,恭喜你得了个胖儿子。

五龙正在玩纸牌,纸牌歪斜地排列成五行。摊在地上,风不时地把它们吹动,五龙就捡了些石子压着,但是牌依然不通。他把牌一张张地收起来,眯起眼睛看着接生婆的手。那只手上的血污让他联想到枫杨树乡村宰杀牛羊的情景。他想说什么,结果什么也没有说。现在他靠一只眼睛辨别所有事物,另一只眼睛已经看不清东西了。

五龙推开房门的时候听见绮云在评论婴儿的相貌,她说,这孩子长得多奇怪,他谁也不像,不知道像谁。五龙看见织云蓬头垢面地躺着,从窗棂间透进的光线横在她苍白的脸上,很像一柄小巧的水果刀，绮云抱着婴儿坐在床边，她对五龙说，过来看看你儿子，他有点像你。

襁褓里的婴儿仍然咿呀地啼哭着，他的小脸和身体呈现出一种粉红的透明的颜色。五龙一边捻着纸牌一边俯身看了看婴儿，他说，谁也不像，像一条狗崽，刚刚落地的小狗都是这种模样，母狗下小狗我见得多啦。他转过脸又看了看床上的织云。织云取下了搭在前额上的毛巾，她说，疼死我了，早知道这么受罪，打死我也不让男人碰我的身子。五龙冷冷地注视着她，轻蔑地说，到时候你就忘了，到脱裤子的时候你就会忘了。

这天夜里五龙刚刚睡下，听见外面有人在咚咚地敲门。五龙趿拉着鞋子去开门，看见米店外面站了一群人，他举起油灯照了半天，发现是六爷和他的家丁来了。狼狗在六爷脚边转着圈，突然响亮地吠叫起来，五龙站到门后让他们走进米店，他看见对面铁匠铺和杂货店的门窗也打开了，街坊邻居都在朝米店这边张望。

我来抱我的儿子。六爷对五龙说，有人告诉我织云的孩子像我，我家里的女人怎么使劲也生不出儿子，你的女人倒替我传宗接代了。我要把儿子抱走，你不会拦我吧？

不会。五龙在黑暗中摇了摇头，他领着他们往里面走，嘴里嘀咕着说，为什么要拦你？这米店上下没有一样东西是我的。

这就好。我看你还算懂事。六爷说着在五龙的背上轻轻推了一把，他说，要是每个人都像你一样知趣，我会解散我的码头兄弟会，我会扔掉枪和匕首立地成佛，兄弟们都回码头扛大包去。

五龙琢磨着六爷的话，他不明白六爷对他说这些有什么意义。五龙深知自己从来不去品尝蛇毒，难道我不知道你是一条伤人的毒蛇吗？他站在房门口，把油灯的捻子捻大了推开房门。他看见织云坐在床上给孩子喂奶，织云直直地瞪着六爷和家丁们鱼贯而入，她的脸上掠过一道暧昧的红光。

你果然替我生了儿子。六爷走过去在织云的红颊上拧了一把，夺过了那个花布褪褓，他端详着怀里的婴儿说，果然像我，看来我真的要把儿子抱回家了。

不行。织云突然拍着床板尖叫起来，现在来抱儿子了？当初你怎么把我一脚踢开的？我疼了一天一夜，为什么要白白送你一个儿子？

别跟我犟。六爷把婴儿递给一个家丁，他的一只手远远地伸过去拉了拉织云的发绺，你知道你犟不过我。你就安静一点坐你的月子吧。

织云呜呜地哭起来，织云一边哭一边骂着脏话，然后她抬起泪眼对六爷喊，我呢？你让我怎么办？你说话就像放屁，你怎么不抬轿子来？你说过只要孩子是你的就接我走，现在怎么光要孩子不要我啦？

我六爷说话从来都算数，六爷挥挥手笑起来，他嘴里的金牙在灯光下闪着炫目的光泽，六爷说，我都收了五房姨太太了，还怕多收一房吗？不过花轿就免了，织云你回头照照镜子，你自己看看你这副模样，配不配坐我吕家的花轿。

随你怎么糟践我吧，织云擦着眼泪说，我反正是不要脸面了，我想来想去，下半辈子就要缠住你，是你毁了我，我就是要缠住你不放，现在我要你一句话，什么时候来接我走？

没有人来接你，要来你自己来。六爷嬉笑着朝门外走，他又想起什么回过头去说，你可要等坐完月子来，否则我会把你轰出去，我最恨女人坐月子的丑模样，多晦气。

五龙和绮云一前一后站在门外，看着六爷和家丁们涌出来，婴儿在家丁的怀里拼命地啼哭着，五龙注意到婴儿粉红的脸上挂满泪水，他奇怪这么小的婴儿已经长出了泪腺。绮云在他的身后低声骂着，畜生，没见过这样霸道的畜生，变着法换着花样欺负人。他们看着那群人杂沓地走出米店，绮云突然想到什么，追到门外朝他们喊，给孩子找个奶妈，千万找个奶妈。那群人没有应声，他们纷纷爬上了停在街角的人力车。被掳的婴儿的啼哭渐渐微弱，直至最后消失。绮云朝他们远去的背影狠狠地吐了一口唾沫，然后砰地关上了米店的大门。

五龙在黑暗的院子里站了一会儿，回到房间里，他看见织云坐在零乱的绸被中，红肿的双眼呆滞地望着他，你看着我干什么？不关我的事，五龙的褂子脱了一半，又改变了主意，他说，我不想在这儿睡，我讨厌你身上的臊腥味，我也讨厌小狗崽子留下的奶味。五龙吹灭了灯盏，把一只衣袖搭在肩上往外走，他说，我去仓房睡，只有那儿最干净了。

你给我站住。织云在黑暗中叫起来，狼心狗肺的东西，你就不能陪陪我？

让六爷陪你吧，你不是要去做六爷的姨太太吗？怎么不让他来陪你？五龙环顾着沉没在黑暗中的房间，他的右眼在夜里看东西时总是隐隐地刺痛，他揉了揉那只眼睛说，我的眼睛又疼了，你们总是让我做这干那，你们从来不想想欠我的债。我操你们十八代祖宗，你们一家欠下了我多少债呀，这笔债永远还不清，永远还不清了。

米店姐妹在一个秋风萧瑟的下午进行了至关重要的谈话。五龙从锁眼里偷窥了室内谈话的全部过程，他看见绮云像一头愤怒的母兽，不时地从椅子上跳起来，她尖声咒骂、斥责织云，消瘦发黄的瓜子脸涨得通红，织云垂手站在她对面，织云的嘴唇无力而固执地嚅动着，她也在不停地说话，眼睛闪烁着一点泪光。五龙隔着门听不清楚，但他几乎猜到了谈话的所有内容。织云已经满月了,织云开始在偷偷收拾她的首饰和衣裳了。

我知道男人都一样,六爷和五龙都是咬人的狗,但是我跟着六爷总比跟着五龙强,六爷有钱有势,我不能两头不落好,现在我只能顾一头了,织云说。

你要去我不拦你,你把五龙也一起带走,这算怎么回事?把他甩给我,想让我嫁给他吗?绮云说。

嫁给他怕什么?他有力气,你也能调理他,我这一走米店就是你一个人的了,你也该要个身强力壮的男人帮着撑持店面,织云又说。

亏你说得出口,绮云就是这时候冲上去扇了织云一记耳光,绮云指着织云的鼻尖骂,贱货,你以为我跟你一样贱?你以为我稀罕这片破店?告诉你,要不是念着爹娘的遗嘱,我马上一把火烧了这房子,我真是很伤心了。

织云和绮云在房间里扭打起来,她们互相拉拽头发,掐对方的脸。虚弱的织云很快瘫在地上,并且突然掩面啜泣起来,她的身体被绮云拖来拖去的,衣裙发出沙沙的磨损的声音,绮云想把织云拖出房间,但她的手臂突然被织云紧紧抱住了,织云泪流满面,她仰起脸说,别拖我,我的裙子磨坏了。她把绮云冰凉的手掌放在自己的胸前哽咽着,我不知道我们家是怎么回事,娘让我气死了,爹又不在了,剩下我们姐妹,可是我们哪像一对姐妹,倒像是仇人。我不知道是怎么回事。绮云愣了一会儿,然后她果断地抽出了手,绮云余怒未消,她朝织云的臀部踢了一脚,怎么回事?你应该知道,你是我们家的丧门星,你是一条不要脸的母狗。

五龙在门外无声地笑了笑,现在他听腻味了,他从地上捡起一根筷子,把绮云房门反扣起来。他小心地把筷子插在门搭扣上。让你们在里面慢慢吵吧,五龙恶作剧地对着房门说。他觉得姐妹俩的争殴滑稽可笑,没有任何实际意义,她们怎么不来问问我的想法?他想,你们都可以走,我却不想走了,绮云也可以去嫁个男人,只要把米店留下,只要把雪白的堆成小山的米垛给我留下。

五龙在仓房里听见了院里哗哗的水声,织云一改懒惰的习性,天蒙蒙亮就在院子里浆洗衣服。五龙听见了木杵捣衣的滞重的响声。他在米垛上睡觉,他没有想到织云浆洗的是他的衣裤和布袜,她从来没给五龙洗过衣裳,后来米店又静了下来,五龙一走出仓房就看见他的黑布衣裤被晾在铁丝上了,水珠还在滴落。院子里留下了肥皂的气味。

绮云站在墙角刷牙,她回过头吐出一口牙膏的泡沫,直视着五龙说,织云走了。她去吕公馆,不回来了。

我知道,五龙弯起一根手指弹了弹铁丝,上面的湿衣裳一齐抖动起来,他说,其实她用不着偷偷摸摸地走,她怕我拦她吗？这事情想想真滑稽。滑稽透了。

你也该走了。你女人跑了,你还赖在我家干什么？绮云的脸转过去,舀了一勺水到铜盆里,她往上撸了撸衣袖,双手在水里烦躁地搓洗,滚吧,五龙,你要是个男人就该滚蛋了,你知道我这话是什么意思。

你说的跟我想的不是一回事,五龙干裂的嘴唇慢慢咧开来,他的表情似笑非笑,我在想你们一家欠了我多少怨债。五龙分别抬起了他的左脚和右脚,你看看这两个疤,它们一到阴天就隐隐作痛。然后他张开五指撑大左眼结满秽物的眼眶,一步步逼近绮云,他说,你再看看我这只瞎眼,别躲,靠近一点看着它,那都是你们一家做下的好事,我要等着看你们怎么收场。

别靠近我,绮云被五龙逼到了墙角,她抓过漱口的瓷杯尖叫着,你小心我砸你的狗头。

砸吧,五龙仍然保持着那个奇怪的姿势,往绮云面前紧逼,他说,他们死的死,溜的溜,把你丢给我了,他们要让你来还我的债,难道你还不明白？

我讨厌你。绮云扯着嗓子叫道,你别碰我,我说话算话,你再不滚开我就砸你的狗头。

砸吧,我还有右眼,你最好照准这里砸,五龙的手从眼眶上放下来，顺势在绮云的乳峰上拧了一把，他说，你得替代织云，你快嫁给我了。

你在做梦，绮云柳眉斜竖。愤怒和羞辱使她失却了控制，她低低地叫了一声，用力将瓷杯在五龙的头顶敲了一次，两次，她看见鲜血从他乌黑杂乱的头发间喷涌出来。五龙抱着头顶摇晃了几步，然后站住靠在窗台上，他用一种将信将疑的目光盯着她，他的左眼浑浊灰暗，他的右眼却闪烁着那道咄咄逼人的白光。

又给我一块伤疤。五龙慢慢地摇着头，他的手掌在头顶上抹了一把，抹下了一摊深红色的血，他竖起那只手掌对着太阳光照着，看见血在掌纹上无声地运动，颜色变浅，渐渐趋向粉红。你们一家三口，每人都给我留下了伤口，五龙看着手掌上的血说，他突然伸出那只手掌在绮云的脸上抹了一把，绮云，你这回跑不掉了，看来你真的要嫁给我啦。

绮云躲闪不及，她的脸颊被涂上一片黏稠的凉丝丝的血痕。绮云觉得自己快发疯了，她脑子里首先想到了父亲生前说起的铁斧。她咒骂着奔进父亲留下的北房，跪在床底下摸索那把铁斧。斧子上积满了很厚的灰尘，绮云吹掉上面的灰尘，她抓着冰冷的铁斧在房间里继续咒骂着五龙，她没有勇气这样冲出去砍五龙的狗头。这使她陡添了伤心和绝望之情。北房尘封多日，房梁和家具上挂满了蛛网。绮云看见柜子上还堆着许多草药，她走过去用斧子轻轻地拨了拨，许多蟑螂和无名的昆虫从草药堆里爬出来，绮云手里的铁斧应声落地，她想起已故的父亲，突然忍不住号啕大哭起来。绮云一边哭着一边走到铜镜前，她看见自己枯黄干瘦的脸沉浸在悲苦之中，颊上的那抹血痕就像一缕不合时宜的胭脂，她掏出手绢拼命擦着脸上已经干结的血痕，擦下一些细小的红色的碎片，它们无声地飘落在空气中，飘落到地上。

爹，娘，你们把我坑苦了。绮云呜咽着向米店的幽灵诉说，你们撇下我一个人，让我怎么办？也许我只好嫁给他了，嫁给他，嫁给一条又贱又恶的公狗。

绮云哭累了就跪在地上，泪眼蒙眬地环顾着潮湿发霉的北房，她听见了心急邃枯萎的声音。窗户半掩半开，一卷旧竹帘分割了窗外明亮的光线，绮云浑身发冷。她觉得这个春天是一头蛰伏多年的巨兽，现在巨兽将把她瘦小的身体吞咽进去了。这个春天寒冷下去，这个春天黑暗无际。

米店姐妹易嫁成为瓦匠街一带最新的新闻，这件事情的复杂程度超出了人们想象的范围。女人们在河边石埠上谈论米店，脸上的表情是迷惘而神秘的，男人们则集结在茶馆和酒楼上，他们议论的中心是五龙。有一种说法使人爆发出开怀的大笑，它源自铁匠铺的铁匠之口，铁匠说五龙的东西特别大特别粗，远远胜于一般的男人，铁匠再三强调这是千真万确的，他们曾经在一起用尺子量过。

午后的一阵风把晾在竹竿上的新被单卷出了米店的院墙。粉绿的被单神奇地在空中飞行了一段距离，最后落在染坊的染缸里，正在搅布的伙计看着那条被单的一半浸没在靛蓝色中，另一半搭在缸沿上，可以看见一摊椭圆形的发黄的渍印。伙计把被单拿给老板，老板又把被单送到了铁匠铺里，他知道那是米店的东西，但是染坊与米店多年来宿怨未消，他怀着一种恶作剧的心理让铁匠转交，并且隐隐地担忧这块女人的血渍会给染坊带来晦气。

五龙急匆匆地跑到铁匠铺来取被单，五龙的脸上布满了小小的月牙形的指甲印。铁匠们不肯交出被单，他们逼迫五龙说出一些不宜启齿的细节。五龙摇着头嘻嘻地笑，他的表情看上去愉快而又空旷。最后他突然说了一句，绮云有血。铁匠们在一阵哄笑后把被单交给五龙。五龙随意地把它揉成一团，抓在手中，他的眼睛在瞬间起了不易察觉的变化，目光如炬地扫视着铁匠们和外面的瓦匠街，他说，女人都是贱货，你们看着吧，我迟早把她操个底朝天，让她见我就怕。

五龙到米店怎么也找不到绮云。他问伙计老王，老王说在仓房里，在洗澡，五龙就去推仓房的柴门，门反扣上了，从木条的缝隙里可以看见那只漆成枣红色的大浴盆，可以看见绮云瘦小扁平的后背。几天来绮云总是躲在仓库里洗澡。五龙知道她想把什么东西从体内洗去。他觉得这种做法是荒唐而不切实际的。仓房里水声泼溅，周围雪白的米垛在绮云的身体边缘投上了一层荧光，五龙突然体验到一种性的刺激，生殖器迅速地勃起如铁，每当女人的肉体周围堆满米，或者米的周围有女人的肉体时，他总是抑制不住交媾的欲望。他拍打着仓房的柴门，快开门，快给我开门。

大白天的你别来缠我，绮云在仓房里说。我烦死了你。

五龙不说话，他拼命地摇着残破的柴门，门摇摇欲坠。

你是畜生，白天黑夜的要不够。你就不怕老王他们听见？绮云提高了声音，她看见柴门咯咯地摇晃着，快要倒下来了。你是畜生，我拿你没有办法。绮云从浴盆里站起来，草草地套上一件衣裳过去开门，她说，你真的是畜生，一点廉耻也没有，大白天的你到底想干什么？

绮云的衣裳被洇湿了，水珠从她褐黄的头发和细瘦的脚踝处滴在地上。五龙把门关上。他的一只手紧张地摁住裤裆，他的迷乱的眼神使绮云感到恐惧。过去，躺到米堆上。绮云去推五龙挡着门的身体，她厉声说，现在不行，你没看见我才洗干净？五龙说，我不管你，我就是现在想干，你是我的女人，你就是让我操死了也是活该，他突然拦腰抱起了绮云，抱着绮云往米垛上走。绮云发疯般地在他脸上抓挠着，绮云尖叫着喊，你要是敢干，我马上死给你看。死给你看。五龙咧嘴笑了一声，他说，你吓唬谁？我干我的女人不犯王法，你死了也白死。干完了你去上吊吧，我不拦你，五龙说着把绮云扔在米垛的最高处，他看见绮云湿漉漉的身体沉重地坠落在米垛上，溅起无数米粒，他的脚下一半是沙沙坍陷的米垛，一半是女人蛇一样扭动的腰肢和脖颈，这种熟悉的画面使五龙心乱神迷，他的嘴里发出一种幼稚的亢奋的呼啸声。

在绮云的反抗和呻吟中，五龙再次实现了他心底深藏的夙愿。他抓起一把米粒灌进了绮云的子宫。然后他的激昂的身心慢慢松弛下来，他滚到一边的米垛上，懒懒地穿着裤子，他躺下来嚼咽着米粒，听见绮云压抑的呜咽和无穷无尽的咒骂——畜生、畜生、畜生。五龙看了看米垛下面的大木盆，对绮云说，你再去洗呀，水还热着。他感到从未有过的满足，摊开四肢仰卧在米堆上，外界的声音渐渐地从他耳中隔绝，五龙陷入一片安详和宁静中，他觉得身下的米以及整个米店都在有节律地晃动，梦幻的火车汽笛在遥远的地方拉响，他仍然在火车上，他仍然在火车上缓缓地运行。神奇的火车，你要把我带到哪里去？

绮云发现她的翡翠手镯不见了，她翻遍了首饰盒和每只抽屉，不见手镯的踪影，那是母亲朱氏留下的遗物，原来是一对，朱氏死前给两个女儿每人一只。当时绮云还是个瘦瘦小小的女孩，手腕细如柴棍，手镯戴上去就会脱落下来。她把翡翠手镯藏在柜子里，藏了好多年了，她不知道它是怎么不见的。她推开窗看见五龙站在院子里发呆。

你是不是偷了我的手镯？绮云问五龙。

什么手镯？我要它干什么？套在鸡巴上耍吗？五龙阴沉下脸冲绮云喊，他说，你们老是狗眼看人低，你们老是往我头上栽屎。

你既然没偷发什么火？绮云怀疑地审视着五龙，过了一会儿她又说，这家里真是出了鬼啦，不是少柴就是缺米的。没有家贼才怪呢。

你再指桑骂槐的我就揍你，五龙眯起一只眼睛，仰面看着院子里的天空，他满怀恶意地说，老天做证，除了两个臭×，我什么也没偷，那还是你们送上来的。

绮云朝五龙啐了一口，怏怏地关上窗子。看来那只翡翠手镯是让织云带到吕公馆去了。绮云想到织云恨得直咬牙，我的手镯绝不让她戴，绮云一边嘀咕着一边打开衣柜找衣服，她决定去吕公馆要回她的翡翠手镯。

绮云走到吕公馆时两扇大铁门还开着，有人推着装满纸箱的板车进了园子，板车后面是一大帮押车的男人。绮云认得这群黑衣黑裤的男人，他们就是飞扬跋扈的码头兄弟会的人，他们每到月底就来米店收黑税。绮云想跟着那群人进去，但是园子里跑来一个仆人，急急地把大铁门关上了。绮云差点被撞倒，气得直骂，什么偷鸡摸狗的鬼窟，见人就关门。

你找谁？仆人隔着铁门打量着绮云，六爷现在忙着进货，不会女客。六爷已经半个月没会女客了。

谁要找他？我找织云，六姨太，绮云说。

六姨太？仆人诡谲地反问了一句，他拉门的时候脸上露出一丝讥讽的微笑，六姨太，她在后面洗衣服呢。

绮云走过空旷的修葺整齐的园子，漫无目的地朝四处望。厢房和回廊上到处有人在搬弄东西，绮云猜想这就是六爷从事的某种黑道。她弄不清也没有兴趣去弄清。绮云穿过忙碌的挤满男人的回廊朝后面走，猛然听见一记枪声在耳边炸响，吓了一跳。一个头戴瓜皮帽身穿西装的小男孩从树上跳下来，他朝绮云晃了晃手里的一把枪，嚷着说，这是真枪，你要是惹我发火，我就一枪崩了你。绮云捂住胸望着小男孩，她猜想他是六爷的那个唯一嫡出的儿子。绮云摇摇头说，小少爷你差点把我吓死，我不认识你，我怎么会惹你发火呢？

后园的水井边果然是织云在洗衣裳，织云看着绮云从树影中慢慢走过来，手里的木杵砰地掉在井台上，几个月不见织云的容颜枯槁憔悴，她的发髻多日没有盘过，头发就一绺绺地垂在脖子上。绮云看见了她的那只翡翠手镯，它戴在织

133

云的手腕上，织云的手上沾满了肥皂的泡沫，但是一对翡翠手镯却炫目地戴在她的手腕上。

你果然来看我了，我猜你会来看我的。织云一说话眼圈就红了。她想去拉绮云的手，但很快发现绮云脸上的怒气，绮云的眼睛盯着她腕上的手镯，织云垂着眼睑抚弄着手镯，那么你不是来看我的？你是来讨还这只手镯的？

不是说来做六姨太吗，怎么自己在井边洗衣服？绮云坐到井台上，斜睨着木盆里花花绿绿的衣服说。

我偶尔洗一洗，都是换下来的丝绸，让老妈子洗我不太放心。

别死要面子了，绮云冷笑了一声，我早就说过你没有做太太的命，你自己贱，人家把你看得更贱，我早就劝你别指望六爷，他是个衣冠禽兽，他不会给你好日子过。

织云沉默地蹲下来捡起木杵，捶衣的姿势看上去仍然是僵硬无力的，过了一会儿她抬起头怯怯地望着绮云，她说，五龙对你好吗？

别提他，一提他我就满腹火气，你们把他招进家门，现在却要让我跟着他受罪，我这辈子就毁在你们手上啦。

有时候我还梦见他，梦见他往我的下身灌米粒，织云的嘴角浮出某种凄苦的微笑。她说，他的脑子里装满了稀奇古怪的念头。

别提他,让你别提他,绮云厌烦地叫起来,她朝寂静的后园环顾了一圈,后园空寂无人,芍药地里的花朵已经颓败,据说芍药地的下面就是吕公馆暗藏的武器和弹药库,那是这个城市暴力和杀戮的源泉。绮云想起那些倒毙于街头和护城河的死尸,突然感到惊悚,她跳下井台,蹲下来望着织云问,你天天在这里就不害怕?我觉着这园子早晚会出什么大事。六爷杀了那么多人,结下那么多怨,他就不怕会出什么大事?

男人的事女人家哪儿管得了?织云从井里吊上来半桶水倒进木盆里,她说,你怎么就不问问我的孩子?幸亏六爷还算疼他,让奶妈带着长得又白又胖,园子里上上下下都喜欢这孩子,你猜他们给他起了个什么名字?叫抱玉,多奇怪的名字。我现在只有指望抱玉长大了,抱玉长大了我就有好日子过了。

那也不一定。绮云木然地注视着织云浸泡在肥皂水中的手,她的心里涌出了对织云的一丝怜悯之情,织云,你好蠢呀,你就甘心在这里受苦干熬等抱玉长大了?绮云的手指轻轻地把织云脑后的髻子打乱,然后重新替她盘整齐了。绮云这样做的时候忽然悲从中来,她低低地哽咽起来,织云,我不知道我们姐妹怎么落到这步田地,自己想想都可怜,心疼,我还跟你要手镯干什么?要了手镯戴给谁看?反正是娘留下的东西,你喜欢你就戴着吧。

绮云走出吕公馆时万念俱灰，一种深深的悲怆之情牵引着她。她的手里托着一包南瓜子和小核桃，是用手绢包着的。那是临走时织云塞给她的。织云喜欢这些零食，她却一点也不喜欢。绮云在城北狭窄肮脏的小巷里穿行，手帕里的南瓜子和小核桃一点点地坠落，掉在沿途的石板路上。绮云没有去捡，她穿过小巷子去江边，当浑黄的江水和清冷的装卸码头蓦然出现时，绮云的手里只剩下一块薄薄的白绢剪成的手帕。

江边的码头总是聚集着一群无事可干的男人，有时候他们搜寻着岸边踯躅的人，一俟发现跳江的就前去打捞，他们护送落水的人回家，以便向他们的家人索取一点酒钱。这天下午他们看见一个穿蓝士林布旗袍的瘦小女人直直地坠入江中，一块白绢在江风中像鸟一样飞起来。按照常例，他们飞快地灌下一口烧酒，紧随其后跳进了江中。

他们顺利地把落水的女人搬到岸上，然后有人把她驮到背上疾跑了一段路，水就从女人的嘴里倒流出来，一路溅过去，又有人追过来，侧着脸仔细辨别女人苍白的湿漉漉的面容，突然他叫起来，是绮云，我认识她，她是瓦匠街米店的二小姐。

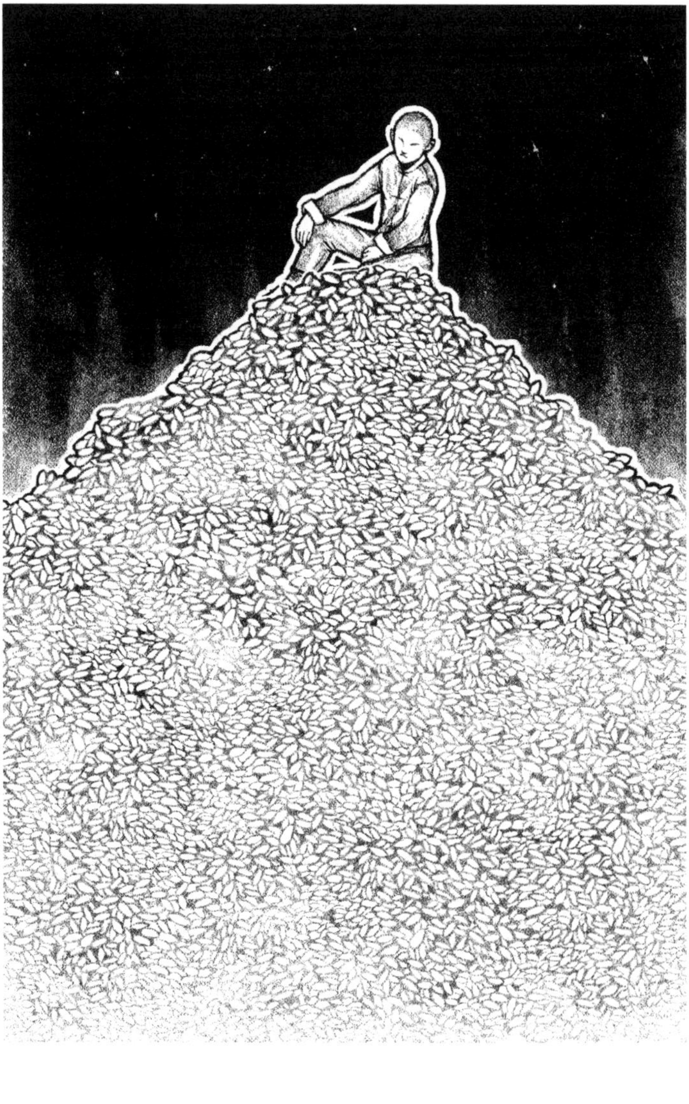

第八章

一九三〇年南方再次爆发了大规模的灾荒,而在遥远的北方战事纷繁,炮火横飞。成群的灾民和衣衫褴褛的伤兵从蒸汽火车上跳下来,蝗虫般地涌进这个江边的城市。有一天五龙在瓦匠街头看见两个卖拳的少年,从他们的口音和动作招式中透露出鲜明的枫杨树乡村的气息。五龙站在围观的人群里,一只手牵着五岁的女儿小碗,另一只手拽着八岁的儿子柴生。卖拳的少年不认识五龙,五龙也难以判断少年来自枫杨树的哪个家族,他只是怀着异样的深情默默观望着两个少年乡亲,他们的斗拳笨拙而充满野性,两个人的脸上都布满了青紫色的伤痕。五龙看着他们最后软瘫在地上,把一只破碗推到围观者的脚边,他掏出了身上所有的铜板,一个个地扔进破碗里,他想对少年说上几句话,最后却什么也没说。

爹，你给了他们很多钱，柴生抬起头不满地望着父亲，他说，可你从来不肯给我钱。

五龙没有说话，他的脸上过早地刻上了皱纹，眉宇之间是一种心事苍茫的神色，五龙拉拽着两个孩子往米店走，手上用的劲很大，小碗一边跟着踉跄地跑，一边带哭腔地喊，爹，你把我拉疼啦！

这天米店打烊半天，绮云坚持要给米生做十岁生日。他们走进后厅时，看见圆桌上摆满了荤素小菜，米生穿了件新缝的学生装半跪在椅子上，他正用手抓菜吃，这一天米生正好满十岁，他惊恐地回过头看着父亲，一条腿从椅子上挪下来，米生说，我不是偷吃，娘让我尝尝咸淡。

又对我撒谎。五龙走上去刮了米生一记头皮，他说，你像只老鼠，永远在偷吃，永远吃不够。

绮云端着两碟菜走进前厅，她接着五龙的话音说，你就别教训孩子了，米生就像你，你忘了你年轻时那副饿死鬼投胎的样子啦？你忘了我可没忘。绮云把两只菜碟重重地搁在圆桌上，她说，今天孩子做寿，是喜庆日子，你还是整天挂着个驴脸，好像我们欠了你债。我真不明白到底是谁欠谁的？

五龙搡了米生一把，径直走到南屋里。他坐在一张竹制摇椅里，身子散漫地前后摇晃，脑子里仍然不断闪过两少年街头斗拳的画面。漂泊了这么多年，经历了这么多事，五龙突然产生了一种孤独的感觉，孤独的感觉一旦袭上心头，总是使他昏昏欲睡。他闭上眼睛就看见一片白茫茫的汪洋大水，他的竹制摇椅，他的米店的青瓦房屋，还有他的疲惫不堪的身体，它们在水中无声地漂浮，他又看见多年前的水稻、棉花和逃亡的人群，他们在大水中发出绝望的哀鸣。

前厅里响起碗碟落地的清脆的响声，然后是小碗呜呜的夸张的哭声。绮云大概打了小碗，绮云训骂孩子的语言经常是烦冗而横生枝节的。让你别疯你偏要疯，喜庆日子里打碎饭碗要倒霉的。干脆全碎光倒也好了，你偏偏打碎了一个碗底，绮云说着把碗扔到了院子里，又是清脆的令人烦躁的一响，绮云哀怨地说，你这疯样就像你姨妈，老天爷不长眼睛，为什么我的孩子都不像我，都像了这些没出息的东西，我日后还有什么指望？

给我闭嘴吧。五龙冲出门去，满脸厌烦地对绮云嚷，你这种碎嘴女人只有用鸡巴塞住你的嘴。你整天唠唠叨叨骂东骂西，你不怕烦老子还嫌烦呢。

你烦我不烦？我忙了一天，你什么事也不想干，倒嫌我烦了？绮云解开腰上的围裙，拎着角啪啪地抖着灰，她怒气冲冲地说，晚饭你别吃，你就躺那儿想你的鬼心思吧，你整天皱着眉头想心思，想也想饱了，还吃什么饭？

绮云突然噤声不语了，她看见织云提着一个布包出现在院子里，织云是来赴米生的寿宴的，绮云还请了孩子们的表兄抱玉，但是抱玉却没有跟着织云来。

抱玉怎么不来？绮云迎上去问。

他不肯来。那孩子脾性怪，最不愿意出门。织云的脸上涂了很厚的脂粉，绿丝绒旗袍散发着樟脑刺鼻的气味。她站在院子里环顾米店的四周，神情显得茫然而拘谨。

是他不听你的吧？绮云说，我倒无所谓，主要是孩子们吵着要见表兄，冯家没有其他人了，只有抱玉好歹算是个亲戚。

织云无言地走进屋里，坐下来打开布包，掏出一捆桃红色的毛线放在桌上，那捆毛线颜色已经发暗，同样散发着一股樟脑味，织云说，这一斤毛线送给米生，你抽空打一件毛衣，就算做姨的一点心意。

绮云朝桌上溜了一眼，很快认出那还是织云离家时从家里卷走的东西，那捆毛线最早是压在母亲朱氏的箱柜里的。绮云忍不住讥讽的语气，也难为你了，这捆毛线藏了这么多年，怎么就没被虫蛀光。

织云尴尬地笑了一声，她搂过孩子们，在他们脸上依次亲了亲，然后她问绮云，五龙呢？米生做寿辰，怎么当爹的不来张罗？

他死了！绮云大声地回答。

五龙在南屋里佯咳了一声,仍然不出来。直到掌灯时分,孩子们去厨房端了米生的寿面,五龙才懒散地坐到圆桌前。他始终没有朝织云看过一眼,织云也就不去搭理他,只顾找话跟绮云说,桌上是沉闷的吸溜吸溜的声音,米店一家在暗淡的灯下吃米生的寿面。米生挨了父亲打,小脸像成年人一样阴沉着,他十岁了,但他一点也不快活,柴生和小碗则经常把碗里的面汤溅到桌上,绮云只好不时地去抓抹布擦桌子。

前天我看见抱玉了,五龙突然说,他仍然闷着头吃,但显然是冲着织云的,我看见他在街上走,人模狗样的。我看他长得一点不像六爷,他像阿保,连走路的姿势也像阿保,我敢说抱玉是阿保的种。

织云放下碗筷,脸色很快就变了。她仇视地盯着五龙油亮的嘴唇,猛地把半碗面条朝他泼去。织云厉声骂道,我让你胡说,我让你满嘴喷粪。

孩子们哇哇大叫,惊惶地面对这场突然爆发的冲突,他们无法理解它的内容。五龙镇静地把脸上的面条剥下来,他说,你慌什么?我不会去对六爷说,我只是提醒你,假的成不了真,就像我一样,我是这米店的假人,我的真人还在枫杨树的大水里泡着,我也不是真的。

你满脑子怪念头,我不爱听。织云哑着嗓子说,我已经够苦命了,谁要再想坑我我就跟他拼命。

米生的十岁寿宴最后不欢而散，孩子们到街上玩，五龙照例捧着冯老板留下的紫砂茶壶去了对面的铁匠铺，多年来五龙一直与粗蛮的铁匠们保持着亲密的联系，这也是他与瓦匠街众人唯一的一点交往，绮云愤愤地冲着五龙的背影骂，你死在铁匠铺吧。你别回家。她收拾着桌上的残羹剩饭，动作利索而充满怨气，这日子是怎么熬过来的？绮云突然对织云感慨地说，一眨眼米生都满十岁了。

织云洗过脸，对着镜子重新在脸上敷粉，镜子里的女人依然唇红齿白，但眼角眉梢已经给人以明日黄花之感。织云化好妆用手指戳了戳镜子里的两片红唇，她说，我今年几岁了？我真的想不起来我到底几岁了。是不是已经过三十坎了？

你才十八，绮云拖长了声调揶揄织云，你还可以嫁三个男人。

没意思。做女人真的没意思。织云跟着绮云到厨房去洗碗，在厨房里，织云用一种迷惘的语调谈起吕公馆深夜闹鬼的事情，织云说得语无伦次，她没有撞见过那个鬼，只是听吕家的仆人和老妈子在下房偷偷议论，绮云对此特别感兴趣，在这个话题上刨根问底。织云最后白着脸吐露了一句至关重要的话，那个鬼很像阿保。

他们说那个鬼很像阿保。织云的眼睛里流露出一丝恐惧，她说，这怎么可能？阿保早就让六爷放江里喂鱼了。

不是说没见阿保的尸首吗？也许他还没死，他到吕公馆是要报仇的，你们都要倒霉。

不可能。织云想了想坚决地摇着头，你不知道阿保的东西都割下来了，他就是当时不死以后也活不成，我懂男人，男人缺了那东西就活不成了。

那么就是阿保的冤魂，反正都是一回事，绮云掩饰不住幸灾乐祸的表情，她咬着牙说，他六爷张狂了一辈子，也该倒点霉了。有鬼就闹吧，闹得他家破人亡才好，凭什么别人吃糠咽菜的，他天天山珍海味大鱼大肉？

你心也太阴毒了，织云不满地瞟了妹妹一眼，怎么说那还是我的夫家，你这么咒他不是顺带着我和抱玉吗？吕家若是出了什么乱子，我们娘儿俩跟着倒霉，你们米店的生意也不会这么红火。

这么说他六爷成了我们家的靠山了？绮云冷笑了一声，把手里的一摞碗晃得叮当直响，她说，什么狗屁靠山？他连你都不管，还管得了我家？码头兄弟会每月上门收黑税，一次也没落下。难道他六爷不知道米店是你的娘家？

织云一时无言以对。她在厨房里愣愣地站了一会儿，走到院子里看看天色很晚了，织云简短地回忆着在米店度过的少女时代，心里异常地酸楚而伤感。她没有向绮云道别，拎起布包朝外面走。她记得每次回米店的结局总是不愉快的。也许她们姐妹的宿怨太深太厚，已经无法消解了。

她在门口看见五龙从铁匠铺出来，下意识地扭过脸去，装作没有看见，她拎着空空荡荡的布包向前走了几步，听见后面响起五龙响亮的喊声：你千万当心。织云回过头望着五龙，他的叫声突兀而难以捉摸，织云说，莫名其妙，你让我当心什么？五龙的一条腿弓起来撑着铁匠铺的墙壁，他的微笑看上去很暧昧，当心鬼魂，当心阿保的鬼魂！

你才是个鬼魂。织云迟钝地回敬了一句。她想他是怎么知道吕家这条秘闻的，吕家隐秘而奢华的生活与瓦匠街的对比过于强烈，瓦匠街的人们永远在流传吕家高墙内的种种消息。想到这些织云感到了虚荣心的一点满足，感到了一点骄傲，她走路的步态因而变得更加柔软和妖娆了。

瓦匠街两侧的店铺随岁月流逝产生了新的格局和变化，即使有人在观望夜灯下的街景，看见织云娉婷而过，年轻的店员也不会认识织云，更不知道曾经流传的有关织云的闲话了。

米店兄妹三人经常在尘封多年的北屋里捉迷藏，那是他们外祖父外祖母生前居住的地方，高大粗笨的黑漆箱柜上方挂着外祖父外祖母的遗像，相片装在玳瑁框子里，已经发黄，相片上的两个人以遥远模糊的目光俯瞰着他们的后代。孩子们从未见过他们，死者的概念对于他们有时候是虚幻的，有时候却使他们非常惧怕。

米生钻到了外祖父的红木大床下，让柴生和小碗来找他，米生尽量地将身子往里缩，他的手撑到了潮湿发霉的墙砖上，咔嚓一声，一块旧砖掉落下来，米生的手伸到了一个洞孔里，他好奇地在洞孔里掏来掏去，掏出一只小木盒和一本薄薄的书册。

米生抱着这两件东西爬出来，他首先打开木盒，看见里面放着许多各种形状的金器，在幽暗的房间里熠熠发亮。米生把柴生和小碗叫过来，指着木盒对他们说，知道吗？这是金子，我们不捉迷藏了，我们把金子拿到杂货店换糖块，偷偷地去，别让爹娘知道。柴生说，这点东西能换几块糖呢？米生把木盒关好了掖在怀里，能换一大堆，我分你们一半，但你们千万不能告诉爹娘。这时候小碗在抖动那本纸片缝缀的书册，纸片已经发脆，嚯啪地响，小碗说，这是什么？上面有好多字。米生朝书册打量了一眼，抢过来扔回床底下，他说，这是一本书，书不值钱。

他们悄悄地溜到了瓦匠街街口的杂货店，米生踮起脚把木盒放到柜台上，他对杂货店的老板娘说，里面是金子，我知道金子就是钱，你要换给我们许多糖块才行。杂货店的老板娘打开木盒吓了一跳，半天才缓过神来，她走出柜台把门关上，然后轻声细语地对孩子们说，你们要是保证不对大人说，我就给你们一大包糖块，你们敢发誓打赌吗？米生不耐烦地说，我绝不会说，他们也不敢说。他们要是敢说我就揍扁了他们，你就换吧。老板娘对兄妹三人扫视了一圈，最后犹犹豫豫地从柜台上拽出一包糖块，塞到了米生的怀里。

连续几天米店兄妹三人从早到晚地嚼着糖块。米生上小学堂时书包里也装着糖块，有时高兴了就分送几颗给别的孩子。米生还用那些糖块换来了许多弹弓、玻璃弹子和香烟壳，米店夫妻整天忙于店堂的事务，无暇顾及孩子们的反常表现。直到有一天小碗又打碎了一只茶杯，绮云狠狠地骂着小碗，小碗哭哭啼啼地申辩说，娘老骂我，怎么不骂米生？米生偷了家里的金子换糖吃。

绮云如雷击顶，她的第一个反应就是去找杂货店的老板娘。正是早晨街上最热闹的时候，许多人听见了绮云在杂货店里疯狂的哭骂声，他们挤进杂货店看热闹，听绮云和杂货店老板娘你一句我一句地争吵，终于弄清了事情的原委。所有人都认为这事对于米店一家来说可笑而又残酷。后来他们看见杂货店老板娘朝柜台上摔来一只小木盒，绮云清点的时候用身体挡住众人的视线，最后她咬着牙齿对杂货店老板娘说，少了一副耳环，你想留就留着吧，就算老娘送你进棺材的陪葬。

这天米生放学一进门就发现家里气氛异样,想跑已经来不及了,五龙抱住了他。一根麻绳唰唰几下就捆住了米生瘦小的身子。米生被吊到了后厅的房梁上,他在空中痛苦地旋转着,看见父亲的脸充满恐怖的杀气,手里攥着一根担米用的杠棒,柴生和小碗畏缩在父亲的身后,抬脸望着他,谁告的密?是谁说出去的?米生突然挣扎着狂叫起来,他看见妹妹小碗受惊似的跳起来,跑到母亲那边往她身上靠。米生听见柴生在下面小声说,我没说出去,不关我什么事。

绮云坐在靠椅上一动不动。即使在屋角暗淡的光线中,仍然可以看出她苍白的嘴唇不停地颤抖着,她推开小碗站了起来,突然躁怒地对五龙喊,打呀,打死他不要你偿命,这孩子我不想要了。

米生看见父亲的杠棒闪着寒光朝他抡过来,呼呼生风,起初米生还忍着疼痛,不断重复一句话,小碗我要杀了你,后来就不省人事了。杠棒敲击身体的沉闷的声音像流沙,在他残存的听觉里渐渐散失。米生经常挨打,但没有一次比得上这次。米生苏醒过来发现自己躺在床上,绮云坐在灯下纳鞋底,她的眼睛红肿得厉害,绮云过来抱着米生的脑袋,哽咽着说,你怎么这样不懂事?那盒金器是我们家的命根子,你怎么能拿去换糖块吃?米生的眼泪也流了出来,他从绮云的双臂中挣脱了，转过脸看着布帐上的几个孔眼，从孔眼里可以看到后面的一张小床，柴生和小碗就睡在那张小床上，米生说，是小碗告的密，她发誓不说出去的，她说话不算数，我要杀了她。

米生这年刚满十岁，米生的报复意识非常强烈，这一点酷似他的父亲五龙。妹妹小碗在很长一段时间里成为米生复仇的目标。

米生看见小碗在院子里跳绳，头上的小辫一摇一摆的。小碗已经忘了几天前的事，她对米生喊道，哥，你来跳吗？米生站在仓房门口，阴郁地望着妹妹肮脏的挂着鼻涕的小脸，米生摇了摇头说，我不跳，你也别跳了，我们爬到米堆上去玩，小碗一路甩着绳子跳过来，她发现米生的眼神极其类似暴戾的父亲。小碗怯怯地说，你不会打我吧？米生继续摇着头，他说，我不打你，我们到米堆上捉迷藏。

米生牵着小碗朝米垛上爬。米生把小碗用力地朝米垛下面摁。你藏在米堆里，别吭声，我让柴生来找你。米生喘着气说，这样谁也找不到你，爹娘也找不到你，小碗顺从地缩起身子往米堆深处钻，最后只露出小小的脸孔和一条冲天小辫。小碗说，快让小哥来找我吧，我透不过气来。米生说，这样露出脸不行，柴生会看见你的，米生说着就拽过半麻袋米，用力搬起来朝小碗的头上倒去，他看见雪白的米粒涌出麻袋，很快淹没了小碗的脑袋和辫子。起初新垒的米堆还在不停地松动坍陷，那是小碗在下面挣扎，后来米堆就凝固不动了，仓房里出奇地一片寂静。

他知道自己闯下了大祸，但他已经做好了充分的心理准备。他把仓房的柴门反扣上，拎起书包跑出了家门，经过店堂的时候，他看见父亲和两个伙计正在给一群穿军装的士兵量米，母亲则坐在柜台后面编织一件桃红色的毛衣，他知道那是替自己打的，他根本不想穿这种颜色的毛衣。

下午五龙和伙计老王去仓房搬米，铁铲挥舞了几下，米垛上露出了一根冲天的缠着红线的小辫，随着米垛沙沙陷落，小碗蜷缩的小巧的身体滚了下来，小碗的脸呈现出可怕的青紫色，五龙把小碗抱起来摸她的鼻孔，已经没有鼻息了，他看见小碗僵硬的手里还抓着一条绳子。

意外的灾难使绮云几乎要发疯，她竭力支撑的精神在一天之内成为碎砖残瓦。绮云抱着小碗冰冷的遗体坐在米店的门槛上，她在等待米生放学回家，街上的人对小碗之死一无所知，他们看见绮云抱着小碗坐在米店的门槛上，以为是小碗生病了，绮云抱着她在晒太阳。他们没有听见绮云的哭声。

但是米生却没有回家。米生不知道跑到哪里去了。第三天五龙把小碗装进了一口匆匆打就的薄皮棺材，在钉棺的时候五龙听见伙计老王说，米生在江边码头上，我看见他在拾烂橘子吃，喊他他就跑，他还朝我扔石块，绮云嘭嘭地拍打着薄皮棺材，边哭边喊，把他找回来，让他跟小碗睡一起，让他们一起去，把柴生也捎上，我一个也不想要了，我再也不想跟着你们受罪了。

五龙吐出嘴里的长钉，抓在手上，他冷冰冰地审视着绮云说，你喊什么？狠心的女人，干脆你也进去吧，我来给你们盖棺钉棺。

后来五龙在江边的一只空油桶里捉住了米生，米生当时正熟睡着，他的脸已经被油污弄得乌黑难辨，梦中的神情显得惊悸不安。五龙把儿子紧紧地抱住，端详着米生的整个脸部，五龙喃喃地说，你真的像我，可你怎么小小年纪就起杀心？你把你的亲妹妹活活闷死了。

打断米生的一条腿骨是绮云的主张，当五龙再次把米生吊到房梁上时，绮云哭着说，打吧，打断他一条腿，让他以后记住怎么做人，五龙掂着手里那根油光锃亮的杠棒，他对绮云说，这可是你让我打的，米生若是记仇该记你的仇了。绮云的身体颤了颤，她背过脸低低地呜咽着，打吧，我背过脸不看，你就动手打吧，绮云用手指塞住自己的耳朵，但她还是听见了米生的一声惨叫和胫骨断裂的声音，咔嚓一声，它后来一直频繁地出现在绮云的噩梦中。

米生在床上躺了一个月,初次下地走动时一家人都紧张地注视着他的腿,米生走路时失去了平衡,他成了一个名副其实的小拐子。

织云回了一趟米店。除了说几句常用的劝慰的话,织云也说不出什么,她和绮云枯坐在前厅的两张靠椅上,听店堂里偶尔响起的嘈杂声,姐妹俩相对无言,织云回想了一会儿小碗的粉红健康的脸和乌溜溜的眼珠,思绪很快地折到吕公馆的后园里,后园又在闹鬼了。有一个夜晚她听见卧房的窗外有动静,推开窗子就看见了那个黑衣黑裤的鬼魂,他正在朝后园的芍药花地里走。

我真的看见了,那个鬼魂就是阿保。织云睁大惊惶的眼睛说,阿保跟活着时一模一样,走路神气活现的,还摇晃着肩膀。

绮云并没听见什么,她呆滞地望着织云湿润的涂过口红的嘴唇,仍然沉浸在自己的悲痛中。

他们说那不是鬼魂,是活人,是阿保来找六爷报仇了。可我还是不相信,阿保的东西都让六爷割下来了,他怎么会不死呢?

别说了,我没心思听,绮云厌烦地打断了织云的话。

也许阿保让哪个神仙救活了？织云沉思着做出了一个推断，她抚摩着腕上的翡翠手镯说，他们都怕极了，六爷也有点害怕，每天睡觉都有六个家丁守在床边，可我一点也不怕，我和阿保毕竟有过情分，他会捉别人不会捉我的。

捉的就是你，绮云突然对织云恶声恶气地说，归根结底，你是我们家的祸根，若不是你，我也不会落到现在这步田地，活不成也死不了，想哭都没有眼泪。

对于绮云长年累月的攻讦，织云其实也听惯了，但这次不比寻常。织云再也不能忍受，她红着眼睛拂袖而走，边走边说，从今往后我再也不进这个破门，我才不愿意做你的出气筒，从今往后我们井水不犯河水，我没你这个妹妹，你也别求我办什么事。织云气鼓鼓地走到店堂里，被五龙拦住了，五龙说，怎么急着要走？留下吃晚饭吧，他的手很自然地过来在织云的乳峰上捏了一把，织云扬手扇了五龙一记耳光，她骂道，畜生，这种日子你还有好心情吃老娘的豆腐，你还算个人吗？

织云又是伤心而归，这一走果然兑现了无意的誓言，织云没再回过瓦匠街的米店。多年来她一直在吕公馆里过着秘不传人的生活，红颜青春犹如纸片在深宅大院里孤寂地飘零，瓦匠街的人们知道织云做了六爷的姨太太，却无从知道她在六爷膝下的卑微，她的虚幻的未来和屈辱的现实。只有绮云知道，吕家上上下下都歧视织云，甚至抱玉也从来不肯喊她一声娘。

几天后城北一带的居民都听见了来自吕公馆的爆炸声，那是午夜时分，爆炸声持续了很长时间，有时沉闷，有时清脆，男人们披衣出门，站在街上朝北张望，北面的夜空微微泛红，可以看见一股庞大的烟雾冉冉地升腾，空气中隐约飘散着硫黄和焦铁的气味。他们一致判断出事的地点是吕公馆，是吕公馆出事了。

关于吕家爆炸的消息也在瓦匠街上不胫而走，目击者说有人引爆了后院私设的弹药库，吕家的半座园子在大火中化为灰烬，吕家被炸死了许多人，剩下的人都坐上一辆大卡车往火车站去了。五龙站在人群里大声问，还剩下了谁？目击者是街口的小皮匠，他了解五龙与吕家婉转的关系，他说，六爷连一根汗毛也没伤着，他站在卡车上还是吆五喝六的。还有抱玉，抱玉也活着，但是我没看见织云，也许织云被炸死了。五龙又问，你知道是谁干的吗？小皮匠迟疑了一会儿，用一种不确切的语气说，听说是阿保，可是阿保已经死了十年啦，怎么可能？不然就是阿保的鬼魂？这也不可能，一个鬼魂不会引爆弹药库。小皮匠皱着眉头想了一会儿，最后对众人说，我觉得这件事情很蹊跷。

五龙和绮云赶到吕公馆的废墟上时，所有的死者都被迁往野外的乱坟堆了，昔日象征着金钱和势力的深宅大院到处残垣断壁，草木被烧成了焦黑的炭条，绮云在废墟上茫然地走着，突然看见砖缝中夹着的一团绿光，她弯下腰不由得叫了一声，翡翠手镯！绮云把手镯从砖缝里抠出来，脸色苍白如雪，手镯明显地被火焰烧烤过，留下了处处烟痕，绮云撩起衣襟擦拭着失而复得的翡翠手镯，泪水忍不住流到面颊上。绮云哽咽着说，我早料到织云不会有好结局，我没想到她死得这么惨，这么冤枉。五龙抬脚踢飞了一根圆形的铁管，他认得那是来复枪的枪膛，五龙追着那根铁管跑了几步，回过头对绮云说，我们都不会有什么好结局的，我们都会死，你哭什么？织云早死其实是她的福气。

绮云把翡翠手镯套到手腕上，忽然觉得这不吉利，又摘下来包到手帕里，这时候她听见五龙远远地问，你知道这事是谁干的？

听说是阿保，听说阿保还活着。

如果我说是我干的，你相信不相信？

绮云吃惊地看着五龙，五龙盘腿坐在后园唯一残存的石凳上，双手把玩着那根圆形铁管，他的表情看上去很古怪，有点像一个撒谎的孩童，更像一个真正的凶手，绮云面对着五龙沉默了很久，后来她说，我相信，因为你是世界上最狠毒的男人。

绮云在清扫父亲留下的北屋时，从床底下扫出了那本家谱，所有的册页都已被地气浸潮，家谱上布满了霉斑和水渍，绮云随意翻动册页，许多冯姓先人的名字像蚂蚁般掠过视线，最后是她的父亲的名字，显然家谱到父亲这一代没有续修，也许他在世时就觉得没有修家谱的必要了。绮云注视着那些空白的旧纸，心情悲凉如水，她把它放到窗台上晾晒，心里浮生了续修家谱的念头。

第二天街东的小学教员如约来到米店，他带来了宣纸和笔墨。绮云送上一碗莲心红枣汤后，呆呆地看着小学教员在陈泥砚台上磨墨。小学教员浏览了一遍冯家的五十三代家谱，他敏锐地提出一个问题，五十四代怎么续，五十四代没有男丁。绮云想了想说，就写下五龙的名字，就让那畜生上冯家的家谱吧。你在我爹的名字下写上冯五龙。他好歹是个男人，我的名字不能写就写他的吧。小学教员在写字的时候听见绮云深深地叹了口气，她自怨自艾地说，我不是男人，我只能让那畜生上冯家的家谱了。

冯家的第五十五代自然是米生和柴生，小学教员在写完冯米生三个字后，怀着一种别样的心情加了一行蝇头小楷，腿有残疾，系亲父棍殴所致，他知道五龙不会认得这些字，他不怕五龙。他正想对一旁的绮云解释什么，听见院子里响起一阵急促的脚步声，是五龙从外面回来了。

绮云走出前厅看见五龙拖着两只米箩往仓房里钻，绮云跟过去问，店堂里不缺米，你又担米干什么？五龙闷着头用竹箕往米箩里倒米，他说，码头兄弟会换了个帮主，他说只要我缴上一担米，就收我入伙，绮云厉声说，我不准你糟蹋我的米，你就是上山当土匪我也不管，可我不准你糟蹋我的米。五龙不再理睬绮云，他装满了米挑着箩就往外面走，绮云冲上去抱住米箩不放。她嘴里不停地骂着，败家的畜生，你吃了我的不够，还要往外拿，我不准你把米挑出米店。五龙卸下了肩上的米担，抓着扁担焦灼而仇恨地盯着绮云，我说过你别拦我，我想干的事一定要干，你拦也拦不住。五龙说着挥起扁担朝绮云抓着米箩的手砍去。在绮云的哭泣和呻吟声中，五龙挑着一担米走出了米店，他的脚步沉着平稳充满弹性。

小学教员在窗前看见了院子里发生的一切，五龙担米离店后他重新坐到桌前，打开业已修讫的冯家家谱，在第五十四代冯五龙的名字下面写了一个问号，然后他再执小楷，在右侧的空白处添了一行字：码头兄弟会之一员。

第九章

当五龙渐入壮年并成为地头一霸时，瓦匠街的米店对于他也失去了家的意义。五龙带着码头兄弟会的几个心腹，终日出没于城南一带的酒楼妓寮和各个帮会的会馆中，一个枫杨树男人的梦想在异乡异地实现了。在酒楼上五龙仍然不喝酒，他只喝一种最苦最涩的生茶。五龙喜欢宿娼，他随身携带一个小布袋，布袋里装满了米，在适宜的时候他从布袋里抓出一把米，强硬地灌进妓女们的下身。后来城南一带的妓女都听说了五龙的这种恶癖，她们私下议论五龙的贫寒出身和令人发指的种种劣迹。她们觉得这种灌米的癖好不可思议，使女性的身体难以忍受。

有时候五龙在妓院的弦乐笙箫中回忆他靠一担米发家的历史，言谈之中流露出深深的怅惘之情。他着重描述了他的复仇。复仇的方法是多种多样的。五龙呷着发黑的茶说，不一定要用刀枪，不一定要杀人。有时候装神弄鬼也能达到复仇的目的。你们听说过吗？从前的六爷就是让一个鬼撵出此地的。五龙的独眼炯炯有神地看着周围的妓女，突然用枪把撑起一个小妓女尖削的下颌，你知道那个鬼是谁吗？是我，是我五龙。

一个飘着微雨的早晨，五龙带着两个心腹从码头兄弟会的会馆出来，他们经过了一个牙科诊所。五龙突然站住了，专注地凝视着橱窗里的一只白搪瓷盘子，盘子里放着一排整齐的金牙和一把镀铬的镊子。五龙突发异想，他对手下说，我要换牙，说着就撩开诊所的门帘走进去了。

龙爷牙疼吗？牙医认识五龙，赔着笑脸迎上来问。

牙不疼。我要换牙。五龙坐在皮制转椅上转了一圈，两圈，指着橱窗里的那排金牙说，把我的牙敲掉，换上那一排金的。

牙医凑上来检查五龙的牙齿，他觉得很奇怪，龙爷的牙齿很好，他说，龙爷为什么要敲掉这一口好牙齿呢？

我想要那排金牙，你就快点给我换吧。五龙厌烦地在转椅上旋转着，难道你怕我不付钱？不是？不是就动手吧。

全部换掉？牙医绕着转椅揣摩五龙的表情和用意。

全部。全部换上金的，五龙的口气很果断。

马上换是不可能的，敲掉旧牙，起码要等半个月才能换上新的。牙医说。

半个月太长了，五天吧。五龙想了想，显得不太耐烦，他拍了拍手说，来吧，现在就动手。

那会很疼，麻药可能不起作用。牙医为难地准备着器械，他将一只小铁锤抓在手上，对五龙说，喏，要用这个敲，两排牙齿一颗一颗地敲，我怕龙爷会吃不消。

你他妈也太小瞧了我五龙。五龙舒展开身子仰卧在转椅上，他闭起眼睛，脸上似笑非笑，我这辈子什么样的苦没受过？我不会哼唧一声的，我若是哼了一声你就可以收双份的钱，不骗你，我五龙从来说话算话。

拔牙的过程单调而漫长，两个兄弟会的人在门外耐心等候。诊所里持续不断地响着的笃笃笃声和金属器械的撞击声。牙医手持铁凿和锤子耐心地敲击五龙的每一颗牙齿。他们真的没有听见五龙的一丝呻吟。

五龙满嘴血沫，他的整个身心在极度的痛楚中轻盈地漂浮。他漂浮在一片大水之上，恍惚又看见水中的枫杨树家园，那些可怜的垂萎的水稻和棉花，那些可怜的丰收无望的乡亲，他们在大水的边缘奔走呼号，他看见自己背着破烂的包袱卷仓皇而来，肮脏的赤脚拖曳着黑暗的逃亡路。我总是看见陌生的死者，那个毙命于铁道道口的男人，那个从米袋里发现的被米呛死的孩子。我看不见我的熟悉的家人和孩子。我不知道这是为什么？一滴浑浊的眼泪猝不及防地滚出眼眶，五龙想去擦但他的双手被捆住了。疼了吧？我说肯定会疼的，牙医停下来不安地望着那滴眼泪。五龙摇了摇头，重新闭上眼睛，他咽了一口血沫，艰难地吐出一个费解的词组：可——怜。

几天后五龙站在诊所的镜子前端详他的两排金牙，他的面色很快由蜡黄转变成健康的黑红色。他用手轻柔地抚摩着嘴里的金牙，对牙医说，我很满意。我从前在枫杨树老家种田的时候就梦想过这两排金牙。

街上仍然飘着细雨，两个随从打开了油布伞，撑在五龙的头顶上，刚刚换了牙，遵照医嘱不宜张嘴说话，但五龙想说话，他问打伞的人，你们知道我为什么要换上一嘴金牙？我从不喜欢摆阔炫耀，你们说我为什么要花这笔钱换上一嘴金牙呢？打伞的人面面相觑，他们总是猜错五龙的想法，所以不敢轻言。五龙说，其实也很简单，我以前穷，没人把我当人看。如今我要用这嘴金牙跟他们说话，我要所有人都把我当个人来看。

牙医举着一个纸包从后面赶了上来，他把纸包塞给五龙，这是真牙，给你带回去，真牙是父母精血，一定要还给主人的。

五龙打开纸包,看见一堆雪白的沾满血丝的牙齿。这是我的真牙吗? 五龙捡起一颗举高了凝视了很久,猛地扔了出去,什么真牙? 我扔掉的东西都是假的。这些牙齿曾经吃糠咽菜,曾经在冬天冻得打战,我现在一颗也不想留,全部给我滚蛋吧,五龙像个孩子似的吼叫了一声,抓起纸包朝街边的垃圾箱扔去,去,给我滚蛋吧。

街上很潮湿,雨天的人迹总是稀少的。偶尔路过的人没有注意雨地里放着白光的异物,那是五龙的牙齿,它们零乱地落在水洼中,落在阴沟和垃圾箱旁。

霏霏细雨时断时续地下了很久,在蒙蒙的雨雾里阳光并没有消失,阳光固执地穿越雨丝的网络,温热地洒在瓦匠街的石板路上,弯曲绵长的石板路被洗涤后呈现出一种冷静的青黛色,南方的梅雨季节又将来临了。

雨季总是使米生的心情烦躁不安,那些在墙下见雨疯长的青苔似乎也从他畸形的左腿蔓延上来,覆盖了他的阴郁的心。米生拖着他的左腿,从瓦匠街上走进米店店堂,又从店堂走进后院,他看见他们在后厅搓麻将,母亲惯常的怨天尤人在麻将桌上一如既往。现在她正埋怨手气太坏。我想摸张好牌都这么难? 我干什么都一样苦,天生命不济。母亲絮絮叨叨地说,我以后再也不玩这鬼麻将了。

他看见妻子雪巧也坐在桌前。雪巧并不会打麻将，她是陪绮云玩的。雪巧是个乖巧伶俐的女人。这是米生在婚后两年间慢慢确认的。米生从心底里厌恶雪巧的这种禀性，许多事情实际上包含着误会，两年前雪巧在米店门口叫卖白兰花时，米生认为她是个怯生生的可怜的卖花女，雪巧粉红的圆脸和乌黑的忧伤的双眸使他怦然心动，雪巧很像他的早夭的妹妹小碗，米生因此对她无法释怀，他从雪巧的竹篮里抓起一大把白兰花，扔在米店的柜台上，他掏钱给雪巧的时候顺便握了握她的手，他说，你很像小碗，她五岁就死了，是让哥哥活活闷死的。雪巧当时不解其意，但她准确地从米生的目光里感受到了爱怜，并且隐隐地有种预感，也许日后会嫁到这个家道日丰的米店来。

米生，给我一点零钱，我全输光了，雪巧在里面喊。

输光了就下来，别打了，打得人心烦。米生站在屋檐下，抬头望着雨雾和光交织着的天空，他的心里不快活。

你怎么又阴着个脸？雪巧匆匆地跑出来，望着米生的脸，输了一点钱你就不高兴了？我还不是陪娘玩，让她高兴高兴。

谁稀罕你这份孝心？你见她高兴了？她永远也不会高兴，谁都欠着她的债，永远也还不清。米生冷冷地瞪了雪巧一眼，你怎么不想法让我高兴高兴？这种讨厌的雨天，你怎么不肯陪我到床上睡一觉？

雪巧无可奈何地笑了笑，她在米生的耳朵上拧了一把，然后扭身回到前厅。一桌人都等着她，显得很不耐烦，柴生的新媳妇乃芳笃笃地敲打着一张牌，喂，零钱要到了吗？雪巧说，米生手上没有零钱，要不我先到柜上找点零钱吧？雪巧用询问的眼光探测着绮云的反应。绮云绷着脸说，柜上的钱谁也别去动，这是米店的规矩，我早告诉过你们了，你又不是不知道。雪巧怏怏地坐下来。她说，那就只好先欠着了。一桌人又开始哗啦啦地洗牌。另外一个女人是竹器店的老板娘。绮云突然对雪巧说，你那男人天生抠门，别指望从他手指缝里挖出一个铜板，我的两个儿子一个也没有出息，米生死脑筋不舍得用钱，柴生天天在外面瞎混，胡吃海花，米店要倚仗他们没几天就会关门。

母亲说的话米生都听见了。米生低低骂了一声，抬起手朝窗台上一扫，一只破瓦罐应声落地。前厅里立刻静了下来，只听见四个女人轮流打牌的响声。米生垂着头朝自己的房间里走，米生总是拖着一条断腿在米店里到处走动。他回味着母亲怨气冲天的声音。他记得自己就是在这种声音里长大成人的，不仅是因为他十岁那年犯下的罪孽。不仅是因为小碗。米生相信一切都是出于灰暗的心灵。这个家就是一个怨气冲天的家庭。

前厅里的气氛突然变得僵滞凝固，四个女人机械地抓牌打牌，互相渐渐充满了敌意。乃芳终于把牌阵一推，老欠账有什么意思？没零钱就别打了，雪巧的脸微微有点红，她窘迫地看了看每个人的脸说，我又不会赖这几个钱，都是自家人，何必这样认真。乃芳已经站了起来，鼻孔里轻蔑地哼了一声，她说，话不是这么讲的，你没听人说亲兄弟明算账吗？我这人就喜欢爽气，我最恨不明不白黏黏糊糊的事情。雪巧的脸渐渐又发白，她掏出一个绣花的小钱包，从里面抽出一张纸币朝乃芳扔过去，不就是几块钱吗？犯不着拐弯抹角地骂人，雪巧朝绮云那边扫了一眼，边走边说，我是陪你们玩的，输了钱还讨个没趣，活见鬼。

米生坐在床边吹口琴，他看见雪巧气咻咻地走进来，把房门砰地撞上。雪巧紧咬着嘴唇，像要哭出来了。

谁惹了你就对谁出气，你别撞门，米生说。

没见过这么刁蛮的女人，雪巧坐到米生身边，高声地对着窗子说话，她是有意让院子里的人听见的。仗着娘家的棺材店，从死人身上赚几个钱，就可以欺侮人吗？

闹翻了？米生把口琴往手掌上敲着，敲出琴孔里的唾液，米生说，闹翻了就好，这下大家都高兴了。

米生胡乱吹着口琴，吹着刺耳难听的声音，他几乎是恶作剧地拼命吹着，他就是要让每个人都无法忍受，包括他自己。别吹了，我的耳朵都让你震疼了。雪巧想夺下米生嘴里的口琴，米生躲闪开了。他开始对着窗外的院子吹，他看见母亲愤怒地跑过来，你疯啦？你知道我怕吵，你想害死我吗？米生终于放下了口琴，对窗外说，其实我也不喜欢听这声音，可是这家里让人气闷，有声音比什么也没有好。

平均每隔一个星期，五龙回到米店，在店堂里观望一会儿。在仓房的米垛上小憩片刻，然后和家人一起吃晚饭。五龙的食欲现在已经随同体力渐渐衰退了。对于粮食，他仍然保持着一贯的爱惜。在饭毕剔牙时他习惯性地观察着家人的碗。乃芳刚过门时在饭桌上先是被五龙狠狠地盯着，她偷偷问旁边的柴生，你爹怎么老是盯着我的碗？柴生还没来得及回答，那面五龙就发起火来，他阴沉着脸对乃芳说，把你的碗舔干净了，不许剩下一粒米。

乃芳啼笑皆非，她的娘家是城南有名的寿材店孔家，家境殷实，过惯了娇宠任性的生活。初嫁米店，乃芳对米店的一切都嗤之以鼻。她鄙视米店的每一个家庭成员，其中也包括丈夫柴生，柴生在婚后依然不改狂赌滥玩的习性，终日挟着蟋蟀罐奔走于小街暗巷，寻找斗蟋蟀的对手。柴生相信自己拥有本地最凶猛的蟋蟀王。在柴生和乃芳的婚床下面，堆满了黄泥的和紫砂的蟋蟀罐。大小形状各不相同，每到入夜，罐里的蟋蟀就杂乱地鸣唱起来，乃芳起初还觉得好玩，没过几天就厌烦了,她半夜起来把所有的蟋蟀罐的盖子打开,所有的蟋蟀都逃了出来,在屋子的四周蹦着跳着,乃芳更加生气,干脆捡起一只拖鞋去拍。等到柴生被一阵噼噼啪啪的拍击声惊醒,地上已经到处是蟋蟀的残臂断腿,柴生迷迷糊糊跳下床,也不说话,照准乃芳劈头盖脸地一顿毒打。边打边叫,打死你也不够还本。

乃芳过门没几天就挨了柴生的拳头,她很要面子。青肿着脸又不愿回娘家,乃芳指着脸上的瘀血向绮云告状。你儿子是人还是畜生?为几只蟋蟀把我打成这样,绮云对新媳妇的出言不逊非常反感,绮云根本没有朝她的伤处瞄一眼,她说,你嘴巴放干净一点,柴生就是这个德行,我也管不了,你是她女人,应该你自己管他。乃芳碰了一鼻子灰,骂骂咧咧地走开了,她说,你们护着他,你们就看着他把我打死吧,我倒不信,我倒要看看他能不能把我打死在冯家?

乃芳过门后天天跟柴生闹,有时候半夜里就在床上厮打起来。绮云在床上听着,厌恶地咒骂着,南屋的米生夫妇则充耳不闻,他们无心起来劝架。直到有一天五龙回米店,乃芳把他拦在院子里,照例指着自己青肿的脸让公爹评理,五龙不耐烦地扫视着乃芳丑陋的长脸,他说,我天天在外面忙,供你们吃好的穿好的,你们却老是拿屁大的小事来烦我。五龙粗暴地推开了乃芳,我懒得管你们这些鸡巴事。

夜里米店再次响起乃芳尖厉的哭闹声，乃芳在哭闹中历数米店的种种家丑。柴生只穿了一条短裤，举着顶门闩满屋子追打，乃芳最后钻到了床底下，在床底下继续骂，你姨是个婊子货，你爹是个杀人如麻的独眼龙，你哥闷死妹妹又落成个拐子，你们一家没有一个好东西。乃芳尽情地骂着猛地听见房门被撞开了。五龙站在门口，五龙对柴生说，你女人在哪里？把她拖出来！

乃芳被柴生从床底下拽了出来，她看见五龙站在房门口，脸色黑得可怕，五龙的手里拎着一件蓝光闪闪的铁器，铁器的一半用红绸包缠着。乃芳大吃一惊，她认得那是一把真正的驳壳枪。

你还想闹吗？五龙举起驳壳枪对准乃芳的头部瞄准，他说，你说对了，我是个杀人如麻的独眼龙，但是我打枪特别准，你要是再闹我就把你的小×打下来喂猫。五龙慢慢地平移着手上的枪，瞄准了一盏暗淡的灯泡，随着一声脆响，灯泡的碎片朝四处炸开，房间陷入一片黑暗之中。

我最痛恨大哭大闹的女人，比起男人，你们的一点冤屈又算得了什么？五龙雪白的绸衫绸裤在黑暗中闪闪烁烁，他朝僵立在一旁的柴生踢了一脚，抱你女人上床去，狠狠地操她，她慢慢就服你了。女人都是一样的贱货。

乃芳几乎被吓呆了，披头散发地瘫坐在地上，一声不吭。

柴生过来把她抱到床上，柴生说，这回你害怕了，你骂我可以，你怎么骂起我爹来了？谁不知道我爹心狠手辣，别说是你，就是我惹怒了他也会吃他一枪。乃芳像一条离水的鱼在黑暗中喘息着，她背对着柴生，低声而沙哑地啜泣。你们都是畜生。乃芳咬着自己的手指说。她听见柴生很快打起了呼噜，而在外面的瓦匠街上，打更老人的梆声由远而近。乃芳觉得爹娘把她嫁给米店是不可饶恕的错误，她的生活从此将是黑暗无边的一场惊梦。

从下游逆流而上的货船运来了棉布、食盐和工业油料，在货船的暗舱和舷板的夹缝里，往往私藏着包装严密的鸦片和枪支弹药。那是码头兄弟会的船，船抵达江边码头的时候五龙督阵卸货。船上下来的人带来了下游城市的种种消息，有一次他们告诉五龙，吕丕基吕六爷在上海的跑马场被暗杀了，六爷的后背上被人捅了七刀，倒在血泊里。这件案子惊动了整个上海滩。报纸都在显要位置刊登了吕丕基惨死跑马场的照片。他们把一卷报纸递给五龙说，龙爷，这回你的后患解决了。五龙平静地朝报纸上模糊发白的照片扫了一眼，扬手扔进了江中。他说，我讨厌报纸，我讨厌这种油墨味。

五龙伫立江边，遥想多年前初入城市，他涉足的第一片城市风景就是深夜的江边码头，那天围聚在码头上侮辱他的一群人，如今已经离散四方。但他清晰地记得阿保和那群人的脸，记得他在那群人的酒嗝声中所受的裆下之辱。他想起他曾经为了半包卤猪头肉叫了他们爹，心里就有一种疯狂的痛苦。五龙在连接货船和石埠的跳板上走来走去，双臂向两侧平伸保持身体的平衡。如此重复了多次，五龙的心情略微松弛了一些。他跳到码头上站住，眯起他的独眼凝视着一个靠在货包上瞌睡的青年。他用两块银圆夹断了青年颏下的一根胡须，那个年轻的搬运工猛地惊醒了。叫我爹，我把银圆送给你。五龙的声音充满了温柔和慈爱，叫吧，叫一声爹你几天不用干活了。年轻的搬运工惊诧地望着五龙，迟疑了一会儿，他终于怯怯叫了一声，爹。五龙把银圆当地扔到他的脚下，他脸上的表情看上去古怪费解。你真的叫了。五龙呢喃着逼近年轻的搬运工，猛地踩住了他拾取银圆的那只手。没骨气的东西，五龙操起一根杠棒狠狠地敲他的头顶，一边敲一边大声说，我最恨你们这些贱种，为了一块肉，为了两块钱，就可以随便叫人爹吗？

　　码头上的人们静静地看着这突然爆发的一幕。多年来他们已经习惯了五龙种种野蛮而乖戾的举动。他们清醒地意识到五龙的异禀也是他一步步向上爬的心理依据。正是这些悖于常人的事物最令常人恐惧。五龙扔掉了手里的杠棒，他看见年轻的搬运工捂着头顶，血从他的指缝间汩汩地流了出来，

169

五龙仔细地鉴别着他的眼神,他说,现在我从你的眼睛里看到了仇恨,这就对了。我从前比你还贱,我靠什么才有今天?靠的就是仇恨。这是我们做人的最好的资本。你可以真的忘记爹娘,但你不要忘记仇恨。

当巡捕的哨声在化工厂那侧急促地吹响时,五龙的人和货迅速地从码头上疏散开去。巡捕们赶来面对的总是一座死寂的夜色中的空城,只是在夜半宁静的空气中隐隐留下了犯罪的气息。巡捕们也已经习惯了这种形式的奔忙,他们深知在城北麇集着无数罪恶的细菌,无数在黑暗中滋长的黑势力借用江边码头杀人越货无所不干。譬如这天夜里他们看见了地上的一摊新血,一个陌生的青年坐在货包上,一边用废纸擦着脸上的血痕,一边呆呆地望着前来巡夜的巡捕。巡捕们上前询问事由,他什么也没说,唯一吐出的是两个含糊的字音——我恨。

我恨。他用拳头捶着地,他说,这是什么世道?

第十章

邮递员在米店的门口高声喊着绮云的名字，他交给绮云一封信。绮云这辈子没有收到过什么信件，长期与文字隔绝的生活使她无法通读这封信，她让米生给她念，米生将信草草地看了一遍说，是抱玉，抱玉要来看你。绮云愣了一会儿，深深地叹了口气，她掰起指头算了算说，可怜，他娘死了都十二年了，亏他还记得我这个姨。绮云转而又问米生，你还记得你表兄吗？无论是长相还是学识，他比你们哥儿俩都要强百倍。他是个有出息的孩子。米生用嘲讽的目光扫了母亲一眼，把雪白的信笺揉皱了塞还她手里。米生说，我怎么不记得他？小时候他把我当马骑，还用树枝抽我的屁股。

三天后一个眉目清秀西装革履的年轻绅士来到了瓦匠街。他的出现引起了街头老人和妇女的注意，他们看着他以一种从容而潇洒的步态走进了米店的店堂。杂货店的老板娘熟知米店的历年沧桑，她盯住年轻绅士的背影回忆了片刻，脱口而出，是织云的儿子，织云的儿子回来啦！

米生和柴生去火车站接抱玉扑了空，等他们回家时看见院子里正在杀鸡宰鸭，雪巧正在认真地煺一只花公鸡的毛，她兴高采烈地对米生说，表兄已经到了，你们怎么这样笨，接个人也接不到。米生皱了皱眉头，他说，人呢？雪巧说，在屋里和娘说话呢，你快去。米生厌恶地瞪了雪巧一眼，我快去？我为什么要这么下贱，他就不能来见我？米生一边说一边拖着跛腿往房间里去。

柴生走进前厅看见母亲和表兄抱玉并排坐在红木靠椅上，在简短的寒暄中表兄弟之间相互观察，柴生有一种自惭形秽的感觉，抱玉冷峻而魅力四射的眼睛和倜傥风流的气度使他深深地折服。柴生坐下后就向抱玉打听上海赌市的行情，柴生说，表哥你喜欢斗蟋蟀吗？你要是喜欢我可以帮你弄到最好的蟋蟀大王。抱玉微微笑了笑，他操着一口流利动听的普通话说，以前也玩过蟋蟀，现在不玩这些了，现在我到处走走，做点房地产生意，有时候也做点北煤南运的生意。

他们弟兄俩就是这么没出息。绮云哀伤地对抱玉抱怨柴生成天不干正经事，米生什么事也不干，就知道发牢骚。我创下的这份家业迟早要败在他们手上。

主要是姨父撑顶家门，表弟们想干也干不成什么，抱玉的眼睛闪着睿智的思想的光芒，他掏出一盒雪茄，勾指弹出一支雪茄叼在嘴上。抱玉说，其实我也一样，家父在世时我什么也没干，现在不同了，好多事情一定要由我来干，前辈结下的恩怨也要由我来了结，有时候我脑子里乱得理不出头绪。

绮云温情地注视着抱玉。抱玉的脸隐没在淡蓝的烟雾后面，但他脸部的棱角线条闪着沉稳而冷静的光芒。从抱玉的身上已经很少找到米店后代的标志，绮云想起多年前吕公馆的那场可怕的劫难，想起织云葬身火海的情景，不由潸然泪下。绮云抹着泪说，抱玉，你爹暴死是罪有应得，你娘死得才惨，她那条命就是害在吕家手里，最后尸骨也没收全。你说她做过什么伤天害理的事？她错就错在丢不开男人。把身子白送了男人，最后连命也搭上了。

说起我娘，我连她的样子也记不得了。抱玉耸了耸肩膀，他说，你知道我是奶妈带大的，他们不让我接触我娘，我现在真的连她的模样也记不得了。

所有的人都容易忘本，这也不奇怪。绮云站起来，到里屋取出了一只小红布包。她把布包打开交给抱玉，绮云说，这只翡翠手镯是当年从火堆里拾到的，你娘就留下了这么一件东西，你拿着给你女人戴吧。

173

抱玉抓起手镯对着光亮照了照，很快地放还到红布上，递给绮云，他说，这是最差的翡翠了，其实只是一种绿颜色的石块，再说又不成对，一点也不值钱。

不管值不值钱，它是你娘留下的遗物。绮云不快地瞥了抱玉一眼。悲伤袭上绮云的心头，她轻轻抚摩着手镯上没有褪尽的那条烟痕，泪水再次滴落。多可怜，织云你有多可怜，绮云喃喃自语着，又联想到自己不如意的一生，不由得哽咽起来。

你这样我就只好收下了。抱玉笑了笑，把翡翠手镯连同红布一起塞进了口袋。我最怕别人对我哭，请你别哭了。

我不光是哭你娘，也在哭我自己。绮云边哭边诉，我们姐妹俩的命为什么都这样苦？冯家到底作过什么孽呀？

抱玉和柴生一起退出了前厅。柴生说，你别见怪，她就是这种喜怒无常的脾气，不知道什么时候就会哭。抱玉说，我知道，你们家的事情我都知道。他们走到院子里，看见厨房里雪巧和乃芳正在忙碌，而南屋里传出了米生吹口琴的声音。抱玉问柴生，是米生在吹口琴？柴生点了点头，他说，这家伙怪，什么事也不干，就会拿把破口琴瞎吹。抱玉的嘴角始终挂着洞察一切的微笑，他对着地上的一堆鸡毛踢了一脚，说，我知道，我知道他在米堆上闷死了小碗表妹。

晚饭的酒菜端上了大圆桌。绮云先点香焚烛祭祀了祖宗的亡灵。米店一家在蒲团上轮流跪拜，最后轮到了抱玉。抱玉，过来拜拜你娘和你外公。绮云虔诚地沿着前厅的墙际洒了一坛黄酒，她对抱玉说。去吧，让他们保佑你消灾避邪。抱玉显得有点为难，他说，我一直是在吕家祠堂列拜祖宗的。照理说我在这里算外人，不过既然姨让我拜我就拜一回吧。抱玉说着在地上铺开一块白手帕，单膝着地，朝条桌上供放的牌位作了个揖。米店一家都站在一边看。雪巧也许觉得有趣，扑哧一声笑了出来。绮云严厉地白了雪巧一眼，不知好歹，这有什么好笑的？

五龙就是这时候回来的。五龙走进来前厅立刻变得鸦雀无声，只听见红烛在铜烛台上燃烧的纤微的声音。他注视着抱玉，突然很响亮地擤了一把鼻涕，摔在地上，五龙说，你来了，我猜你总有一天会来我这里。他走到条桌前把烛台吹灭，然后抬手把桌上的供品连同一排牌位一齐撸到地上。又来这一套，我看见就心烦。五龙对绮云说，你要谁帮你？活人帮不了你，死人又有什么用？五龙说着先坐到了饭桌前，朝一家人扫视了一圈，吃饭吧，不管是谁都要吃饭，这才是真的。

饭桌上五龙啃了一个猪肘。两碗米饭是在很短的时间内扒光的。五龙吃完向抱玉亮着光洁的碗底说，看看我是怎么对待粮食的，你就知道我的家业是怎么挣下的。抱玉朝那只碗瞥了一眼，笑着说，姨父不用解释，你怎么挣下的家业我听说过，不管怎么挣，能挣来就是本事。我佩服有本事的人。五龙会意地点了点头，他放下碗，用衣袖擦着嘴角上的油腻，你知道吗，以前我年轻受苦时老这样想，等什么时候有钱了要好好吃一顿，一顿吃一头猪、半头牛，再加十碗白米饭，可到现在有一份家业了，我的胃口却不行了，一顿只能吃两碗饭，一个猪肘，知道吗？这也是我的一件伤心事。抱玉放下碗筷，捧着肚子大笑起来。过了好久他收敛了失态的举止，他看见米店一家人都没有露出一丝笑意，尤其是五龙，他的一只眼睛黯淡无神，另一只眼睛却闪烁着阴郁愠怒的白光。抱玉于是顾左右而言他，他的双腿在桌下散漫地摇晃着，触到了一条柔软温热的腿，凭直觉他判断那是雪巧，抱玉用膝盖朝她轻轻撞击了一次、两次，那条腿没有退缩，反而与他靠得更近。他从眼睛的余光中窥见了雪巧脸上的一抹绯红，雪巧的目光躲躲闪闪，但其中饱含着花朵般含苞欲放的内容。

你越长越像阿保了。五龙在院子里拦住了抱玉，他的目光蛮横地掠过抱玉的全身，甚至在抱玉的白裤的裤裆褶皱处停留了片刻，五龙剔着牙缝说，知道吗？你并不像六爷，你长得跟阿保一模一样。

谁是阿保？我没听说过这个人。

一个死鬼。五龙从象牙签上抠下来一丝发黄的肉末儿，眯起眼睛看着那丝肉末儿，六爷割了他的鸡巴送给我，听说过这滑稽事吗？六爷有时候确实滑稽，而阿保更滑稽，他最后把身子喂了江里的鱼，把鸡巴喂了街上的狗。

这么说他早死了？抱玉淡淡地说，我对死人不感兴趣，这一点跟姨父一样，我只对活人感兴趣。

雪巧早晨起来就觉得天气燠热难耐，这是黄梅雨季常见的气候，从房屋的每一块木质板壁和箱柜里的每一块衣料上，都能闻到那股霉烂的气味。雪巧早晨起来就把许多抽屉打开，试穿着每一件夏天的衣裳，最后她穿上了一件无袖的红地白花的旗袍，坐在床沿上摆弄脑后的发髻，雪巧在发髻上插了一朵白兰花，对着小圆镜照了一会儿，又决定把头发披散下来。雪巧坐在床沿上滋滋地梳着弯曲的长发，她看见米生的一只脚从薄毯下钻了出来，米生掀掉了薄毯，他的那条弯曲的萎缩的左腿就这样一点点地暴露在雪巧的视线里。

别梳了，你不知道木梳的声音让我牙酸？米生翻了个身，那条左腿随之偏移了一点角度，就像一段滚动的树棍，米生说，你每天总要发出各种声音，把我吵醒。

你每天都在嫌弃我，就是我不小心放了屁，你也要朝我发火。雪巧哀怨地说，她走到窗前继续梳着头发，她想把头发梳直了用缎带箍住，就像师范学堂的那些女学生一样。她想改变发式已经想了很久了。

我知道你打扮了给谁看,米生从床上坐起来,当他明白了雪巧梳头的用意后,突然变得狂怒起来,贱货,你给我把头发盘上去,我不准你梳这种头发,盘上去,原来是什么样今天还是什么样,你听见了吗?

雪巧的手和手上的梳子停留在她的发端,她的浑圆的透出金黄色的肩膀剧烈地颤动起来,你什么也不许我做。雪巧呆呆地看着手上的梳子,她说,连梳头你也要管住我,我就像你手里的木偶,连梳头也要听你的。

你想不听吗? 米生从床上爬过去,抓住雪巧的手臂,他夺下梳子扔出窗外,然后就替雪巧做头发,他胡乱地在雪巧脑后盘了一个发髻,就这样,米生松开了雪巧,你这贱货就应该梳这种头,不准你重新梳,你就这样去勾引那个杂种吧。

雪巧后来就顶着一个难看的发髻在厨房门口择芹菜。雪巧的心情和雨季的天空一样充满了阴霾,她在心里狠狠地咒骂米生,拐子,不得好死的拐子。突然发现抱玉无声地站在她面前,你的梳子怎么扔到窗外来了? 抱玉把梳子递给雪巧,雪巧伸手去接,抱玉却又缩回去了,他用梳子在头上梳了几下说,我喜欢这把梳子。雪巧低下头摆弄着地上的芹菜,轻声地说,你喜欢就留着吧。抱玉笑了笑,随手把梳子塞进了西服的口袋,他的手在口袋摸索了一会儿最后摸出那只翡翠手镯，抱玉把手镯轻轻放到芹菜堆上，我从来不白拿女人的东西，我把这只翡翠手镯送给你，但是你千万别告诉别人，等我走了以后你再戴。雪巧的脸上已经是一片绯红，她朝四周看了看，抓起一把芹菜叶盖住了那只手镯，雪巧说，我明白，我怎么会告诉他们呢？

他们说话的时候太阳在瓦匠街上空猛烈地跳动了一下，浓浓的雨意顷刻间消失了，空气愈加灼热而滑腻。米店的店堂里传来了第一批买主和伙计争执的吵闹声，一个女人在尖声抱怨，这么黑的米，鬼知道是哪个朝代的陈米，给老鼠都不吃，你们大鸿记米店越开越黑啦。绮云闻声从里屋出来，她看见抱玉和雪巧在厨房门口，一个站着，一个坐着，绮云警惕地打量了他们一眼，说，抱玉，你不是要去办货吗？快去快回，天气不好，别看出了太阳，这倒霉的雨说下就会下的。

抱玉随口应着，看着绮云瘦小微驼的背影消失在门帘后面，他朝雪巧挤了挤眼睛，你跟我一起上街吗？我们去吃西餐，吃完西餐去看电影，看完电影我们去公园玩，随便聊天，我最喜欢跟漂亮的女人聊天了。

我要择芹菜，雪巧说。

你害怕？抱玉微笑地看着雪巧的手将芹菜叶子一点点地摘光，他说，你怕米生？他只有一条腿好用，你怕他干什么？

雪巧茫然地点点头，继而又摇头。她拎起菜篮子闪进厨房，把门轻轻地关上了。抱玉猝不及防地被关在门外，但他听雪巧在门那侧对他说话。雪巧在门里说，早晨米生睡懒觉，早晨仓房里没有人进去。

雪巧提着拖鞋闪进了幽暗的米仓，她看见抱玉坐在高高的米垛上，以一种平静的圣灵般的姿态等候她的到来。

我要死了，我透不过气来，我觉得我快昏过去了。雪巧爬到米垛上，摩挲着抱玉光洁而坚硬的脸廓和脖颈，她的呼吸正如她自己感觉的那样紊乱而急促，有一种垂死的气息。她的头无力地垂落在抱玉的大腿上，几绺黑发散乱地从发髻上垂落，在抱玉的眼前颤动着，你快点，你千万快点。说不定会被他们撞见。我害怕极了。

不急。这事不能着急，抱玉轻轻地用手拍着雪巧的臀部，他的身上有某种药膏的凉丝丝的气味，抱玉说，想想很有趣，我是来这里办一件大事的，没想到被许多小事缠住了手脚，我在米堆上跟女人幽会，想想真的很有趣。

快点吧，别说话了，他们会听见的，你不知道这家人的耳朵有多灵，你不知道他们的眼睛有多毒。雪巧紧紧地搂住抱玉的腰，她哽咽着说，求你快点吧，我害怕极了。我的心快要跳出来了。

不急。我干这事从来不急。抱玉突然笑了一声，他说，我的枪没有了，我把枪放在皮箱里，不知道让谁拿走了，是你拿走的吗？

我没拿，雪巧抬起头迷惑地注视着抱玉，她发现抱玉的脸上并没有任何情欲的痕迹。雪巧突然对这次鲁莽的偷情后悔起来，雪巧往另一堆米垛慢慢移过去，她怨恨交加地说，你骗了我，你到底想干什么？

什么都想干，你别走。抱玉褪下了他的裤子，他低头看了看自己的生殖器，露出一种倨傲的微笑，来吧，我干什么都很在行。

米仓的柴门吱呀一声推开了。米垛上的两个人都愣在那里。进来的是柴生，柴生夹着一包东西闯入米仓，直奔墙角的一口装破烂的大缸，柴生是来偷藏什么东西的。他把那包东西塞进大缸，一抬头就看见了米垛上的两个人。他以为是贼，刚想叫喊雪巧已经从米垛上滚了下来。雪巧伏在地上抱住柴生的脚，哀声说，柴生，别喊，看在叔嫂情分上，你救我一命吧。柴生看清了米垛上的男人就是表兄抱玉，柴生咧嘴笑道，我们家尽出偷鸡摸狗的事，没一个好人。邻居都夸嫂子贤惠，可嫂子却在米垛上偷汉子。雪巧已经泣不成声，她死死地抱着柴生的脚不放，柴生，答应我别告诉他们，嫂子一辈子给你做牛做马，我给你做鞋子做衣服，只要你不告诉别人。柴生弯腰扒开了雪巧的手，柴生说，谁稀罕鞋子衣服？我只稀罕钱。不说就不说，但是等我手头缺钱花的时候你可要大方。柴生说着就朝外面走，顺手把门又关上了。

抱玉一边系裤子一边往米垛下走，抱玉的样子看上去毫不在乎，他揪了揪雪巧的发绺说，别哭了，看来我们俩没有缘分，你快回到米生那里去吧，只当我跟你开了个玩笑。我喜欢跟女人开玩笑。

雪巧含泪怒视着抱玉，她朝那张平静而温和的脸上吐了一口唾沫，然后提着鞋子飞快地冲出了米仓。

抱玉临走的那天绮云叫米生和柴生兄弟去火车站送行。米生不肯去，他对抱玉始终怀着很深的敌意。米生说，要是送他去坟场我就去，送他回上海我不去。绮云无可奈何，决定自己去给抱玉送行，而绮云足不出户已经多年了。

黄包车出了瓦匠街，在城北狭窄拥挤的街道上穿行。绮云发现抱玉坐在车上神色不定，时常朝后面张望，绮云问，你怎么啦？丢什么东西了？抱玉的脸在正午的阳光下显得有点苍白，他的手指在皮箱上嘚嘚地弹着，有人跟踪我，有人想在路上暗算我，绮云也回头看了一眼，除了初夏格外鲜活的人群和车流，绮云什么也没有发现。她说，你别胡思乱想，你是五龙的外甥，地面上谁敢暗算你？抱玉无声地笑了，要是姨父自己想暗算我呢？绮云愣了一下，绮云又回头朝远处几个穿黑衫的人看了看,他不敢,我坐在你边上他怎么敢?他要是敢动你一根汗毛我就拼了这条老命。黄包车经过一条岔路口,车夫小心地将车子从两侧的瓜果摊中拉过去,抱玉突然对车夫喊,拐弯,拐到江边轮船码头去,绮云诧异地看了看抱玉,去江边干什么?你不回上海了?抱玉说,当然回上海,我想坐船回上海了。

轮船码头异常地嘈杂肮脏,绮云皱着眉头,站在唯一没有鸡笼鸭屎的地方擦汗,抱玉在售票的窗前买船票时绮云看见那几个穿黑衫的人在门外一闪而过,她记得那是码头兄弟会的几个痞子。畜生。绮云咬着牙骂了一句,绮云这时候相信抱玉说的是真的。她想起米店一家纷繁而辛酸的往事,眼圈不由得就红了。当抱玉攥着船票走过来时,绮云抱住了他的脑袋。别怕,绮云说,那畜生今天要是动手,姨就陪着你死,我反正也活腻了。抱玉用船票刮着略略上翘的下颏,戒备地朝四处环顾了一圈,他说,我可不想死,现在就死太冤了,我还有大事没干呢。

城北的天空响起一阵沉闷的雷声,很快地雨就落下来了,阳光依然灿烂,但轮船码头的油布篷和空地上已经是雨声噼啪了。简陋而拥挤的候船室充斥着家禽、人体和劣质烟卷排放的臭气,绮云和抱玉掩鼻而过,冒着雨朝一艘油漆斑驳的旧客轮走去,他们站在船坞上说了会儿话,绮云说,我就不

183

上船了,头疼得厉害,又淋了雨,说不定回去就要病倒在床上了。我的身体一年不如一年了。绮云突然觉得有什么东西隔绝了头顶的阳光和雨雾,她看见两个穿黑衫的人不知何时在她和抱玉头上撑开了油布伞。绮云吃了一惊,你们来干什么?谁要你们跟来的?穿黑衫的人回头朝停在船坞上的那辆黑色的汽车看了看,龙爷也来了,龙爷说要给吕公子送行。

五龙提着一把枪钻出了汽车,他摇摇晃晃走过来,一边就把那把枪扔给抱玉,接着,物归原主吧。你今天算是捡回了一条命。

我知道是你偷了我的枪,抱玉从口袋里掏出白手绢,细细地擦拭着枪柄上的烤蓝,然后把枪重新放进了皮箱。

本来想用你的枪把你自己放倒在路上,现在就算了吧。五龙从一只小布袋里掏出一把米,塞进嘴里嘎嘣嘎嘣嚼着,他说,我倒不喜欢把事情做绝,可是你怎么这样蠢,跑到我的地盘上来取我的人头呢?再说我还是你的姨父,兔子不吃窝边草,你怎么可以算计我的人头呢?

我没有,我对你说过了,这次来是走亲戚,顺便办一点货。抱玉说。

别骗我,五龙吐出一口生米的残渣,他的微笑充满了宽恕和调侃的意味,你怎么从娘肚子里钻出来我都一清二楚,我走过的桥比你走过的路还要长,你骗不了我。我虽然只剩了一只眼睛,但谁想干什么,我瞄上一眼就知道了,谁也骗不了我。

抱玉白皙而清秀的脸微微昂起,梅雨季节特有的雨雾和阳光均匀地涂抹在他的身上,那件白色的西服几天来已经出现了黑污和皱褶,抱玉的脸一半面对着阳光,呈现出金黄的色泽,另一半则浸没在暗影之中,他掸了掸衣袖上的黑灰,抬头望着细雨中的天空。这天气真奇怪,抱玉若有所思地说,说完拎起皮箱走上了轮船的跳板,在行色匆匆的赶路人中,他的步履是唯一轻松而富有弹性的,他的背影仍然传达着神秘的信息。

你看那杂种的肩膀,也是向左歪斜着的,他连走路的姿势也像阿保。五龙指着抱玉的背影对绮云说,你看他就这样溜走了,我就这样把一条祸根留下了。

绮云没有说话,她转过身背对着轮船,不停地用手帕擦着眼角,绮云的悲哀是绵长而博大的,她听见汽笛拉响了三次,旧轮船笨拙地嘎吱嘎吱地驶离了码头,绮云的心情一下就变得空洞肃穆起来,走了好,绮云从手袋里拿出一盒清凉油,在额角两侧搽了一点,她说,我不要谁来看望我,不管他是真心还是假意,我都不需要。

我有个预感,日后我若是有个三长两短,肯定就是那杂种暗算的。五龙对身边的弟兄们说，我从他的眼睛看出来了，他真的恨我，就像我从前恨阿保恨六爷一样。三十年河东三十年河西，想想这个世界很奇怪，很滑稽，也很可怕。

雪巧提心吊胆的日子持续了一个时期，后来渐渐地就放心了。看来米生对妻子的不贞并未察觉，每逢雨声滴答的黄梅雨季，米生的性欲就特别旺盛，而雪巧满怀着深重的怜悯和歉意，频繁地挑逗着米生。在雨季里米生夫妻的脸色一样的枯黄憔悴，显示出种种纵欲的痕迹。乃芳有一次在院子里看雪巧漂洗一堆内衣，她说，你们房里是怎么啦，一到夜里就有母猫叫，叫得我浑身起鸡皮疙瘩。雪巧看看乃芳似笑非笑的神情，心里清楚她的意思，雪巧反唇相讥，你们房里也不安静，母猫叫几声有什么？总比打架骂仗大哭小闹的好听些。乃芳讪讪地绕过雪巧和洗衣盆朝厨房走，乃芳的腰臀裹在一条花布短裤里，看上去有点变形，她的身孕已经很明显了。乃芳走进厨房寻找着吃食，想想不甘心败给雪巧，隔着窗子又说了一句话，柴生天天打我，我还不是怀上冯家的种了？我又不是光会叫不下蛋的母鸡，他打死我我也不丢脸。

雪巧的手在搓衣板上停顿下来，她愤怒地看着厨房发黑的窗户，想说什么终究又没说。其实雪巧无心于妯娌间这种莫名其妙就爆发的舌战，整个雨季她的思想都沉溺在抱玉身上。她害怕柴生把米仓里的事透露给乃芳，但是这种担忧看来也是多余的，乃芳肯定不知道，也许是柴生信守了诺言，也许是柴生终日混迹于他的赌博圈中，忘记了她和抱玉的事。雪巧的手浸泡在肥皂的泡沫中，她看着自己被泡得发红的手指像鱼群在棉布的缝隙里游动，突然就想起抱玉最后在米堆上褪裤子的动作，这个动作现在仍然使雪巧心酸。

那只翡翠手镯被雪巧藏在一只竹篮里。竹篮上面压着几件旧衣裳，一直锁在柜子里。那是雪巧从前卖花时用的花篮，编织精巧而造型也很别致，她一直舍不得扔掉。把翡翠手镯放进这只篮子，寄托了她缥缈的一缕情丝，它是脆弱而纤细的，不管是谁都可以轻易地折断。雪巧每次面对这件抱玉随手奉送的信物，身体深处便有一种被啄击的痛楚，那是一排尖利的罪恶的牙齿，残酷地咀嚼着她的贞洁、她的名誉以及隐秘难言的种种梦想。

雪巧把房门关上，第一次试了那只翡翠手镯，她不知道手镯的来历，她只是害怕被米生看见，米生的醋意强烈而带有破坏性，使雪巧非常恐惧。她倚靠在房门上，将戴着手镯的那只手缓缓地往上举，手镯闪现的晶莹的绿光也缓缓地在空中游移，雪巧虚幻的视线里出现了一个硕大的男性生殖器，它也闪烁着翠绿的幽光，轻轻地神奇地上升，飘浮在空中。雪巧闭上眼睛幻景就消失了。她听见窗外又响起了淅沥的雨声，又下雨了。在潮湿的空气里雪巧突然闻到了一种久违的植物气味，那是腐烂的白兰花所散发的酸型花香。雪巧从前沿街叫卖白兰花，卖剩下的就摊放在窗台上，她记得在一夜细雨过后，那些洁白芬芳的花朵往往会散发这种腐烂的花香。

第十一章

七月的一天,从江北飞来的日本飞机轰炸了城北地区,有一颗炸弹就落在瓦匠街的古塔下面,在沉闷的巨响过后,瓦匠街的人们看着那座古塔像一个老人般地仆倒在瓦砾堆里,变成一些芜杂的断木残砖。胆大的孩子在轰炸结束后冲向断塔,寻找那些年代久远的铜质风铃。最后他们把所有的风铃都抱回了自己的家。

居住在古塔下的腿脚不便的老人多死于这次意外的轰炸。瓦匠街上充斥着恐惧和慌乱的气氛,有的店铺关门打烊,店主拖儿带女地逃往乡下避难。米生在米店的门口站着,看见人们苍蝇似的发出嗡嗡的嘈杂声,在狭窄的街道上紧张地涌动着。米生看了看自己那条残腿,突然深切地意识到战乱对于他的特殊危险,他走进米店,店堂里没有人。他们都去看那些被炸者的尸体了，绮云坐在前厅喝一种由枸杞和山参调制的汤药，据说那是治她的头疼病的。绮云问，是谁被炸死了？听说杂货店老板娘也死了？米生点了点头说，死了不少人。绮云放下药碗，她说，杂货店老板娘是活该，我早说过她这种女人会遭天打雷劈。米生说，我猜你也这样想，你恨不得全世界的人都死光，就留下你一个人。

轰炸过后的天气格外炎热，米店到处潜伏着火焰般的热流，米生光裸的背脊上沁出了细碎的汗珠，他在前厅里焦躁地来回走动，我们是不是也到乡下躲一躲？米生说，听说日本人的飞机明天还会来。绮云沉默了一会儿，后来她说，生死由天，老天让你死你也躲不过去。我是不会跑乡下去受罪的，要躲就躲到棺材里去。这样死多省事，你们也不用给我送终了。米生朝母亲冷冷地瞟了一眼，他用湿毛巾擦着额上的汗，你说的全是废话，你知道我腿不好，跑不快，炸弹扔下来先死的就是我。绮云愠怒地把药碗推开，她看着米生的残腿说，我一见你就寒心，什么也别对我说。你这个孽障只有让你爹来收拾，我头疼，我没精神跟你说话。米生将毛巾卷在手背上，然后在空中啪地抽打那块湿毛巾，米生说，让爹再打断我一条腿？这主意不错。米生说着就用毛巾抽打条桌上的一只青瓷花瓶，花瓶应声掉落在地，碎成几片，有一块碎瓷片就落在绮云的脚下。

雪巧回来的时候米生已经渐渐恢复了镇静,米生躺在阴凉的夹弄里吹口琴,街北炸死了好多人,那样子真可怕,雪巧显得很惊慌,不停地摇晃着米生的肩膀,你还有心思吹口琴?要是日本人的飞机再来轰炸,我们怎么办?米生拨开雪巧湿漉漉的手说,怎么办?躺着等死,大家都一齐去死,谁也不吃亏。

几天后城北的战事平淡下来。人们再没有从天空中发现日本飞机恐怖的黑影,瓦匠街的店铺小心翼翼地拉开铺板,店员们有时站在台阶上观察天空,天空也恢复了宁静,夏天灼热的太阳悬浮在一片淡蓝色之中,蒸腾经年未有的滚烫的热气。而在古老的瓦匠街上到处散发着垃圾的臭味,蝇虫繁忙地飞行,路人仓皇地走过烙铁般的石板路面,这是一个异常炎热的夏季,那些阅历深厚的老店员对气候和时局议论纷纷,他们普遍认为最热的夏季往往也是多事的危险的夏季。

空袭的时候五龙正在城南的翠云坊里消夏。听见飞机的引擎声,他从房内裸身跑到楼廊上,对着飞掠而过的两架飞机开了几枪。他知道这样的射击是徒劳无获的,楼廊里站满了衣冠不整的妓女和嫖客,有人看着五龙发出窃窃的笑声。五龙的浑浊的目光从空中收回,怒视着他们,他用枪管在雕花栏杆上狠狠地敲了几下,你们还笑?你们这些人,我要有飞机，一定把你们全部炸死，看你们是不是还笑得出来？五龙对准挂在檐上的一只灯笼开了一枪，圆形的灯笼被穿出一块烧焦的洞孔，然后五龙在众目睽睽之下走过楼廊，一边用枪把摩擦着腹股沟。他说，我最恨你们这些张大嘴傻笑的人，花钱玩到个烂×就值得这么高兴？不花钱看到我的鸡巴就值得这么高兴？呸，这世界上根本没有一件让人高兴的事。

五龙掀开玻璃珠子门帘，看见妓女婉儿倚窗而立，一边朝外观望，一边将米粒随意地抠出来，放到窗台上面。到底出什么事了？死人了吗？婉儿问。五龙穿着衣裤说，快了。天灾人祸，死是最容易的事。他朝婉儿浑圆白皙的侧影注视了一会儿，脑子里突然浮现出一个新奇的念头，他走过去从窗台上抓起那把发黏的米，威严地送到婉儿的唇边，你把这些米吃了。婉儿愣了一下，下意识地闭紧了嘴，她说，你太古怪了，我从来没接过你这样的客人。婉儿想逃但被五龙揪住了，五龙用枪柄撬开她的嘴，将那把米一粒一粒地灌了进去。他的冷若冰霜的脸上出现了一点温柔的笑意，吃吧，五龙看着米粒无声地坠入婉儿血红的口腔和喉管，他说，这才是让人高兴的事情。

翠云坊临河，在午后最闷热的时光里五龙习惯于在护城河里沐浴。从房屋的空隙处可以看见街道上人心惶惶的行人，很远的地方有一座被炸的工厂仍然在燃烧，空气中飘来一股呛人的焦硝味。而翠云坊的雕花横窗内有笙箫再次响起，歌伎的南方小调听来就像一台旧机器的单调的鸣唱。五龙在浓绿的浮有油污的河面上恣意畅游，他想了会儿战争的内容以及战争对他本人的利害，终于觉得这个问题非常模糊，不如不去想它。远远的河面上漂来一个被挖空了瓜瓤的西瓜，他游过去把瓜皮顶在了头上。这个动作让他想起了在枫杨树乡村度过的少年时光，关于往事的回忆在任何时候都可能伸出它的枝蔓，缠绕五龙空旷的思绪。我还是在水上，这么多年了，我怎么还是浮在大水之上？五龙面对着四周一片潋滟的水光，忽然感到某种莫名的恐惧，他扔掉了头上的那顶已经腐烂的西瓜皮，快速地游到岸上。五龙坐在河边的石阶上，望着夏季暴涨的河水回想着他的枫杨树故乡，回想着这些无处不在的水是怎样将自己推到翠云坊下的私家河埠的。也就是这时，五龙感到了下身的第一阵刺痛，他伸手抓挠着，刺痛又转变成更加难以忍受的奇痒。在他黑红色的粗糙的生殖器表层，出现了一些奇异的梅花形状的斑点。

一个码头会的兄弟沿着河岸奔来，他带来了瓦匠街被炸的消息。五龙似乎没有听见。五龙迷惘地站在河边石阶上，一只手撑着肥大的短裤，你过来，看看我的鸡巴上面长了什么东西？五龙细细地察看着，他的金牙咬得咯咯作响，这是脏病，这些操不死的臭婊子，她们竟敢把脏病传染给我？她们竟敢这样来暗算我?

这天夜里一群穿黑衫的人袭击了城南一带的数家妓院。他们带走了曾经与五龙有染的所有妓女,临走向鸨母支付了三天的陪客费用。起初谁也没有注意,妓院的老板们以为是做了一笔大买卖。直到三天后翠云坊的一个老妈子去河埠上洗便桶,她的刷子入水后触到了一团绵软的物体,她用刷子推了推,那团东西就浮了起来,是一具肿胀发白的溺水者的尸体,老妈子在惊恐之余认出那就是翠云坊被带走的姑娘婉儿。

八名妓女溺毙护城河的事件在这年夏天轰动一时,成为人们夜间乘凉聊天的最具恐怖和神秘色彩的话题。作为一起特殊的事件总有某种特殊的疑点,譬如从那些死者身上发现的米粒。妇女们觉得这些米粒不可思议,即使八名妓女已经死去,她们仍然不能宽恕城南一带罪恶的皮肉生意。而男人们的谈话中心是谁干的或者为什么要这么干。已经有很多人猜测是五龙和他的臭名昭著的码头兄弟会,谙熟本地黑道掌故的人悄悄传播着五龙传奇的经历和怪癖,他们着重强调了五龙非同寻常的报复心理和手段,也谈及了他靠一担米发迹于黑道的往事,五龙的名字在炎炎夏日犹如一块寒冰使人警醒。有人绕路到瓦匠街的米店去买米,为的是一睹神奇人物五龙的真面目,但五龙很少在米店露面,他们见到的是米店其他的表情抑郁行动懒散的家庭成员，譬如躺在藤椅上喝汤药的老板娘绮云，譬如整天骂骂咧咧的瘸子大少爷米生，譬如挺着大肚子愁眉不展的二少奶奶乃芳。

瓦匠街曾经传言说五龙将要去坐班房，黑色的警车确实在瓦匠街上停留过，一群警察闯进了大鸿记米店，附近店铺里的人都挤在米店门口朝里观望，后来他们看见警察依次走出米店，每人肩上都扛着一袋米。五龙跟在他们后面拱手相送。米店的伙计们相帮着把米袋搬上车，警车一溜烟地开走了。五龙抓挠着裤裆对两个铁匠喊，等会儿过来摸两圈牌，今天我破了财，赌运肯定特别好。

后来本地的报纸对八名妓女的死因作了另外一种解释，报纸说日本人的飞机空袭本市炸死无数良民百姓，其中包括在护城河里游泳的八名娼妓。

隐秘的暗病使五龙不得不蜗居在家静心调养，这个夏天五龙在院子里的树荫处铺开一卷凉席，终日卧地而眠。隔墙的榆树上蝉声不断，而米店一家都渐渐习惯于踮着足走路，以免惊动五龙夏日漫长的睡眠。

其实五龙半梦半醒，在迷迷糊糊的假寐状态中他经常听见一些虚幻的声音，他听见织云会在院子的另一侧哼唱一支挑逗的民间小调。他听见死鬼阿保沉重的身体从院墙上噔地坠落，阿保的黑皮鞋好像就踩在凉席的边缘。他还听见过冯老板临终前的衰弱的咳嗽，听见他的眼球被冯老板抠破的爆裂声。这些声音使五龙无法平静，也加剧了患处的奇痒和痛楚。五龙觉得这些细腻而难以言传的痛苦远远超过了以往受过的枪伤、咬伤和抓伤。五龙对应邀而来的江湖郎中大发雷霆，他怀疑那些五花八门的医术和药剂，甚至怀疑他的病越治越严重了。最后他撵走了所有自吹自擂包治百病的江湖郎中，开始自己替自己治疗。他回忆起枫杨树乡村治疗毒疮的土方，用车前草籽和大力丸捣碎了敷在镇江膏药上，在火上烘烤片刻，趁热贴在患处。五龙做这些时避开了家人，他站在房间中央，通过一块大玻璃镜打量着自己的形象。这个形象无疑是古怪而可笑的，四肢颀长而粗壮，腹部肌肉仍然坚挺有力，而生殖器被红色的膏药包得严严实实。这个形象貌似普通但又有别于常人，他是残缺不全的，他丢失了一只明亮的眼睛，还有一根无辜的脚趾。也许他还将在暗病的折磨下丢失整个生命？在一阵黯然神伤之后，五龙冷静地找出了他的不可饶恕的错误。他的心灵始终仇视着城市以及城市生活，但他的肉体却在向它们靠拢、接近，千百种诱惑难以抵挡，他并非被女人贻害，他知道自己是被一种生活、一种梦想害了。

绮云摇着蒲扇走进屋子，皱紧眉头对五龙瞟了一眼，她说，你这样没用，什么药也治不了你的脏病。我早说过了，你的命又臭又硬，别人害不了你，害你的肯定是你自己。五龙的嘴里哼唧了一声，他用一种悲凉的声音说，你说对了，你是个女巫。那么你现在就开始等着收尸了？绮云面无表情，走到窗前卷起遮阳的竹帘，绮云说，我不给你收尸，我也不要别人给我收尸，等我老了就进尼姑庵去，我不指望儿子，更不指望你。我已经在尼姑庵的菜园里买好坟地了。五龙发出了会意的笑声，看来你不糊涂，我也不糊涂。你听着，我如果要死就死到我的枫杨树老家去，你知道为什么？我怕你们把我碎尸万段，你们会的，活着你们怕我，死了谁也不怕我了。

绮云没再说什么，挥着蒲扇赶走一只苍蝇，无声地离开了屋子。风的游丝从南窗里挤进来，挤进来的还有榆树上的蝉声和黄昏依然灼热的气流。五龙走到窗前，听见院子里响着泼水声。米生举着一盆水从头顶上往下浇。雪巧正在洗头，她的乌黑的长发像水草一样漂浮在铜盆里。在北厢房里柴生和乃芳正在摆弄新买的留声机，一个男人的假嗓呜咽似的时断时续，这就是我的后代和家人。这就是我二十岁以后的家。五龙突然对一切都陌生起来，他怀疑这幕家庭生活情景是否真实。也许整个米店都是虚假的幻象，只有生殖器上的刺痒和细菌才是真切可信的。这么多年了。他已经不是昔日那个可怜的米店小伙计，但他仍然在遭受新的痛苦。五龙伤心地闭起了眼睛，黑夜的感觉重新降临，在炎热的空气和虚无的心绪里，他寻找着古塔上的风铃声，他知道那座古老的砖塔已经毁于战争的炮火，但他想念的风铃声还清脆地回荡在这个夏日黄昏，除此之外，他还听见了远远的火车的汽笛以及车轮和铁轨撞击的声音。

对于五龙，他所在的地方永远是火车的一节车厢。它总是在颠簸、震动。五龙感到一阵突如其来的眩晕，他摇摇晃晃地走了几步，双手撑着沉重的脑袋，这种行走的方法是多年前偷偷爬上那辆运煤火车的翻版。为了驱除眩晕，五龙扬起手掌朝自己脸颊打去，他听见一种异常的声音，他嘴里的两排金牙脱离了牙床，松散地倚在舌头下面。五龙把手指伸进嘴里压紧金牙，手指从金箔上滑过的触觉是异常柔和温馨的。他突然想到这两排金牙或许会是此生最大的安慰。多少年的漂泊和沉浮如梦似烟。他的枫杨树人的血液依然黏稠，他的汗腺在夏季依然排放着硕大的汗珠，他的双脚离开鞋子后依然臭气扑鼻，但他现在拥有了两排真正的闪闪发亮的金牙。也许这是唯一重要的变化。也许这真的是此生最大的安慰了。

雪巧犹如一只惊弓之鸟，每当回忆起米仓里那场没有实现的幽会，她总有一种芒刺在背的感觉，抱玉的匆匆来去很像一夜惊梦，或者就像一口美丽的陷阱，雪巧陷入其中，她所看到的天空是淡黄色的令人不安的，危险的阴影密布米店的每一处空间，尤其是来自柴生的致命的威胁。在炎炎夏日雪巧频繁地洗濯沐浴，借助清凉的井水来保持冷静，思考她的处境和应该采取的策略。她觉得问题的关键还是在于柴生，有时候她希望柴生永远泡在赌场烟馆里，最好像赌场里经常发生的那样，被其他赌徒在胸前捅上几刀，这样她的危险的处境就会有所改观。

而柴生果然没有放过雪巧，有一天雪巧在厨房里洗菜的时候，柴生悄悄地闪进来，柴生对雪巧嘻嘻地笑着，雪巧敏感地意识到最害怕的事情来临了，柴生向她索取一百块钱，说是欠的赌债，一定要马上到手。

你这是逼我寻死，雪巧涨红了脸，她按捺住心头的愤怒，温婉地哀求柴生，缓几天给你吧，你知道我们的钱都捏在米生手上，无缘无故地他绝对不会给我这么多钱。

那你可以编个理由，你可以说你爹死了，要带钱回家奔丧，柴生说。

可是我爹没死，雪巧刚要发怒，旋即又降低了音调，她很害怕北厢房里的乃芳会听见他们的谈话，柴生，你我叔嫂一场，我还给你做过鞋子，你不兴这么逼我，我手上真的没钱，除了每月的零花钱和菜钱，我从来就没有攒下过钱，不信我给你看我的钱包。

看来你是不肯给了。没关系，我不逼你。柴生推开了雪巧抓着钱包的手，怏怏地往外走，他说，一点不错，女人都是头发长见识短，现在不是我逼你，而是你在逼我了。

雪巧放下手里的钱包和一只茄子，冲过去拉住了柴生的手。雪巧的脸因为惊惶和强作媚态显得很丑陋，她紧紧地抓着那只手，并且慢慢地将它上举，最后停留在她丰满的乳房上，我没现钱，雪巧期盼地观察着柴生的反应，给你这个行吗？

柴生的手木然地按在雪巧的乳房上，一动不动，过了一会儿他放下那只手，摇摇头说，我不要这个，这个又不能当钱用，我只要钱，你要是没钱就给首饰吧，首饰卖到当铺去也能变钱。

你们冯家的人一个比一个狠毒，一个比一个贪心。雪巧绝望地叹了口气，在柴生的提示下她想到了那只翡翠手镯，雪巧说，我给你一只翡翠手镯，不止值一百块，但你要答应我，以后再也别来敲诈我了，你要再来我就只好死给你看了。

米店叔嫂在厨房里最后完成了一笔交易，他们一前一后走出厨房时正好被乃芳看见了。乃芳伏在厢房的窗台上大声责问，你们躲在厨房里搞什么鬼？雪巧不动声色地说，厨房里有一只老鼠，我让柴生把它打死了。乃芳狐疑地打量了他们一番，冷笑了一声，是一只骚情的母老鼠吧？你应该叫你男人打，怎么叫小叔子打？雪巧不宜申辩，装作没有听见，急急地走过院子，乃芳尖刻的声音像马蜂一样追着雪巧不依不饶，乃芳站在院子里很响地吐着唾沫，不要脸的骚货，勾引到小叔子头上了。

雪巧躲在房间里隔窗听着乃芳撒泼，身体瑟瑟地发抖。乃芳的骂声米生也听见了。米生的脸色气得铁青，他把雪巧从椅子上拉起来，怒视着她说，你到底干什么了？你真的操不够，连柴生也要？雪巧终于呜呜地哭起来，雪巧跺着脚说，她在栽赃，我什么也没干，你要是也来逼我，我只有死给你看了。米生愤愤地把窗子砰地关上，隔绝了院子里乃芳的声音。米生抓住妻子的头发看着她泪流满面的样子，他说，你要是真干了这种事，我马上就去给你找一根上吊绳，家里的房梁够高了，绳子也是很多的。

院子里终于重新安静下来，乃芳看见五龙从里面出来，就噤声不语了。五龙没说什么，他叉着腰站在院子中央抬头望天，一股奇怪的气味从他的白绸裤后面隐隐飘来，乃芳捂着鼻子钻进了北厢房，乃芳现在已经出够气了。她拖着沉重的身子走到大床的后面，用刀子在床架上划了一道横线。床架上已经有五道横线了，这意味着乃芳大闹米店的记录达到了五次之多。乃芳记住了母亲传授的独特经验，那个寿材店的老板娘对女儿说，你要想在冯家不受欺负就要会闹，人都是欺软怕硬，谁惹你就跟谁闹，你闹上十次他们就不敢再欺负你了。

第二天昌记当铺的老板来米店找到了五龙。五龙正摸不着头脑，当铺老板掏出了一只翡翠手镯放到桌上说，这是你家二少爷典当的东西，我怕这是家传宝贝不敢收纳，但我还是付了一百块钱给二少爷，现在龙爷是不是把手镯赎回来，也可以了却我的一桩心事，五龙抓起手镯看了看，又扔到桌上，他皱着眉头不耐烦地说，我从来不过问这种鸡毛蒜皮的事，你去对绮云说吧。五龙觉得这只手镯眼熟，但他记不得在哪个女人手上见到过，五龙一向讨厌女人的这种累赘的没有实用价值的饰物。而绮云的反应证实了当铺老板职业性的疑虑。绮云拿过手镯后很快就付了赎金，赎金是一百零五块钱。当铺老板在数钱的时候听见绮云在轻轻抽泣，绮云说，可怜的织云，你如果阴魂不散就回来吧，回来看看冯家的这些孽种，当铺老板与米店一家相交多年，他从前也认识织云并听说过她惨死于吕公馆的故事。在米店的门口，他站住想回忆一下织云的脸，遗憾的是一点也想不起来了。织云已经死去多年了，她的美貌和千娇百媚随岁月流逝而烟消云散，对于活着的男人丧失了任何一种意义。

柴生起初矢口否认他去典当手镯的事,后来被绮云逼问得没有办法,只好说了实话,但柴生没有提及他在米仓意外捉奸的内容,或许是雪巧当时在场,或许是柴生想留下日后再次讹诈的机会。柴生当着所有人的面指了指雪巧,是嫂子送给我的,说完就夹着蟋蟀罐出门去了。

柴生披露的真相其实只是一半,但这一半已经使米店的其他成员目瞪口呆,乃芳首先发难,她挑衅地望着一旁的米生,你听见没有?嫂嫂给小叔送手镯,米生,你做了活乌龟还天天捧宝一样捧着她,你还算个男人?米生的喉咙里杂乱地响了一声,闷头就往外走,米生在柴堆上找到一把斧子,又抽下了捆柴的麻绳回到后厅。绮云上前阻拦被米生推了一个趔趄。绮云失声大叫起来,杀人,你又要杀人了。米生把绳子摔在雪巧的脚下,哑着嗓子说,是我动手还是你自己动手,你自己挑吧。反正我手上已经有小碗的一条命了,我不怕偿命,不管怎样我总是赚的。雪巧低头俯视着那条绳子,她咬着嘴唇在危险的瞬间设想了对策。雪巧用脚尖挑起绳子把它踢回米生那边,用一种异常镇定的声音大声说,为什么都咬住我不放?我没给过柴生手镯,那是他从我这儿偷的。是偷的,我怎么会给柴生手镯。米生愣了一下,他摸了摸斧子的刀刃,你们两个人总有一个在撒谎,米生说,也许两个人都在撒谎,那样我就把你们一齐砍了,那样我就赚回两条人命了,值得。

在前厅的混乱的争执中,绮云保持了清醒,她抓住了关键追问雪巧是怎么得到那只翡翠手镯的,雪巧一口咬定是捡来的,是在米仓里捡来的,绮云严厉地盯着雪巧的脸,她说,雪巧,你不要聪明反被聪明误,抱玉虽然远在上海,但事情总会水落石出的。你要小心,小心得罪了菩萨遭五雷轰顶之灾。绮云绷着脸拉走了米生和乃芳,关起了前厅的玻璃格门。她端起一碗药汤喝了几口后对雪巧说,我原先以为你还算孝顺懂事,现在看来也是假的,也许走进这米店的就不会有好人,这是我们冯家的劫数。雪巧没说什么,一场殚尽心智的恶战使她显得疲惫而娇弱。其实我知道手镯是抱玉给你的,其实你和抱玉的下流勾当我早就发觉了。绮云又说,我们冯家的家丑实在太多,我都没有脸再说了。雪巧痛苦地闭起了眼睛,她想起米仓里伤心的一幕,想起抱玉褪裤子时高傲和调侃的神态动作,依然心碎欲裂。雪巧的申辩声听起来更像一种病痛的呻吟,冤枉,其实你们都冤枉了我。

绮云就是这时候把半碗汤药泼向雪巧的,她看见褐色的药汁溅到雪巧苍白的脸上,就像血一样蜿蜒流淌。它使绮云恶劣的情绪稍稍平静下来。绮云最后思索着说,我们家的男人都是杀人坯子,我们家的女人都是不要脸的贱货,这是劫数,靠我一个人撑着又有什么用呢?

雪巧犹如一只惊弓之鸟,米店一家在察觉了雪巧的不轨之后以各自的方式对她施加压力。雪巧不在乎乃芳的每天例行的指桑骂槐,也不在乎米生的诉诸拳头和房事两方面的虐待,她最害怕的还是柴生,她害怕柴生最终会说出米仓里的事。

我小看了你,想不到你会倒打一耙。柴生咬牙切齿地对雪巧说,我要惩罚你,罚你一百块钱。

柴生,别恨我,我不是故意的,雪巧满面愁容,她的辩解显得苍白无力,你是男人,背点黑锅不要紧,我背上这口黑锅就惨了,就没脸做人了。

多自私的女人,柴生冷笑了一声,他说,我们的交易还要做下去,你必须给我一百块钱,否则我就站在瓦匠街上把你的丑事告诉每一个人。

雪巧绝望而哀怨地看着柴生,她的手里握着一朵淡黄色的白兰花。明天吧,等到明天吧。雪巧把白兰花的花瓣剥下来,一瓣瓣地扔在地上,我会想办法还清你们的债。

接下来的是一个不眠之夜,这个夜晚无比燠热,偌大的米店没有一丝风,从仓房的米堆上飞出成群的蚊虫,袭击着露宿在院子里的米店一家,他们分别睡在地上、竹床和藤椅上，除了五龙已经响起了鼾声，剩下的每一个人都在怨恨天气和蚊子，绮云点起了苦艾草来熏蚊子，奇怪的是那些烟味没有任何作用，蚊群仍然嗡嗡地盘旋在米店的上空。活见鬼，绮云望着夏季暗红色的天空，自言自语地说，还没到大伏天就这么热了，今年奇怪，我觉得天灾人祸就要临头了。

绮云想了会儿心事，看看天色已经浓黑一片了，风迟迟不来。这么热的天会把年老体衰的人热死，我娘就是在这种天气过世的，尸体停放半天就发臭了。绮云摇动蒲扇，环顾着家人们，她忽然发现雪巧不在院子里。绮云问米生，你女人呢？她怎么能在房间里待得住？

我不知道，米生含糊地答道，他快睡着了。

她不会寻短见吧？你去看看她。绮云用蒲扇柄戳了下米生，但米生没有动弹，米生仍然含糊地说，随她去。

大热天的，我不希望家里停死人。绮云嘀咕着站起来，她走到南屋的窗前，掀起帘子朝里望了望。雪巧正坐在床上发呆，昏黄的灯光越过飞旋的蚊群，涂抹在雪巧光滑而纤细的肌肤上，雪巧静止的姿态看上去就像一片发黄的纸人。绮云看见床上还有一只小巧玲珑的藤编花篮，雪巧的一只手斜插在花篮里。绮云记得雪巧嫁来的时候就带着这只花篮，篮上堆着一些红色的鲜花，鲜花的下面是半篮雪白的米。那份简单寒酸的嫁妆似乎预示了雪巧日后坎坷的生活，但绮云无法猜透雪巧现在的心思。这个反常的燠热的夏夜，米店一家怨天尤人心绪不宁，唯有雪巧独自枯坐于室内，她的神情平静如水。

凌晨的时候从西北化工厂的方向吹来了些许南风，风中夹杂着一股异味，院子里的人终于在这阵风中睡熟了。雪巧穿着她最喜欢的桃红色旗袍从里屋出来，悄悄地绕过院子里的人和睡具。她走进厨房开始淘米，然后打开了炉门。雪巧，你在干什么？绮云被厨房里细碎的声响惊醒了，雪巧在厨房里轻声回答，我在煮粥，你昨天不是让我煮粥吗？雪巧的声音听来显得沙哑而又遥远。绮云说了声煮稀点就又躺下了，在困倦的睡意中她似乎看见雪巧走出了家门，雪巧拎着那只花篮，她的桃红色的模糊的背影在店堂里闪了闪就不见了。

吃早饭的时候雪巧还没有回家，并没有谁留意这一点。她去买菜了，我们不管她。先吃吧。绮云说着就开始盛粥。粥熬得果然又稀又黏，这使绮云不得不承认雪巧干家务是一把好手，首先端起碗的是五龙，五龙喝了一口粥后立刻又吐出来了。什么味？五龙放下碗筷，他皱着眉头说，这粥的味儿不对，谁煮的粥？

可能米没淘干净吧？绮云也尝了一口粥，她说，也可能米箩里掺进了老鼠药，这味是有点怪。

你们先别喝这粥，去把猫抱来试试。五龙站起来寻找着家里的黄猫，但黄猫不知跑到哪里去了。除了五龙，一家人都没有了主张。米生突然端起那锅粥泼在院墙下，米生的嘴唇有点哆嗦，是砒霜，他说，她昨天吓唬我说要吃砒霜，没想到她把它放粥锅里了。米店一家一时都望着那些粥汤发愣。乃芳叫起来，多狠的女人，她竟然下得了这个毒手。只有五龙一言不发，他走过去把地上的粥捧回了锅里，他说，等她回来，我要让她把这些粥全部喝光。

但是雪巧一去不返。有人对沿途寻找的米店兄弟说，看见雪巧操着一只花篮往火车站走了。

你猜她去哪里了？柴生问米生。

随她去哪里，我都无所谓，最多再花钱买一个女人进门。米生从地上捡起一块残砖，敲打着路边的梧桐树的树干，他说，早知道这样，我就一刀砍了这贱货。

我知道，她去上海找抱玉了。柴生眺望着远远的车站的青灰色建筑，他的表情狡黠而又空洞。

第十二章

炎热的天气加剧了五龙的病情,下身局部的溃烂逐渐蔓延到他的腿部和肚脐以上,有时候苍蝇围绕着五龙嘤嘤飞落,它们甚至大胆地钻进了他的宽松的绸质短裤。五龙疯狂地抓挠着那些被损伤的皮肤,在愤懑和绝望中他听见死神若有若无的脚步声在米店周围徘徊。

五龙仍然坚持自己对自己的治疗,在舍弃了镇江膏药和车前草籽后,他先用了手工酱园酿制的陈年老醋,每天在大木盆里注入两坛醋,然后把整个身体浸泡其中。五龙相信这种新的土方子缓解了他的痛苦,但他在历数了弥漫全身的梅花形肉疱后,无法减轻内心的焦虑和恐惧。暗红色的醋在木盆里波动,浮起了五龙受尽创伤的身躯和充满忧患的心灵。五龙发现自己的重量在疾病中慢慢丧失,他像一根枯树枝浮在暗红色的醋液中,看见多年前逃离枫杨树乡村的那个青年,他在茫茫大水中跋涉而过,他穿越了垂死的被水泡烂的水稻和棉花。在拥挤的嘈杂的逃亡路上奔走。那个青年有着敏捷而健壮的四肢,有着一双充满渴望的闪烁着白色光芒的眼睛——我是多么喜欢他,多么留恋他。五龙轻轻地将醋液泼洒在脸上、身上,那股刺激性的酸味使他爆发出一阵剧烈的咳嗽声,他竭力抑制住由咳嗽带来的死亡的联想,固执地回忆那条洪水包围中的逃亡之路。这条路上到处是死尸和杀人者,到处是贫困和掳掠,饥寒交迫的人们寻找着遥远的大米垛,我找到了一座雪白的经久不衰的大米垛,但是我不知道这条路有多长,我不知道这条路将把我带到哪里栖息并且埋葬。

米店的店堂里仍然堆满了米和箩筐,仍然是买米的居民和卖米的伙计。世事苍茫,瓦匠街云集的店铺和手工业作坊随其沉浮,而古老的米店总是呈现出稳定的红火景象。当长江沿岸的农民在稻田里喜获丰收,人们不再担心粮荒而囤积居奇时,可怕的战火却蔓延到长江南岸,城市的街道和江边码头出现了那些矮小的留着胡子的日本士兵,于是人们再次涌进米店购米,谁都清楚,米或者粮食是生存的支柱。绮云坐在柜台后面,怀着一种复杂的心情——喜悦或者忧虑地观望着店堂里的人群。她听见后面的房子里突然传来一声悠长粗哑的吼叫，店堂里的人都吓了一跳，只有绮云对此充耳不闻，她习惯了五龙的这种发泄痛苦的方法。

他又在叫了，要不要去看看他？伙计老王走过来悄悄地问绮云。

别管他，他这种病不叫难受，叫了还是难受。绮云在柜台上清点着一堆竹片米筹，她含蓄地微笑了一下说，他的下场早就被我料到了。作恶多端的人不会寿终正寝。

五龙卧病在家的这段日子，城北地界上的帮会势力之间发生了错综复杂的纠葛，青帮倾巢投靠了驻扎下来的日本人，而隶属红帮的码头兄弟会在时局的变化下手足无措，他们曾经到米店来求教病中的五龙。五龙躺在装满红醋的大木盆里，冷峻地望着那些仓皇的兄弟，他说，我现在养病要紧，那些事你们做主吧，只要能活下去怎么都行，投靠谁都行。

八月以后时局变得更加混乱，有一天从化工厂日本人设置的岗楼上飞来一颗子弹，洞穿了米店厚实的杉木铺板，铺板上留下了一个圆形洞孔。绮云大惊失色，她坚持要让五龙去看那个弹孔，绮云埋怨说，都是你惹来的祸，你现在躲在澡盆里不出来，倒要让我们替死，真要打死了人怎么办？五龙坐在醋盆里揉搓着已经溃烂的小腹，看上去漫不经心，他说，那是流弹，没什么可怕的，可怕的是长了眼睛的子弹，它对准我就不会飞到你身上去，这些事你不懂。女人会在粥里下毒，但许多杀人的办法女人是不懂的。绮云把手里的那颗子弹头扔在五龙浸泡的醋液中，这个动作激起了五龙的暴怒，他伸手从澡盆后面抓起了一支驳壳枪，你他妈真以为我要死了？你以为现在可以骑到我头上来了？他舀起一捧红醋朝绮云身上泼去，再来惹我我就一枪崩了你。

现在五龙到哪里都带着这把崭新的驳壳枪。即使在院子里乘凉睡觉的时候，他也把驳壳枪放在枕边，并且用一根红线把枪柄和手指连接起来，这是为了提防米生兄弟对枪的觊觎之心。混乱多变的时局和英雄老去的心态促使五龙做出戒备。他对种种不测做出了精密的预想，有一天夜里他开枪打死了家养的老黄猫。猫衔着一块咸鱼逾墙而过，刚刚落地就被五龙一枪打死了。枪声惊醒了米店一家，绮云从竹榻上跳起来说，你疯啦？好好的你打枪干什么？五龙睡眼蒙眬，他指了指被打死的猫说，我以为是阿保，我以为是阿保来了。绮云说，你真是撞见鬼了，你干脆把我们都打死算了。五龙收起枪，合上了眼睛，他在凉席上困难地翻了个身。我以为是抱玉，我好像看见抱玉从院墙上跳下来了。五龙抱着驳壳枪喃喃自语，他们都是我的仇人，他们迟早会来的。

老黄猫是绮云的宠物。第二天绮云用一只篮子装着死猫去了护城河边。她将死猫葬进了墨绿的泛着腥味的护城河中，看着河面上漂浮的垃圾夹带着死猫远去，绮云拎着空篮站在岸边，暗自垂泪，扪心自问，如果是米店的谁遭遇如此不测，绮云不一定会这样伤心，年复一年的苦闷和哀愁，她发现自己已经无从把握喜怒哀乐的情绪了。

码头会的兄弟一去杳无音信，五龙牵挂着一笔贩运烟土赚来的钱款，他以为他们会如约送来，但等了好久也未等到。五龙有点沉不住气了，他让柴生去会馆取这笔钱，五龙对柴生说，记住，一文钱也不能少，不准他们私吞，也不准你在路上搞鬼。

柴生回家时鼻青脸肿满脸血污，径直冲进了北屋。柴生哭丧着脸对父亲嚷嚷，他们不给钱，还把我打了一顿。五龙从醋盆中爬起来，他说，你慢慢说，是谁不给钱？是谁把你打了一顿？柴生跺跺脚，盲目地指了指窗外，就是常来找你的那帮人，他们说你去了也一样讨打。五龙呆呆地站在醋盆里，一只手遮挡着羞处。沉默了一会儿他重新坐到盆里。他朝柴生挥挥手，你走吧，我明白了，你去把脸上的血洗掉，这不算什么，讨债的人有时候是会挨打的。挨打不算什么。

五龙突然感到身边的红色醋液变得滚烫灼人，现在他的每一寸肌肤都在炎热中往下剥落，像阴潮的墙脚上的泥灰，或者就像那些被烈日烧焦的柳树叶，一点一点地卷起来。五龙狂叫一声，从浸泡了半个夏季的醋液中逃离，他站在地上，看见那盆醋液在摇晃后急遽地波动,他的脸映现其中,微微发黑,随醋液的波动而扭曲变形。

院子里响起了一阵乒乒乓乓的脆响,那是柴生在砸堆在墙边的空醋瓮。柴生没有平息他的屈辱和愤怒,他把空醋瓮高高地举过头顶,一口气砸碎了五只才停住。

墙倒众人推,这不算什么,五龙带着米醋留下的满身红渍印走到院子里,他的赤脚无知觉地踩着满地的陶片。绮云从店堂赶来时五龙独自站在院子里,五龙用手掌搭着前额仰望黄昏的天空,嘴里念念有词。

我多久没出门了?我闷得发慌。外头的人已经把我五龙的模样忘了。五龙望着天空说。

你什么模样?绮云把碎裂的陶片扫进了簸箕,在墙上笃笃地敲着扫帚,你满身烂疮,出门就不怕别人笑话?

我们家哪处地势最高?五龙又问,我不想出门,但我想看看外面现在变成什么样了。

还是一样,人人都来买米,街上吵吵闹闹的,日本兵在桥上打死了一个怀孕的女人。一枪害死两条命。绮云絮絮叨叨地说,世道永远是乱的。该死的不死,不该死的却死了。

我在问你,我们家哪处最高?哪处能看清外面的变化?

那你就架把梯子上房顶吧。仓房的房顶最高,绮云恶声恶气地说着就去倒垃圾了。绮云觉得五龙的脾气越来越古怪了，做了这么多年的夫妻，她仍然琢磨不透这个来自枫杨树乡村的男人，这颗男人的深不可测的心，绮云端着垃圾再次设想了一个现实的问题，一旦致命的花柳病把五龙拉到地狱，我会不会守棺哭夫？绮云摇了摇头，她想她不会哭，她想那时该做的是找出冯家的家谱，然后把五龙的名字从家谱中画掉。现在她已经想通了，情愿让冯家的第五十四代空着，也不让五龙的名字玷污这个清白了几个世纪的米店世家。她最终必须斩断五龙和冯家千丝万缕的联系，以此告慰父亲和列祖列宗不安的亡灵。

这个黄昏五龙爬上了米店的屋顶。城市北部的所有风景再次清晰地呈现在他的眼前，夏日的黄昏天空横亘着广袤的橘红色，看不见的空气之火在云层后面燃烧并渐渐化为灰烬，天空下最高的是工厂区林立的烟囱和化工厂那座古怪的塔状建筑，那里一如既往地飘散出黑烟，接着是城北密集的房屋和屋顶，青瓦的、黑铁皮的或者灰色的水泥屋顶，浮在最底层的是狭长的迂回交叉的街巷，街巷上缓缓移动的人迹——从高处俯视他们就像一群会走路的玩偶。极目远眺，五龙在东西两侧分别看见了铁路的路轨和蒸腾着白霭的滔滔江水。有火车轰隆隆地通过弧形的铁路桥，有货船拉响汽笛缓缓地停泊于江边码头。这就是城市。五龙想，这就是狗娘养的下流的罪恶的城市，它是一个巨大的圈套，诱惑你自投罗网。

为了一把米，为了一文钱，为了一次欢情，人们从铁道和江边码头涌向这里，那些可怜的人努力寻找人间天堂，他们不知道天堂是不存在的。

世界依然如故，而五龙坐在发热的屋顶上舔着新创的伤口。码头兄弟会对他无情地背弃本在意料之中，但他没想到会这么快这么残酷。这帮狗娘养的杂种。五龙竭力回忆他们各自的性格和相貌，奇怪的是什么也想不起来，只记得作为某种标记的黑衫黑裤，它们深深地烙在五龙的意识深处。这帮狗娘养的杂种，他们以为我快死了，他们就这样把我抛掉了。一种辽阔的悲怆使五龙的眼睛有点潮湿，他抬起手揉着眼睛，先摸到废弃的左眼，左眼的角膜上有一些白色的分泌物，再摸右眼，右眼眼眶里确实噙着一颗陌生的泪珠。五龙开始从下至上审视自己的全身，他看见那只被咬断过脚趾的左脚踩在一块青瓦上，暗紫色的伤疤清晰可辨，然后他看右脚，右脚被船匪的枪弹穿过，整个脚部是畸形的，五龙的目光滞重地上移，遍布腿部和前胸的毒疮像蟑螂一样在皮肤上爬行，五龙的身体剧烈地颤抖起来，在我的身上到处都有他们留下的伤痕，他们就这样把我慢慢地分割肢解了。我也许已经成为一块盘子里的卤肉。五龙突然控制不住歇斯底里的愤怒情绪，他想面对整个世界骂人，他站起来，用双手卷成筒状，弓着腰，运足力气朝着下面的世界大喊了一句粗话。

我操你妈——五龙的声音传得很远,瓦匠街上乘凉的人都听见了这阵不断重复的凄凉的骂娘声,他们循声望去,发现米店的屋顶上站着一个人,他们认出那个人就是隐匿多时的五龙。

乃芳在街上听到了关于雪巧的消息,那群人聚集在绸布店里,听年轻的伙计叙述他在上海巧遇雪巧的经过。乃芳挤进了人堆,怀着紧张而喜悦的心情得知了这个消息。

我扛着一匹布从妓院走过,有三个妓女来拽我的衣裳,其中一个干脆拉着我的短裤不松手,你猜她是谁?是雪巧。伙计用木尺轻击着玻璃柜台,他笑着说,是雪巧呀,她认出是我脸一点儿不红。把我拉到一边说话,你们猜她问我什么?她问我米店里有没有死人,我说没有,她不相信,她说难道一个也没死吗?

绸布店里的人群在惊讶过后爆发出一片笑声,随即是各种猜测和议论,有人拉住乃芳打听,你们是妯娌,你应该知道的,乃芳挺着肚子矜持地离开绸布店,她给滞留在店里的好奇的人群丢下一句话,这种女人,提她怕弄脏了我的嘴,又有对米店内幕一知半解的人追出去喊,雪巧真的在粥里下砒霜吗?乃芳没有予以回答,她手捧一包紫红色的杨梅,一路吃着回到了米店。乃芳决定把听到的消息首先告诉米生。

米生坐在南屋的窗台上吹口琴,米生的一条残腿纹丝不动，另一条腿烦躁地敲着墙壁，他看见乃芳扭着粗壮的腰肢走过来，把装着杨梅的纸包送到他面前。米生没动，他讨厌乃芳，也讨厌杨梅的酸味。

知道雪巧在干什么？乃芳噗地吐出一颗杨梅核，她朝米生瞟了一眼，一字一顿地说，她在上海做妓女。

米生放下了口琴，漠然地望着乃芳沾着果汁的嘴唇。

她在街上拉客，恰巧拉到了布店的伙计，乃芳嘻嘻地笑起来。她把系在手背上的汗布解开，擦了擦嘴角，米生漠然的反应使她有点失望。她鄙夷地看了看米生的那条残腿，转过身朝厢房里走，这时米生在后面厉声喊道，你给我站住。

你还想知道什么？你要想听更详细的就去绸布店找那个伙计，只要你不嫌恶心，乃芳回过头说。

我讨厌你的臭嘴，我更讨厌你的母猪肚子，米生高声叫嚷着把手里的口琴朝乃芳隆起的腹部掷去，他听见了女人恐惧的呐喊和口琴撞击皮肉的声音，这使他沉重的心情松弛了一些。米生跳下窗台，从地上捡起口琴吹了一个短促的高音，米生说，她是婊子，你也是婊子，女人都是些不要脸的臭婊子。

乃芳下意识地护住她的腹部，一步步地往后退，退到厢房的门口，她终于撩起衣裳察看了一下被击的部位。你想害我？你自己操不出种就想来害我？乃芳指着米生大声咒骂，她说，我要告诉柴生，我一定要让柴生来收拾你。

米店兄弟的这场殴斗仿佛蓄谋已久。兄弟俩红了眼，各自操起了斧子、门闩和腌菜缸里的石头，院子里所有的杂物都被撞倒，乒乓乱响。乃芳站在厢房的台阶上一味地尖叫，打他的好腿，打断他的好腿。五龙隔窗观望着兄弟俩的狂暴的扭打，他说，放下东西出去打，别在家里打。后来绮云和店堂里的人都涌到后院，两个伙计上去拉架，怎么也拉不开，绮云急白了脸，疾跑到对面的铁匠铺去叫人。兄弟俩终于被五六条壮汉分开了，两个人都已经头破血流，米生半跪在地上偷偷抓起了斧子，最后他坚持将斧子掷向柴生的背影。斧子掠过柴生的耳朵，砸碎了厢房的窗玻璃。

你们到底为什么要打？绮云抢过那把斧子抱在手中，她神情凄恻，天天闹得鸡犬不宁，冯家的脸面被丢尽了。

你问她。柴生用毛巾擦去脸上的血污，朝妻子努努嘴唇说，她说拐子打了她的肚子，是她让我打的，不打不行。

原来是你在里面搅，我就料到了。绮云声色俱厉地审视着乃芳，我不知道冯家哪儿亏待你了？你存心要搅得家破人亡，你存心要把我气死吗？

怎么能把屎栽到我头上来了？真滑稽。我倒成了冯家的罪人了。乃芳不屑地冷笑着，她退回到厢房里砰地关上门，然后从门缝里探出半张脸，冯家遇到大喜事了。我不说，我不要沾冯家的光,什么喜事你去问米生吧。

米生坐在地上发呆,米生的手里掂着一颗牙齿,那也许是柴生的,也许是他自己的。他的嘴唇因淌血而显得鲜红欲滴。绮云走过来想扶他站起来,被米生狠狠地抡开了,绮云痛苦地闭起了眼睛,那张充满皱褶的脸无比苍白。她用食指轻轻揉着太阳穴对米生说,你从小就惹祸,你忘了你的那条腿是怎么被打断的,闷死小碗还不够?你还想亲手杀死柴生吗?

想。怎么不想?我恨不得连你也一起杀了。米生从地上慢慢地爬起来,他低头看了看手心里的那颗血牙,然后用力把它扔到了仓房的房顶上,那颗牙齿在瓦片上清脆地滚动了一会儿,最后消失得无影无踪。

不久就发生了码头兄弟会与青帮的长枪帮火并的大事。整座城市为之震动,瓦匠街的男人在茶馆里议论纷纷,据说发生火并的起因是两边争夺江边码头的地盘。居住在沿江路一带的人夜间都听见了码头上火爆的枪声,枪声在黎明时分渐渐平息,胆大者跑到码头观察了现场。他们看见码头的货堆和空地上横陈着许多穿黑衫的尸体,有一颗血肉模糊的脑袋被拴在卷扬机长长的吊臂上,他们发现死者多为穿黑衫的码头兄弟会的人,细心的观察者清点了人数,一共有三十多具尸体。很明显，是长枪帮血洗了码头兄弟会。

城北的老人都知道码头兄弟会把持江边地盘已有多年历史，而兄弟会和长枪帮之间历来各占一方，井水不犯河水，这也是多年流传下来的帮规。老人们觉得这场火并来得蹊跷，其中必然有不为人知的阴谋。后来果然从茶馆里传出了关于地契的事，长枪帮的幸存者透露说，有人向长枪帮出卖了江边码头三街十一巷的地契。但码头兄弟会却不肯认账，火并就这样发生了。长枪帮始终没有透露卖地契者的名字，但茶馆里的茶客们几乎都猜到了，不会是暴死在上海滩的吕丕基吕六爷，不会是那个被割了脑袋的新头目小山东，不会是别人，那个人就是患了花柳病的五龙。

出事的那天早晨，柴生也去江边码头看了热闹，柴生认识死尸中的好几个人，他向旁边的人介绍了那些死者的姓名和绰号。柴生回到家，看见五龙独自坐在院子里品茶，那种茶汁照例是浑浊发黑的，与以往不同的是茶汁里漂着一根粗壮的野参。

爹，你捡了一条命，柴生气喘吁吁地说，你那帮兄弟都死在码头上了，血流了一地，是长枪帮干的。

五龙没有表现出丝毫惊诧之色，他呷了一口茶汁，将手伸进裤裆里抓挠着，然后他朝柴生亮出一排沾上脓血的手指，五龙说，看见了吗？我也在流血，我已经流整整一个夏天了。

你想去看看他们吗？柴生回味着江边码头的血腥之气，打了一个冷嗝，柴生说，够惨的，昨天还在街面上摆威风，今天就见了阎王爷。

我用不着去看。我掐算了他们的寿命，谁也逃不过这个夏天。五龙举起一排手指迎着阳光，端详沿指缝流淌的脓血，他对柴生说，你闻闻我手上是什么味？我手上的气味就是死尸的气味。

柴生避开他的视线，柴生厌恶父亲的每一块发烂的皮肉。

我这辈子学会了许多复仇和杀人的方法。五龙叹了一口气，他从藤椅上站起来，在院子里蹒跚着踱步，大腿内侧急剧滋长的红疮使他的行走变得困难。五龙抬头望着早晨的天空，他说，又是一个毒日头，多么热的天气呀，如果没有那些死人，天气是不会凉快下来的。夏天是死人的季节。

柴生走进厢房，看见乃芳正端坐在马桶上。乃芳坐在马桶上缝一件婴儿穿的小衣服，滚圆的大肚子笨拙地垒在大腿上。你大清早的死哪儿去了？乃芳拉住布帘斥问柴生。

我看死人去了。柴生捏着鼻子说，哪儿的气味都不好闻，江边是血腥气，家里到处是臭味。

又是谁死了？好像每天都有人死去，乃芳咬断了针线，抖开那件红颜色的小衣服欣赏着，衣服上绣有福禄寿喜的粗糙的图样，乃芳说，我喜欢看死人，你怎么不叫我一起去？

你不知道我在家里闷得发慌?

你去了会吓坏的。死了三十几个人,江边码头上积了厚厚的一层血浆。柴生夸张地比画了一下血的厚度,我知道死的都是谁,是码头兄弟会那帮人,我爹命硬,我爹这回捡了一条命。

布帘后面窸窸窣窣地响了一会儿,乃芳拎着马桶走出来。向柴生抱怨说,我身子这么重了,还要天天刷马桶,你们家就不把我当回事,你们家抠屁眼还要吮手指头,花钱雇个老妈子就能把家底败了吗?

我家没钱。你没听我娘天天哭穷吗? 她是守财奴,一辈子守着个破钱箱不松手。

你爹有钱,乃芳忽然想起什么,她凑到柴生的耳边悄悄地告诉他说,你爹才卖了一张地契,卖给长枪帮的,赚了一大笔钱。

谁告诉你的? 柴生狐疑地问。

我姐夫。他在长枪帮里做事,是他告诉我的。他说你爹够贪的,但他不肯说多少钱。我猜起码是百两黄金的价。

爹的钱你就更别去想了。柴生苦笑着说,从小到大,他没给我一个铜板。他当然有钱,我不知道他抓着那么多钱想干什么,我从来不知道他脑子里的想法。

再怎么说他也得死在我们前面,最后所有的东西都是我们的。乃芳拎起马桶离开了厢房，对生死财产方面的常识使乃芳鼓起一种信心和希望。她走过院子时看见五龙坐在矮桌前喝粥，他梗着脖子艰难地吞咽着米粒，发出类似水泡翻腾的声音，昔日严厉冷峻的脸现在显出了伤感之色。乃芳在经过五龙身边时试探性地摇晃了马桶，粪水溅了一点在粥锅旁边，五龙没有做出任何反应，五龙的这顿早餐充满了隐秘的悲剧气氛，而乃芳由此得出了一个简单的结论，老家伙不行了，老家伙的全身上下都快烂光了。

柴生和乃芳夫妇习惯于直接的利己主义的思维。他们根本没有想到这个早晨横尸于江边码头的死者和五龙出卖地契的关联。即使他们和茶馆里的茶客一样想到了，死尸和地契对于他们也毫无实际意义，他们关心的是五龙的病体——准确地说是五龙的死期。

一个暴雨初歇的午后，五龙乘着凉爽的天气出了门。瓦匠街的人看见五龙坐在人力车上，一顶大草帽遮盖了他的整个脸部，他身上肥大的黑衫黑裤迎风拂摆，令人想到它所标志的码头兄弟会的意外覆亡。现在只有五龙这套黑衫黑裤了，人们凝望着它在街道上渐渐远去，成为一个小小的黑点，那些熟识五龙的人无法向另外一些人描述他们复杂的感觉。

五龙了却了一桩心事，他一直想来看看江边码头的变化，看看长枪帮的人是怎么统治这块宝地的,看看一场暴雨是否会冲掉三十几个兄弟的血迹。现在他什么都看见了。雨后的江水更加浑黄湍急,船舶比往日更加稀少。码头上散发着粮食和木材的清香,所有的货物都杂乱地堆积在一个新搭的岗楼周围,油布雨篷上仍然积有雨水。五龙坐在人力车上,他的视线从草帽下面急切地扫向码头四周,没有长枪帮的人,没有系红布腰带的人,他看见岗楼上站着一个戴黄帽子的士兵,士兵从岗楼的窗口探出头来,朝下面的几个搬运工哇哇叫喊着什么,五龙看见士兵的肩上扛着枪,枪上了刺刀,有一条红布腰带挑在刺刀尖上随风飘动。那是长枪帮系在腰上的红带,不知出于什么缘故作了日本士兵刺刀上的装饰。

是日本人,他们接管码头已经五天了,车夫说。

可怜。五龙朝码头最后看了一眼,他的语气中含有一种自嘲的意味,斗来斗去的,结果谁也没捞到这块地盘,谁也没想到这块地盘最后让日本人占了。

所有的好地盘已经让日本人占完了,天知道他们在这里要待多久,车夫说。

走吧,现在没有什么可看的了。五龙的微笑看上去是悲凉的,他拉下了草帽遮住疲倦的眼睛,他说,大家都怕日本人,我也怕。现在你把我拉回瓦匠街吧。

五龙了却了一桩心事。途经沿江路时他看见了一队装满大米的板车在前面缓缓地行进，米的特有的清香在雨后湿润的空气中自然而动人，仿佛一个温柔的灵魂在五龙身边飘荡。五龙坐在车上向空中茫然地伸出双手，他想起许多年前他就是跟上装米的板车走到瓦匠街的，他跟上它一直走到了现在。

跟着板车走，跟上那些米回家吧。

车夫听见车上的人发出了梦呓般的命令。

第十三章

一个肩背钱褡的外乡人闯进了米店,他自称是五龙的堂弟,来自百里之外的枫杨树乡村。外乡人和五龙在房间里长时间的密谈引起了绮云的怀疑。绮云站在窗外偷听,听不清谈话的内容,但她从戳破的窗纸上看见五龙交给外乡人一个纸包,绮云怀疑纸包里包着钱。

这个夏天外乡人频繁地出没于米店,有一天在他离开米店后绮云猛地推开房门,她看见五龙趴在衣柜顶上,他揭开了房顶上的一块漏砖,正往那个洞里塞一只木盒子。

别塞了,小心让老鼠拖跑了,绮云说。

你总是在偷看,就连我撒尿你也要来偷看。五龙填好了漏砖,掸掉身上的灰尘,小心地从衣柜爬到床上,又从床上慢慢地挪到地上,他说,你他妈就像一个贼。

你才是贼。你跟那个乡下佬在搞什么鬼名堂？

告诉你也没关系。五龙喘了口气，抬眼望了望屋顶上的那块漏砖，漏砖看上去严丝合缝，它保护那只装满钱币的木盒已有多年的历史了。在被绮云发现后他也许应该另辟一个安全之处藏匿这只木盒。五龙愠怒的神情中包含着另外一种内容，那就是与堂弟一夕长谈带来的狂热和激情，他对绮云说，我要买土地，我准备买三千亩地。

买地？绮云惊异地观察着五龙的表情，她发现五龙说这话是认真的，他在发出"土地"这个音节的时候甚至有点结巴，绮云说，你真的疯了？你要买下哪块地？

买我老家的地，买下枫杨树的一千亩水稻地、一千亩棉花田，还有祠堂、晒场和所有房屋。五龙的眼睛中再次闪过一道灼热的白光，他从地上捡起一把板刷在皮肤上轻轻刷洗，一些发焦的皮屑从猪鬃缝里纷纷坠落。他说，那也是我离开老家时许的愿，我对一个小男孩说过这句话，我还对爹娘的坟堆说过这句话，现在我要还愿了，我堂弟已经交给我枫杨树的许多地契，就在那只木盒里放着。

你真的疯了。我原以为你是给自己买坟地，绮云痛苦地摇着头说，我不懂你从哪儿弄来这么多的钱。

一分分攒下来的。我吃喝玩乐了好多年，但我从来不用我的血汗钱。五龙举起板刷指了指屋顶，表情变得宁静而安详,那只木盒里至今藏着我生平赚到的第一笔钱,是你爹给我的五块大洋,我在米店里卖一个月的力气,才拿五块大洋。

你这个人。绮云欲言又止,她凝视着五龙的脸,突然觉得这个人对于她是多么陌生,这种感觉在他们二十多年的夫妻生活中多次出现,但从未像这一次这么强烈而又动人,绮云背过身子啜泣起来,出于某种消极悲观的信仰,或者仅仅出于女人惯有的恻隐之心,绮云洞悉了五龙脆弱的值得怜悯的一面。她觉得人活着其实都是孤立无援的,他们都会在屋顶、墙洞或者地板下面藏匿一只秘密的钱盒,他们的一部分在太阳下行走,另一部分却躲在黑暗的看不见的地方,譬如那只搁置于屋顶洞穴里的木盒,绮云似乎看见五龙的灵魂在木盒里一边狂暴地跳荡,一边低声地哭泣。

这天适逢农历七月七,绮云照例在午餐前点香焚烛,祭祀了祖宗亡灵和想象中的每一个鬼神。祭祀的所有仪式都是她独自完成的,他们对此不感兴趣。绮云在熄灭烛火后看见供桌上升起一片淡蓝色的烟霭,烟霭久久不散,在祖宗的画像前袅袅扩展,最后笼罩了前厅的所有家具和饭桌前的每一个家庭成员。绮云虔诚的眼睛停留在父亲的遗像上,她看见了一片若有若无的光。绮云认为她看见的就是传说中指点迷津的佛光。

我看见了佛光。绮云对五龙说,看见佛光是一个吉兆,我们家也许从此太平了。

你在做梦，这个家里只要有活人，就永远不会太平。五龙漫不经心地说，他踩灭了地上的一张没有燃尽的锡箔纸钱，朝灰堆里吐了一口痰。

夜里瓦匠街上突然骚乱起来，乘凉的人群纷纷从竹榻和藤椅上爬起来，他们看见染坊的三媳妇在街上追着米店的大儿子米生，那女人嘴里一迭声咒骂着，而米生一瘸一拐地跑着，米生的手里抓着一把小剪刀。

米生逃进了家门，染坊里的女人就站在米店的门口骂，人们从她嘴里了解到事情的原委，不由得啼笑皆非，原来米生趁她熟睡之际，用剪刀剪开了她的短裤。

他女人跑出去做了婊子，他大概想女人想疯了，有人在一边窃笑着说。

他想女人想疯了，染坊里的女人气愤地朝米店的门板踹了一脚，她说，他怎么不去剪他娘的短裤？这家人一个比一个下流，一个比一个可恶，没有一个好东西。

染坊与米店两家世代不睦，染坊的人就此丑闻对米店展开了凌厉而漫长的攻击。绮云被气出了病，躺在床上三天没起来，每逢伤心时她的头疼病就会发作，绮云只好在额际大量涂抹清凉油和薄荷汁液，眼泪不停地流淌，一半出于药物的刺激，另一半则出于哀怨的心情。

绮云把米生叫到床边，绝望地看着儿子麻木的脸和手中那只旧口琴，你怎么做出了这种丑事？传出去哪个女孩子肯嫁给你？绮云想起了"上梁不正下梁歪"这句民谚，她叹着气说，你跟你爹一样，做下的事禽兽不如。

我要女人，没有女人我睡不着觉。米生低声而坚定地说，用旧口琴轻轻地敲击着他的牙齿。米生对他的行为没有丝毫羞耻。

可是一时半会儿让我去哪儿给你觅媳妇呢？绮云愁肠寸断，鬼节祭祖出现的佛光看来是虚假骗人的，或许那只是她的愿望，她的每一个愿望最后总是会被现实击碎。最后绮云想到了离家出逃的雪巧，绮云说，说来说去都怨那个不要脸的贱货，千刀万剐也不解恨，我花了二百个大洋买她进门，她没替冯家续下香火不说，她竟然敢在粥里下毒，她竟然就这样跑掉了。

雪巧是个笨蛋。米生用一根火柴挖着口琴音孔里的污垢，他笑了笑说，换了我下毒，你们就闻不到砒霜的味道，你们现在都去见阎王爷了。

闭嘴，我迟早会被你们活活气死。绮云怒声叫道，双手嘭嘭地拍打竹篾编制的凉席。在病中她忘记了天气的炎热，从指尖向上渗透的这股凉意像一条蛇，凶残地爬过她瘦小的弱不禁风的身体。绮云朝着米生离去的背影说,谁不想下毒?这事我已经想了二十多年了,我不过是横不下这条心而已。

随着分娩期的临近,乃芳每天都要向柴生诉说她的腰疼和乏力。乃芳终日躺在床上听留声机,不再下地操持家务。有一天她告诉柴生,她用针测试了胎儿的性别,针尖是直插在泥地里的,根据她母亲传授的经验,胎儿肯定是个男孩。最后她带着几分自豪说,你们家传宗接代的大事不还是要靠我? 柴生不置可否地笑笑,他对此不感兴趣。

柴生的蟋蟀罐在几番覆灭后重新堆满了米仓一角,柴生将蟋蟀罐的盖子轻轻打开,丢进一颗碧绿的新鲜的毛豆,他看见那只凶猛的红头蟋蟀很快就把毛豆啃了一个缺口,不由得深深地折服于这只蟋蟀王惊人的食量和勃勃生气。这时候五龙蹒跚地走进米仓,他在背后悄悄地观看柴生给蟋蟀喂食的过程,五龙说,你应该给它们喂米吃。

它们不吃米。柴生回答说,我养的蟋蟀不吃米,它们最喜欢吃毛豆。

没有不吃米的人,也没有不吃米的畜生,就是神仙也是要吃米的。五龙充满自信地说,他从米垛上抓过一把米放进陶罐里,蟋蟀果然不吃米,五龙看了一会儿感到有点失望,他把盖子盖上说,这畜生现在不饿,到它饿疯了再喂米,你看它吃不吃？

柴生对父亲处处体现的独断和专制敢怒不敢言，他把装有蟋蟀王的那只陶罐捧在手上，匆匆地朝外面走，但是五龙叫住了他，五龙是来和儿子谈一件正事的。

你女人快生了？五龙说。

快了。她说是个男丁。柴生说。

男女都是一回事，生出来就多了一张吃饭的嘴，五龙的脸上看不出喜悦，他的手臂在空中挥了挥，让她回娘家生去，明天就回娘家去。

为什么？为什么不能在家里生？

你不懂，家里有男人生病，女人不能在家临盆。否则血光会要了我的性命。五龙淡淡地说，他看柴生满脸困惑不解的样子，又补充了一句，这是枫杨树老家的风俗，原来我不信这一套，可现在不同了，现在我的身体需要万事小心才行，我不想把这条命白白地交出去。

真滑稽。柴生沉默了一会儿，壮着胆子调侃了父亲。他笑了笑说，爹当了一辈子好汉，现在连女人生孩子也害怕了，柴生捧着蟋蟀罐子朝院子里走，他突然想到什么，又回过头问父亲，如果乃芳不愿意呢？你也知道她的脾气很犟。如果她非要在家里生呢？

那我就找人把她抬出去。五龙说，这是很容易的事。

233

让柴生感到意外的是乃芳这次顺从了家里人的意志。乃芳说，回娘家也好，在这里坐月子你娘是不会伺候我的，我娘说女人坐月子最要紧，坐不好日后落下什么病自己倒霉，乃芳趁势向公婆索取了一笔钱，乃芳说，我不能白吃白花娘家的钱，我怀的是冯家的根苗，跟你们要多少也不算过分。绮云仍然是病歪歪的状态，捂着额上的薄荷叶子听乃芳的表白。她厌恶乃芳的这种要挟，但还是从钱箱里数了些钱给她。乃芳没有接，她鄙夷地乜斜着绮云捏钱的那只手，这几个铜板就把我打发回家啦？你们不嫌丢人，我还怕娘家人笑话呢。绮云想了想，走到北屋去搜寻了一会儿，最后拿来织云留下的那只翡翠手镯，绮云下意识地摸了摸手镯上被火燎烤过的烟痕，她说，现钱我是拿不出了，给你这只手镯吧，你要是把它典卖了，起码值一百块钱。这是祖传的避邪物，上面的金是纯金，翠也是好翠。乃芳终于接过了绮云手上的钱和手镯，她很熟练地把手镯套到腕子上，抬起手臂欣赏了一眼，然后她轻描淡写地说，那我就戴上它避避邪吧。

柴生送乃芳回娘家的路上看见她的手腕上戴着那只翡翠手镯，他没有在意，他对女人的首饰缺乏任何鉴别能力。乃芳的娘家是城南有名的李记寿材店，店堂里竖着各种规格和质地的白木棺材，柴生每次去岳父家就像去一座大坟场游逛。在临近寿材店的街道一侧，柴生夫妇看见了一座由棉花加工厂改建的日本兵营，大约有一个中队的日本士兵在铁丝网后面列队训练，呐喊声传得很远很远。

你看那些日本兵多滑稽，那么短的腿，那么长的胡子，乃芳从车座上侧过身注视着兵营，她的瘦长的脸因为归家的喜悦而泛出健康的红晕。乃芳拉着柴生的手说，你看呀，你听他们叽里咕噜叫得多滑稽。

滑稽什么？一刀捅死你就不滑稽了，柴生说。

说实在的，我觉得他们很可爱，我讨厌仗势欺人的黑狗，也讨厌那些乡下佬出身的黄狗，可我不讨厌那些日本兵，乃芳说着嗤地一笑，她看看柴生，他没有搭腔。

柴生觉得乃芳的话很荒唐，但他并不想做任何反驳。女人天生长了副纤弱而多变的脑瓜，她们脑子里闪现这样那样的怪念头是不足为奇的。

八月十三日下午，两个年轻的日本士兵摇摇晃晃地走出城南的兵营，他们喝醉了酒，借着酒劲强行冲过了门口的岗哨。他们是出来做一种特殊的游戏的，比赛杀人，在狂热的酒醉的情绪中他们商定了这个计划，他们想比较一下，谁杀的人更多一些。

首先遇难的是兵营门口卖西瓜的小贩和买西瓜的路人。卖西瓜的小贩看见两个日本士兵端着刺刀走过来，他捧着半只切开的红瓤西瓜迎了上去，两位太君渴了？小贩赔着笑脸把西瓜递过去，他说，又甜又沙的薄皮西瓜，尝一尝吧，不好不要钱，小贩看见两个日本士兵对视一笑，他们的嘴里喷着一股强烈的酒气，小贩听见他们发出一阵疯狂的笑声，他预感到了某种危险，扔下半只西瓜往摊子前跑，但是他没有躲过那柄闪闪发亮的刺刀，一个日本士兵抢先一步，刺刀锐利地洞穿了小贩光裸的背部，在周围的尖叫和嘈杂声中，那个日本士兵从小贩身上抽出血淋淋的刺刀，他竖起一根手指向同伴摇晃着，高声叫喊属于他的第一个数字，一、一、一！

他们的杀人比赛就是从城南的羊肠街开始的。他们手持刺刀在羊肠街上一路狂奔，逢人就刺，听见整条街道发出了凄凉无助的惨叫和哭声，在寿材店的门口，两个日本士兵同时发现了那个惊惶失措而又行动迟缓的孕妇，对数字的敏感和对比赛胜利的渴望使他们同时跃上寿材店的台阶。这一刀可以刺死两个人，他们几乎同时向孕妇高耸的腹部刺去致命的一刀。

发生在城南一带的惨闻傍晚传到了瓦匠街，五龙从米生的手上接过当地出版的晚报，报纸上登载了几幅死尸的照片，他看见其中的一个女人躺在血泊里，她的肚子被剖开了，一个发白的饱满的婴儿若即若离地攀附在女人的身上。五龙注意到照片的背景，那是几口棺木组成的笔直的线条和均匀的阴影。他让绮云来看这幅照片，你看看这个女人像谁？绮云在厨房里忙着炖红枣莲心汤，她拒绝浏览那份充满血腥气的报纸，你喜欢你自己看吧，我不要看死人，我看见死人就恶心。五龙盯着照片上女人模糊的脸部，他高声说，你还是来看看吧，你看这个女人是不是乃芳？

绮云面对报纸脸立刻变得苍白失色，她注意到了女人手腕上的那只镯子。老天爷，她真的是乃芳。绮云指着那只翡翠手镯留在报纸上的白色轮廓说。她的身体因恐惧而簌簌颤抖，老天爷，她还怀着冯家的根苗，他们怎么下得了这个毒手？

第二天柴生从城南拖来两口黑漆柏木棺材，一大一小两口黑漆柏木棺材。两口棺木分别装着乃芳的遗体和夭折的男婴。这是寿材店老板娘的意思，她一定要让柴生把乃芳母子的遗体拖回冯家，并且要冯家停灵三日。老板娘认为这是冯家蓄意制造的阴谋，冯家把女儿送来其实是让她朝火坑里跳，柴生没有申辩，他哭丧着脸，押着两辆运送棺木的板车经过骚动不安的街市，街市上人心惶惶，有人在店铺里为两名日本士兵杀人比赛的准确数目争执不下。柴生缅怀着他与乃芳短促而不幸的夫妻生活，心情格外沉重，他想起乃芳是用怎样一种喜悦的声调透露胎儿的性别，又想起那天一句恶毒的玩笑竟然一谶成真——一刀捅死你就不滑稽了。柴生悲伤地

237

摇着头,现在他深深地意识到人的嘴和唾沫是有灵性的,也是有毒的,有时一句恶毒的玩笑也会应验,成为现实。

为乃芳母子守灵的三天天气奇热,尽管米店一家在棺木四周放满了冰块,尽管绮云在前厅洒掉了七八瓶花露水,死尸散发的臭味还是笼罩了整个米店,前来吊唁的人寥寥无几,城南的一场杀人比赛导致了这个夏天浓郁的死亡气息,似乎人们都在忙于奔丧,米店的丧事因而显得平淡无奇了。

柴生在鼻孔里塞了两个小棉花团,用以阻隔尸臭的侵袭。按照乃芳娘家的要求,他坐在两具棺木之间披孝守灵,三天来他的神情始终是恍惚而困倦的。他注意到乃芳手上依然戴着那只翡翠手镯,随着死尸的日益浮肿,翡翠手镯将死者的手腕勒得很紧,深深地嵌进了青紫的皮肉之中。柴生恍惚听见一种疼痛的呻吟声,他怀疑那是死者发出的声音。柴生站起来揭开了盖在死者脸上的白布,他看见一张青紫色的惊愕的脸,嘴依然张开着,在牙床与舌头之间藏着一颗微微发黑的果核,那也许是一颗杏核,也许是一颗杨梅的核,柴生无法做出准确的判断,但是可以肯定它是乃芳嗜食的一生中最后的食物。

是你害死了乃芳,出殡的这天柴生突然找到了悲剧的根源,他对父亲说,如果不是你把她赶回娘家生产,乃芳母子就不会死。

你怨我？五龙坐在摇椅上与儿子从容地对视着，他的双手富有节奏地拍打着摇椅的扶手。这简直是笑话。五龙闭起眼睛说，我手上是有许多条人命，但是没有乃芳这条命，兔子还不吃窝边草呢，我上过两年私塾，我早就懂得这个道理了。

如果乃芳留在家里，她不会死，现在我已经抱上儿子了。柴生喃喃地说着，他的眼皮却因为瞌睡而耷拉下来。柴生打着哈欠在柜台上躺了下来，最后他又含糊地说了一句话，爹，是你害死了我的女人和儿子。

你怎么不去找那两个日本兵算账？五龙从身下抽出了他心爱的驳壳枪，把枪放在手掌上掂着，他说，我给你枪，你去把他们的人头提回来，你敢吗？喂，你敢吗？

柴生没有回答，他在柜台上倒头便睡，很快响起了鼾声。柴生已经把乃芳母子的棺椁安葬在郊外的冯家墓地，现在他终于可以睡一个好觉了。

城市是一块巨大的被装饰过的墓地。在静夜里五龙多次想到过这个问题。城市天生是为死者而营造诞生的，那么多的人在嘈杂而拥挤的街道上出现，就像一滴水珠出现然后就被太阳晒干了，他们就像一滴水珠那样悄悄消失了。那么多的人，分别死于凶杀、疾病、暴躁和悲伤的情绪以及日本士兵的刺刀和枪弹。城市对于他们是一口无边无际的巨大的棺椁，它打开了棺盖，冒着工业的黑色烟雾，散发着女人脂粉的香气和下体隐秘的气息，堆满了金银财宝和锦衣玉食，它长出一只无形然而充满腕力的手，将那些沿街徘徊的人拉进它冰凉的深不可测的怀抱。

在静夜里五龙依稀看见了这只黑手，他带着心爱的驳壳枪不断地搬移那条被汗水浸红的篾席，从北屋到院子，又从院子到米仓，他想逃避这只黑手的骚扰，五龙最后选择了米仓，他干脆卷起那领篾席，裸身躺在米垛上睡觉。米总是给人以宁静而清凉的感觉，米这样安慰了他的一生。夜已经很深。敲更老人的梆声在瓦匠街上如期响起，然后是远处火车经过铁道的催人入眠的震颤声，还有夜航船驶离江滨码头的微弱的汽笛声，世界在时间的消逝中一如既往，而我变得日渐衰弱苍老，正在与死亡的黑手做拉锯式的角力。五龙的眼前接踵浮现了他目睹的所有形式的死亡场景，所有姿态不一却又殊途同归的死者的形象，他意识到了自己唯一的也是真正的恐惧——死。

死。五龙从米垛上爬起来，想到这个问题他的睡意就消失了。他抓着米从头顶往下灌，宁静而清凉的米发出悦耳的流动声音，慢慢覆盖了他的身体，他的每一处伤疤，每一块溃烂流脓的皮肤。米使他紧张的心情松弛了一些。然后他回忆了枫杨树乡村生活的某些令人愉快的细节，譬如婚嫁和闹洞房的场景，譬如一群孩子在谷场上观看剒猪时爆发的莫名其妙的笑声，譬如他十八岁和堂嫂在草堆里第一次通奸的细节。五龙感慨地想到如果没有那场毁灭性的洪水，枫杨树乡村相比城市是一块安全的净土。这种差别尤其表现在死亡的频率方面，他记得在枫杨树乡村的吉祥安宁的时期，平均每年才死一个老人，而在这个混乱的物欲横流的城市，几乎每天都有人堕入地狱的一道又一道大门，直至九泉深处。

五龙设想了有一天他衣锦还乡的热闹场景，枫杨树的三千亩土地现在已经在他的名下，枫杨树的农民现在耕种的是他的土地。堂弟将带领那些乡亲在路口等候他的到来。他们将在树上点响九十串鞭炮，他们将在新修的祠堂外摆上九十桌酒席，他们将在九十桌酒席上摆好九十坛家酿米酒。五龙想他是不会喝酒的，这条戒律已经坚持了一辈子，为的是让头脑永远保持清醒。那么在乡亲们狂吃滥饮的时候我干什么呢？五龙想他也许会在那片久违的黑土地上走一走，看着河岸左侧的水稻田，然后再看看河岸右侧的罂粟地。堂弟告诉他春季以来枫杨树农民种植的就是这两种作物，这是五龙的安排，充分体现了五龙作为一个新兴地主经济实惠的农业思想。

米仓的气窗里流进一丝凉爽的风，五龙迎着这阵风从米垛上爬过去，风中夹杂着制药厂的气味和路边洋槐花的花香，五龙将头部探出气窗，俯视着夜色中的瓦匠街，节气已过立秋，街上不再有乘凉露宿的人，青石路面在夜灯下泛着雪青色的幽光。秋天正在一步步地逼近，五龙想到时间就这样无情地消逝，而他的病情却丝毫不见好转，不由得悲从中来，他对着窗外空旷的街道长吼了一声——我操你娘。

我操你娘。五龙这声怒吼耗去了唯一一点精气，现在他很容易就处于精疲力竭的状态。他伏在长方形的布满木刺的气窗上，再次看到那只死亡的黑手，它温柔地抚摩了他的头发。五龙的身体在这种虚幻的触觉中，缩起来，他突然哽咽着说，你别碰我，别碰我。你到底要干什么？

瓦匠街在午夜以后已经一片空寂，但是杂货店的毛毡凉棚下站着一个人，他不时地朝米店这里张望，后来五龙看见了那个奇怪的黑影，低弱的视力加上夜色浓重使他无法辨认，他同样不知道那个人到底要干什么。

第十四章

绮云从城南请了一个神汉来家中捉鬼，米店接踵而至的灾祸使她坚信家里藏着一个恶毒的鬼魂，她必须借助神汉之手将鬼魂逐出家门。

一个阴雨绵绵的早晨，身披旧道袍的神汉应邀来到米店。神汉挥舞宝剑在米店四处跳大神的时候绮云和五龙在场观望，绮云的心情是诚惶诚恐的，而五龙端坐在摇椅上呷茶，看上去他对捉鬼之举漠不关心。但当神汉在地上铺开一张黄纸准备挥刀斩鬼的时候，五龙突然响亮地笑了起来。绮云制止了五龙，她恼怒地说，你笑什么？你会把鬼吓跑的，五龙说，我在笑你们，这么荒唐的事你们弄得像真的一样，我在江湖上混了这么多年，难道我会不清楚捉鬼的把戏吗？

神汉手里的宝剑已经斩向地上的黄纸，神汉满面红光心醉神迷地将剑刃压着黄纸,看这纸上的鬼血!他对绮云喊,但他很快就惊呆了,绮云则紧张而茫然地盯着黄纸——黄纸上没有血,只有一条笔直的刀痕。

这张纸上没有涂过药粉,它不会出血,五龙在一边再次朗声大笑,他的脸上洋溢着捉弄人后获得的快感。我把你的纸换过了。五龙说,我懂你们装神弄鬼的门道,我年轻时也想做个神汉,不费力气就可以大把地赚钱。

你为什么要换掉我的纸?神汉讪讪地收起了他的宝剑,他说,你们心不诚,鬼是捉不到的,鬼会把你们一家人全部闹死。

难道你不知道我五龙的名字?你骗那些糊涂人可以,怎么骗到我的门上来了?五龙说着闭起了双眼,他的狂放的笑容在瞬间消失了,代之以疲惫哀伤的神情,他说,我刚才笑得太厉害了,现在我笑几声都会觉得累,我要躺一会儿了。其实只有我知道鬼在哪里,你们怎么捉得到鬼呢?

绮云把神汉送出米店。照例付了钱,神汉说,看来我已经捉到了鬼,你们家藏了个活鬼,我不能用宝剑砍。他的表情狡黠而神秘,绮云望着神汉女人般红润的嘴唇,心中揣摸着他的用意,鬼在哪里?神汉用宝剑指向院子,轻声地说,就在摇椅上躺着。

绮云站在米店的台阶上,目送那个英俊的神汉远去,从某种意义上说，她相信神汉说的是真话。

夏天过去米店兄弟的生活发生了戏剧性的变化，兄弟俩都变成了光棍，瓦匠街的人们在谈论这些事时一致认为这是罪恶的报应。从作恶多端的暴发者五龙开始，米店一家正在受到各种形式的惩罚。

米生的口琴声已经为米店周围的邻居所习惯，那种焦虑刺耳的杂音折磨了他们一个夏季，他们希望在秋凉季节里可以免遭口琴声之祸，但他们的希望很快被证实是一场空想，有一天人们看见米生在街上一边吹口琴一边追逐竹器铺家的小女孩，米生一瘸一拐地奔跑着，他的口琴声也尖厉杂乱地奔跑着，小女孩吓得呜呜大哭，人们从米生的眼睛里看见一种阴郁的莫名的怒火。

开始有舆论认为米生是一个花痴，而街东的小学教员不同意这种观点，他曾经为米店冯家续过家谱，因而对米店一家有着更深刻的了解。小学教员认为米生是一个潜在的精神病患者，他的精神在米店这种家庭气氛中必然走向崩溃。你在十岁时会闷死你的亲妹妹吗？小学教员对街头那些信口开河的人发出睿智的诘难，他说，米生从小到大就背了一口大黑锅，人靠一口气活着，米生的气从来没有通畅过，他不疯才见鬼呢，如果再有什么灾祸降临，米生就真的要发疯了。

米生也许真的需要女人加以抚慰。绮云焦灼地四处打听，想为米生物色一个合适的媳妇。有人建议去江边码头的人贩子那里买一个，说江边的木船里装着整船头上插有草标的姑娘。绮云听了觉得脸上很难堪，不快地说，我们冯家的门第也不至于这么低贱，去人贩子那儿买媳妇？我就是被米生逼死了也不干这事，所幸的是柴生没有为女人折磨母亲。柴生在丧妻失子之后很快地恢复了婚前的纨绔生活，适逢初秋各种赌市的旺季，他在以赌博业闻名的三叉街上流连忘返，不思归家，绮云也因此卸掉了来自柴生的压力。

有一天柴生回家向绮云索钱买彩票，同时带回一个惊人的消息。柴生说他在三叉街上看见了表兄抱玉，他看见抱玉带着一群日本宪兵冲进一家赌馆，押走了一个陌生的外地人。

这不可能，绮云不相信柴生的话，她说，抱玉在上海做地产生意做得很发达，他怎么会跑这里给日本人做事呢？

我为什么要骗你？柴生说，他现在比原先更神气活现了，脚上蹬着日本兵的皮靴，腰里别着日本兵的手枪，他好像做了日本人的翻译官。

那你怎么不叫他回家？绮云半信半疑地看着柴生，柴生的手掌正摊开着，向她索取买彩票的钱，绮云推开了那只手说，我没钱，有胆量就向你爹要去。绮云脑子里仍然想着抱玉那张酷似织云的苍白而漂亮的脸，她对抱玉突然滋生了一种怨气，这个忘恩负义的杂种，我对他那么好，可他来这儿却想不到看望我，他连一块饼干也没孝敬过我。

我喊他了，可他假装不认识我。他仗着日本人做靠山，耀武扬威的，他不认我这个表弟，他也不会认你这个姨妈的。柴生哂笑着再次将手掌伸到母亲面前，他说，你惦着他干什么？又不靠他给你养老送终，到你老瘫在床上还要靠儿子，所以现在积点德给我钱吧。

我谁也不靠。到老了我会去紫竹庵等死。绮云怒视着柴生，从墙边抓起扫帚挥打着柴生那只固执的手，我没钱，要钱跟你爹要去，他才有钱。

他的钱就更难要了，他的钱只有等他死了再要了。柴生苦笑着缩回了手，他终于死了心。然后他走进了厢房，边走边说，你不给钱也难不住我，我到街上去卖家具吧。绮云手持扫帚柄站在院子里，她以为柴生在威胁她，但柴生真的肩扛红木太师椅从厢房里出来了。天杀的败家子。绮云尖叫着冲上去拉扯那张祖传红木椅，而柴生保持这个悲壮的姿势纹丝不动，他的力气很大，这一点遗传了五龙。柴生从椅子的重压下偏转脸部，从容不迫地说，先卖红木椅，再搬红木大床，反正我老婆孩子都死光了，家具一时也用不上。绮云情急之中想到了五龙，她想只有靠五龙来制服柴生了，于是朝北屋的窗口尖声叫喊着五龙的名字。

五龙满身醋渍湿漉漉地出现在北屋的窗口,他眯起眼睛望着院子里的母子俩,一只手似乎正在抓挠着下身的某个部位,他的一侧肩膀被手牵引,松弛的肌肉像泥块一样簌簌地抖动着。

卖吧,卖吧。五龙的态度出乎母子双方的意料,他说,这家里的东西除了米垛之外,我都不喜欢,你们想卖就卖吧。卖吧,卖光了我也无所谓。

绮云惊愕地松开了手,然后就蹲下去瘫坐在地上哭起来,在悲怆的哭泣中她先咒骂了五龙,然后是米生和柴生,家门的事实印证了"有其父必有其子"的谚语。绮云哭诉着她的不幸,最后泣不成声。老天为什么这样待我?绮云跪在地上,用前额叩击着地上的一块石板,她说,老天既然不给我一天好日子过,为什么还不让我去死?为什么不让我去挨日本人的子弹?

想死多么容易,想活下去才难。五龙在窗后平静地注视着绮云,一边仍然抓挠着患处,他说,你哭什么?你身上到处细皮嫩肉,没有一块伤痕,我才正在受罪,我的身上到处新伤旧伤,到处是脓血和蛆虫,我的鸡巴又疼又痒,现在它好像快掉下来了。

柴生趁乱把红木椅子扛出了米店,后来他顺利地将椅子卖给了旧木器店，可惜精明的老板不愿出高价收购，柴生得到的钱远远不够购买那张秋季开奖的连环彩票，他走出旧木器店心里很懊丧，他想他只能降求其次买一张小型的跑马彩票了。

第二天抱玉和一群日本宪兵由东向西经过了瓦匠街，米生在街上看见了抱玉，他跑回家喊母亲出来看，绮云匆匆赶出来时抱玉恰好走过米店，她喊了一声，抱玉回过头含笑注视着她，但他的脚步并没有停下来，绮云好像听见他叫了一声姨妈，又好像什么也没听见，抱玉的步伐和那群日本宪兵保持一致，走得很快，他的仿效日本军人的装束使绮云感到不安。皮靴上的马刺声一路响过瓦匠街，在杂货店的门口抱玉回过身朝绮云挥了挥手，我会来看你们的，抱玉高傲而自得的声音远远地飘过来。

这么急着赶路，他们要干什么去？绮云问一旁的米生。

去杀人，米生说，他们还能干什么？

也许该问问他雪巧的下落，绮云望着他们的土黄色的背影消失在街口，抱玉也不是个好东西，我要问问清楚，是不是他把雪巧卖给妓院的，我要打这个小畜生的耳光。

米生冷笑了一声，没说什么，他从地上捡起一个烂苹果核朝街口那儿掷过去，但苹果核飞行了一半距离后就掉落在地了。我操你娘,米生突然跺着脚骂,我操你奶奶。

绮云反身进屋时发现五龙悄悄地站在她身后,五龙的表情显得很古怪,而在五龙的身后则站着两个伙计,他们都听说了抱玉回来的消息,几乎每个人都预感到抱玉将给米店一家的生活带来某种新的危机。

阿保的儿子又回来了,五龙轻声地嘟囔着,他用一种近似悲哀的眼神询问绮云,是他回来了吗?真的是他吗?

是抱玉,是我姐姐的儿子,绮云敏感地纠正道。

是阿保的儿子,五龙扶着墙朝店堂里走,他的身体朝右侧微微倾斜着。五龙对绮云说,他们父子俩都是这样走路的,肩膀往右歪,你知道吗,从前的刀客和杀手都是这样走路的,我知道他们不好惹。

可你还是惹了他们,你现在后悔了吗?

不。做下的事是后悔不了的。五龙倚着墙壁喘了一口气,脸上的笑意看上去有点僵硬,然后他说,我昨夜梦见了阿保的儿子。我的梦总是应验的,你们看现在他真的来了。我欠了他一笔债,现在还债的时机到了,他要来向我讨债了。

这天夜里瓦匠街的狗朝着米店的方向疯狂地吠叫,睡梦中的人们被惊醒了,他们从临街的窗户中看见一排黑影从米店里涌出来,飒飒有声地列队通过夜色中的街道,走在前面的是一队日本宪兵,后面尾随的则是翻译官抱玉,抱玉拖拽着一个人，就像拖拽一只沉重的米袋。窗后的居民惊诧万分，他们认出被拖拽的是五龙，病入膏肓的五龙真的像一只沉重的米袋，两只脚甚至没有来得及穿上鞋袜，它们因无法站立而在石板路上嗞嗞地摩擦着，有人听见了五龙轻轻的痛苦的呻吟声，另外还有人看见了五龙的眼睛，五龙的完好的右眼仰望着夜空，昔日那道强硬的白光已经最后消逝，在昏黄的街灯映照下，五龙就像一只沉重的米袋被拖出了瓦匠街。

米店里的事件再次成为城北地区的最新新闻，据瓦匠街茶馆的茶客们说，五龙是因为私藏军火被日本宪兵逮捕的，日本宪兵从米店的米垛下面挖到了八杆步枪和两支小手枪。没有人提到抱玉在其中起到的作用，米店的沧桑家事复杂多变盘根错节，远远超出了他们的想象和理解范围，也许米店这次劫难的真正原因只有米店一家自己知道了。

第二天早晨，米店的门比往日晚开了一个钟头，但终于还是开了，那些买米的人小心翼翼地向伙计探听虚实，两个伙计都支支吾吾的，绮云呆呆地坐在柜台边，她的眼皮红肿得很厉害，不知是由于哭泣还是由于睡眠不足，绮云听见了店堂里喊喊喳喳的议论，目光怨恨地扫视着每一个人。你们是来买米的还是来嚼舌头的？她突然愠怒地站起来，把柜台上的算盘朝人群里掷来，她的嗓音在一夜之间变得声嘶力竭，嚼舌头，嚼舌头，等到你们自己倒霉了，看你们还嚼不嚼舌头？

五龙不记得他被抱玉拖了多长的路，他想挣脱抱玉的手和那根捆绑着他双腕的绳子，但缺乏足够的体力，他已经无法反抗这场意外的凌辱。他觉得自己更像一条危在旦夕的老牛，在枫杨树乡村，那些得了重病的无力耕田的老牛就是这样被捆绑着拖拽着送往屠户家中的。

最后五龙被带到了位于百货公司楼下的日本宪兵司令部，抱玉和一个日本宪兵分别抬着他的头和脚，合力将他扔进了地下室。五龙觉得他的身体就像一捆干草轻盈无力地落在地上，与当年从运煤货车上跳下来的感觉是相似的。地下室的屋顶上悬挂着一盏雪亮的汽灯，他看见周围潮湿斑驳的墙壁布满了黑红色的血迹，有的是条状的，有的却像盛开的花朵，他的手摸到了一只黑布鞋，布鞋里随即响起吱吱的叫声，他吃惊地看见一只老鼠从里面跳出来，迅疾地穿过铁栅栏消失不见了。五龙猜测鞋子里也许藏着几粒米，他将手伸进鞋口摸了摸，摸到的是一摊黏稠的液体，原本黑布鞋里是一汪新鲜的血。

审讯是从午夜开始的，五龙听不懂日本军官的问话，他只是专注地凝视着抱玉的两片红润的薄削的嘴唇。抱玉脸上的那丝稚气在夏季过后荡然无存，在汽灯强烈的光照下显得英气逼人，现在看看他并不像阿保。五龙默默地想他也不像六爷，也不像织云，现在看看他更像年轻时候的我了。

有人告你在家里私藏枪支，这是杀人之罪，你知罪吗？抱玉说。

谁告的？五龙闭起眼睛说，我想知道是谁告的。

不能告诉你。是一个你想不到的人，抱玉狡黠地笑了笑，他走过来揪住了五龙的头发，近距离地端详着那张蜡黄的长满暗疮的脸，你藏了枪想杀谁？杀我？杀日本皇军？

不，我想把枪带回枫杨树老家去，我想回老家洗手不干了，但我需要这些枪提防我的仇人。

你的仇人太多了，你手上有几十条人命，就是我不来，别人也会来收拾你的。难道你不明白杀人者终被人杀的道理吗？

不。主要是我得了这倒霉的花柳病，我没想到这辈子会害在一个臭婊子的手上。五龙神色凄恻，痛苦地摇着头。然后他问抱玉，你是我的仇人吗？你是在为你父母报仇吗？

我只为我自己。我也不知道为什么这样恨你。从小第一次看见你就开始恨你了，一直恨到现在，我也解释不清楚为什么，恨天生是莫名其妙的。

你真的像我，跟我年轻时候一模一样。五龙艰难地抬起胳膊，轻轻地抚摩抱玉戴着白手套的那只手，那只手仍然揪着五龙的头发，抱玉，别揪我的头发行吗？我虚弱得厉害，我的身体再也经不起折腾了。

这我早知道了，就因为你经不起折腾我才更想折腾你。抱玉愉快地笑起来，颊上便有一个浅浅的酒窝，他放下了手，把白手套往上拉了拉，你知道这里的刑罚品种是最多的，有水灌五脏，烟熏六腑，有老虎凳，也有荡秋千，据说你从来不怕疼，我可以用烧红了的铁扦子把你的五根手指穿起来，就像街上小贩卖的羊肉串一样。

对于五龙的刑罚从午夜一直持续到次日凌晨，五龙被不断地挪动位置，接受风格迥异的各种刑罚，他身上的暗疮明疽全部开裂，脓血像滴泉一样滴落在地下室，与他人的旧血融合在一起，执刑的抱玉始终没有听见他期待的呻吟，也许这印证了江湖上有关五龙从不怕疼的传说，也许仅仅因为五龙已经丧失了呻吟的气力，五龙低垂着头双目紧闭，看上去就像熟睡者一样宁静安详。凌晨时分执刑的抱玉已经气喘吁吁，他感到有点疲累。抱玉将五龙的手脚从老虎凳上解开，顺便摸了摸他的鼻息，五龙的鼻息仍然均匀地喷射在抱玉的手指上，抱玉没有想到的是五龙真的扛打，在经受了半夜达到极限的折磨后，五龙仍然活着，五龙也许真的是一个打不死整不垮的人。

抱玉拎了一桶水泼到五龙的脸上，他看见五龙重新睁开了眼睛，用一种奇特的慈爱的目光望着他。

你完事了吗？现在可以送我回家了吗？五龙说。

等天亮了就送你回家。抱玉的白手套在五龙的脸上梭巡着，寻找一块完整的皮肤，最后他发现了眼睛，五龙的一只眼睛黯淡无光，结满了白翳，另一只眼睛却精确无误地映现着抱玉被缩小的脸，抱玉用手指戳了戳那只盲眼，你这只眼睛是谁弄瞎的？

你外公，他也是我的一个仇人。

他大概没来得及把事情干完，抱玉说着从地上捡起了一根铁扦子，让我替外公把事情干完吧。抱玉捏紧那根纤细而锋利的铁扦子，对准五龙右眼刺了一次，两次，三次。这时候他终于听见了他期待的声音，不是呻吟，是一声凄厉而悠长的呐喊。

早晨两个淘粪工在百货公司后面的厕所里发现了五龙，他们认识五龙，但无法把粪坑里那个血肉模糊的男人和称霸城北多年的五龙联系起来，因为巨变是在短暂的一个夏季里发生的，当他们把五龙放在运粪车上送回瓦匠街的米店时，两个人不约而同地向绮云询问其中的缘由，绮云捂着鼻子呆滞地望着竹榻上的五龙，久久说不出话来，后来她说，我不知道，我也不知道到底是怎么啦。

绮云找了干净的衣裳想给五龙换上，她不能忍受他全身散发出来的浓烈的臭气，但五龙突然从昏迷中醒来，拉住了绮云的手，别忙换衣裳，五龙说话时右眼的瘀血重新剥落下来，像红色的油漆慢慢地淌过脸颊，他说，告诉我，米垛下面的枪是不是你去告发的？

我没告，绮云用力把手抽了出来，她说，你要是不想换衣裳，我就先去找医生，你不知道你的模样多吓人。

可惜我的两只眼睛都让你们弄瞎了，否则我看你们一眼就能知道是谁告的密，五龙的声音喑哑而微弱，眉宇之间却依然透露出洞察一切的锐气，然后他苦笑着说，其实你用不着装假了，现在我一脚踩在棺材里，你用不着再怕我了。

我从来没怕过你，你有这一天也怨不了别人。全是你自作自受，怨不了别人。绮云神情漠然，她看见一群苍蝇从院墙外飞过来，围绕着五龙的身体嗡嗡地盘旋，有几只苍蝇同时栖留在五龙的腿上，啄食上面的一块烂疮，绮云观察了一会儿，觉得很恶心，她用蒲扇把苍蝇赶走，但是很快有更多的苍蝇聚集在五龙的腿上。绮云不想再做任何无获之劳，她僵立在一边看着那群苍蝇啄食五龙的大腿。五龙的大腿裸露在沾满血污的白绸短裤外面，从撕破的裤管里可以看见一只松垂下来的睾丸，以及长满红疮的阴囊和腹股沟，它们使绮云想起年轻时候冷淡的却又频频发生的房事。绮云觉得很恶心，她不知道他们是怎样绞在一起过到现在的，她不知道这是怎么回事。

趁五龙再次昏迷之际，绮云把米生和柴生从床上拉了起来，绮云说，该死的抱玉把你爹打得不成人样了，你们快把他抬到浴盆里，我要给他好好洗一洗，否则阎王爷都不会收留他。

兄弟俩把父亲抬到大浴盆里，盆里还盛着他上次浸泡过的米醋，米生扒掉了父亲的短衫，而柴生干脆用剪子剪开了那条血迹斑斑的短裤，扔在一边，米生蹲下去朝父亲的身上泼洒米醋，他说，老东西大概熬不了几天啦。柴生嫌厌地看着父亲的烂泥似的肌肤，突然觉得好笑，柴生说，怎么这样臭？简直比屎还要臭。

绮云从炉上拎了一壶热水过来，慢慢地朝五龙的全身冲洒。水很烫。绮云摸了一下铁壶说，可他也不会怕烫了，他这满身臭味需要用热水才能冲掉。五龙在热水的冲洒下猛地苏醒过来，下意识地抱住了头，绮云看见他惊悸的表情，充满了某种孤立无援的痛苦。

谁在用鞭子抽我？

不是鞭子，是热水，我在给你洗澡。

257

我看不见，你用的是开水吗？冲到身上比挨鞭子还要疼。五龙长长地嘘了一口气，他说，别给我洗澡，我还不会死，我知道我这个人不太容易死。

那你想干什么？说吧，你想干什么我都答应。

回家。五龙竭力睁大眼睛，似乎想看清周围家人的脸，但最终什么也没有看见，五龙说，不能再拖了，现在我必须回我的枫杨树老家了。

你糊涂了，这么远的路程，你要是死在半路上呢？

别管这些，你从来没管过我的死活，现在更用不着管了。五龙沉吟了一会儿又吩咐绮云，你去找一下铁路上的老孙，让他给我包一节车皮，我是从铁路上过来的，我还是从铁路上回去。

又是糊涂话。你想叶落归根也在情理之中，可一两个人坐火车为什么要包节车皮呢？那要花多少钱？

要一节车皮，我要带一车最好的白米回去。五龙最后用一种坚定的不可改变的语气说，他隐隐听见了儿子们发出的笑声，他知道他们在讥笑他的这个愿望，这个愿望有悖于常理，但却是他归乡计划不可分割的重要部分，他需要一车皮雪白的、清香的大米，他需要这份实在的能够抗拒天灾人祸的寄托。

米店兄弟为谁送父亲回乡的问题争吵了整整一个下午。

谁都不想揽这个苦差。绮云对柴生的表现很恼怒，她说，你哥的腿不方便，你就好意思让他去吗？柴生梗着脖子回答，腿不好？他追女人跑得比我还快，他分家产比我少分什么了？眼看兄弟俩又要扭打起来，绮云急中生智，想出了掷铜板的办法。正面是米生去，反面是柴生去。绮云说着把一枚铜板狠狠地掷在地上，铜板蹦了几下，恰巧滚到柴生的脚边，恰巧是反面朝天。

总归是我倒霉，柴生骂了一句，回头望着昏睡在竹榻上的父亲，他说，我就自认倒霉吧，不过在上路之前我要找出他的钱，我不放心。你们知道他的钱藏在哪里吗？

他的钱都在枫杨树买地了，他没有多少钱了。

地也是钱，买了地就有地契，他的地契藏在哪里呢？

在一只木盒里，绮云犹豫了好久，终于咬咬牙说，我看见他把盒子藏在北屋的屋顶下了。

整个下午柴生一直在北屋寻找那只木盒，他站在梯子上，用铁锤捅开了屋顶的每一块漏砖，除了几只肥大的老鼠和厚厚的灰尘，柴生什么也没有找到。盒子呢？那只盒子呢？柴生怀疑母亲欺骗了他。他最后愤怒地跳下梯子，朝一直在下面张望的母亲吼道，是不是已经让你拿掉了？

没有。你们应该知道他的脾气，他从来不相信我，我怎么拿得到他的东西？绮云对此也感到茫然，她明明看见五龙

259

往漏砖孔里塞那只木盒的，别找了，你就是把房子拆光了也找不到的。后来绮云微笑着对儿子说，他肯定挪过地方了，我知道他藏东西的本事特别大，你实在想找盒子只有去问他了。

柴生的情绪由愤怒渐渐转化为沮丧，他把梯子从北屋拖到院子里，他其实了解父亲的脾气，不到咽气是不会交出那只盒子的，说不定到了咽气之时还是不会交出盒子，柴生想到这一点心情又从沮丧变得焦灼，他双手拎起竹梯，将竹梯垂直地撞击着地面，以此发泄胸中的怨气。他看见五龙的眼睛慢慢睁开了，五龙听着竹梯与石板相撞的嘭嘭的声音，痛苦和迷惘的表情交融在他脸上，显得非常和谐。

是什么东西在响？五龙说，我一点也看不见了，我看不见是什么东西在响。

梯子。柴生怀着一种恶作剧的心理将梯子移向五龙身边，他继续在地上撞击着竹梯的两条腿，柴生说，我在修理这把梯子，你要嫌吵就把耳朵塞起来。

我以为是铁轨的震动声，我以为我已经在火车上了。

夜里下起了入秋以来的第一场雨，淅淅沥沥的雨声在瓦匠街上响成一片，米店屋檐上的铁皮管朝院子里倾斜，雨水哗哗地冲溅在那张旧竹榻上。那是五龙最喜欢的卧具之一，现在它被夜雨细细地淋遍，每一条竹片都放射着潮湿而晶莹的水光。

绮云替五龙和柴生收拾好行囊,推开窗户观察着雨势。雨下得舒缓而悠扬,没有停歇的迹象。估计这场夜雨会持续到早晨,绮云朝窗外伸出手掌,接住了几滴沁凉的雨珠。她突然记起母亲朱氏在世时说过的话,每逢一个孽子出世,天就会下雨,每逢一个孽子死去,天就会重新放晴。

尾　声

南方铁路在雨雾蒙蒙的天空下向前无穷地伸展，两侧的路基上长满了萧萧飘舞的灌木丛。当那列黑色的闷罐子车笨拙地驶上渡轮时，江边的景色倏然明亮了一层，像箭矢般的阳光穿透朦胧的雨积云，直射到江水之上，而渡轮上以及渡轮上每一节车厢也染上了一种淡淡的金黄色。

车过许州天就该放晴了，驾驶渡轮的人远远地向火车司机喊道。

谁知道呢？火车司机钻出肮脏的驾驶室，抬头望了望天空，他说，就是下雨也没关系，这年头人的命都是朝夕难保，谁还怕淋点雨呢？人不怕雨，车上的货就更不怕了。

闷罐子车厢里的人无法看见天空，起初从车顶板的缝隙中不时渗下滴滴答答的雨水，后来慢慢地停止了，后来火车渡过了江面，轰隆隆地向北方驶去。柴生试图打开那扇窄小的风窗，但是风窗是被固定着的，三颗铆钉钉死在滑槽上，风窗半开半闭，至多能伸出一条手臂，这样，除了几树秋天的枯枝在窗口疾速掠过，车厢里的人甚至无法看清外面荒凉的野景。

车厢里装满了新打的白米。父子俩都置身于米堆之上，五龙一直静静地仰卧着，从风窗里漏出的一块天光恰巧照在他的身上。柴生看见父亲萎缩的身体随火车的摇晃而摇晃着，他的脸像一张白纸在黑沉沉的车厢里浮动，他的四肢像一些枯树枝摆放在米堆上。

火车是在向北开吗？我怎么觉得是在往南呢？五龙突然在昏睡中发出怀疑的诘问。

是在朝北开。柴生的手里把玩着一些米粒，他鄙夷地向父亲扫了一眼，你死到临头了还是不相信别人。

朝北，五龙点了点头，重新闭上了眼睛，他说，朝北走，回枫杨树老家去。我就要衣锦还乡了。我小时候看见过许多从城里衣锦还乡的人，他们只带回一牛车的大米。可我现在带回的是整整一节火车车皮的大米，一个人一辈子也吃不完。

柴生没有说话，柴生觉得这段漫长的旅途是极其无聊的，他懊悔没有带几只蟋蟀上火车，他还有好几只蟋蟀没有在秋风秋雨中死去，只要有一根草茎逗引它们，仍然有可能见到精彩的斗蟋蟀场面。

可是除了这些米我还剩下什么？五龙的手缓缓攀过米堆，抓住了柴生的衣角，他说，你摸摸我的身子，告诉我我还剩下什么，我的脚指头是不全的，我的两只眼睛都瞎了，我觉得有什么东西在切割我的每一块皮肉，告诉我我现在还剩下什么？

剩下一口气，柴生粗暴地甩开了父亲的手，他根本不想触摸父亲身体的任何一个部位。

剩下一口气，五龙轻轻地重复了一遍，他脸上露出一丝自嘲的无可奈何的微笑。五龙的手举起来在空中茫然地抓握着什么，然后搁在胸前，无力地向下滑移，在充满脓痂的生殖器周围滞留了一会儿，然后那只手又向上升起，经过干瘪的失却弹性的胸腹，最后停放在他的牙齿上，那是两排坚硬光滑的纯金制作的假牙。五龙的手指温柔地抚摸着它们，嘴里发出一声长叹，他说，还有这副金牙，我小时候看见他们嘴里镶着一颗两颗金牙，可我现在镶了整整两排，柴生，你看见这两排金牙了吗？金子是永远不会腐烂的，我什么都没剩下，剩下的就是这两排金牙。

柴生看见父亲干瘪的双唇之间放射出一小片明亮耀眼的光芒，他知道这一小片光芒代表的价值。他凑近了父亲的头部，细听他急促的冰凉的鼻息。柴生已经闻到了一息稠酽的含有腥臭的死亡气味，柴生想到母亲说起的那只木盒至今没有下落，不由得忧心如焚，盒子呢，快告诉我盒子藏在哪儿了？柴生突然暴怒地摇晃着父亲的身体，他必须赶在他咽气之前找到那只盒子，五龙在这阵猛烈的摇晃下身体奇异地蜷了起来，就像一片随风飘逝的树叶，米——他的头向米堆上仰去，清晰地吐出最后一个字。

藏在米堆里？柴生焦急地喊叫着，但是五龙已经不再说话。柴生在米堆里到处扒挖寻找木盒时，听见了身后传来的微弱而浑浊的气绝声，他继续将米向两侧扒开，最后在米堆的最深处找到了一只沉甸甸的木盒子。柴生把木盒抱到风窗边急切地打开，让他吃惊的是盒子里没有地契，也没有钱币，他看见了满满一盒子米，它在风窗的亮光下泛出一种神秘的淡蓝色。

柴生疯狂地呐喊着扑到父亲的尸体上。你到死还在骗人！柴生高声怒骂，一边拼命地抓起米粒朝亡父脸上扔去。米粒很快落满了死者的脸部，很快又从那些僵硬的五官上散失下来。柴生看见了父亲嘴里闪着一点金光，一点金光挣脱了枯唇与白米的遮拦。在黑暗狭小的空间里闪闪烁烁。金牙。柴生从金牙迸发的光芒中感受到另一种强大的刺激和诱惑。

后来柴生果断地掰开了亡父冰凉的唇齿，他把手指伸进去用力掏着，先掏出了上面的那排金牙，然后下面的那排就轻易多了。柴生倒空了木盒里的米，把两排金牙装了进去，他听见两排金牙轻轻地碰撞着，声音清脆悦耳。

五龙没有听见金牙离开他身体的声音，五龙最后听见的是车轮滚过铁轨的哐当哐当的响声。他知道自己又躺在火车上了。他知道自己仍然沿着铁路跋涉在逃亡途中。原野上的雨声已经消失，也许是阳光阻隔了这第一场秋雨。五龙在辽阔而静谧的心境中想象他出世时的情景，可惜什么也没有想出来。他只记得他从小就是孤儿。他只记得他是在一场洪水中逃离枫杨树家乡的。五龙最后看见了那片浩瀚的苍茫大水，他看见他漂浮在水波之上，渐渐远去，就像一株稻穗，或者就像一朵棉花。

附录 苏童经历

1963年　　　　1月23日出生于江苏苏州城最北端的齐门外大街，这条充满回忆的大街，后来被虚构成他小说中的"香椿树街"和"城北地带"。

1969年　6岁　　就读于齐门小学。

1971年　8岁　　患严重的肾炎及并发性败血症，以致休学半年。在这段病榻时光里，他深刻体会到了孤独与生命的不确定性，也因此开始接触并阅读小说。

1975—1980年　就读于苏州市第三十九中学。作文才华出众，深得老师赏
12—17岁　　　识，经常被推荐参加各类竞赛。初中毕业时，他曾报考南京的海员学校，但遗憾的是未能如愿被录取。

　　　　　　　在高中时期，他放学后写诗，写家后一条黑不溜秋的河，这条河不仅承载着他的记忆与情感，更成为他虚构创作中的灵感之源。

1980年　17岁　考取北京师范大学中文系。大学期间，他显得沉默寡言，大

高中时期的苏童

少年时，海军的梦想

部分时间沉浸在阅读小说和文学杂志中，尤其从塞林格的作品中深受启发。

1983年　20岁　在《飞天》4月号发表处女作组诗《旅行者》（署名童中贵）；后又发表组诗《松潘草原离情》及短篇小说《第八个是铜像》。这些最初的写作尝试，成为他锤炼语言和意境的宝贵训练场。大学的四年时光里，他逐渐找到了属于自己的自由生活状态。

1984年　21岁　大学毕业，被分配到南京艺术学院做辅导员。他的日常生活却显得颇为懒散：白天工作，晚上则熬夜沉浸在小说创作中，以至于第二天上班时常迟到。开始写作短篇小说《桑园留念》。

1985年　22岁　成为《钟山》杂志编辑，每天所干的事所遇见的人都与文学有关，还经常坐飞机去外地找知名作家组稿，接触了贾平凹、铁凝、路遥、张承志等知名作家。

1986年　23岁　与中学时期的同学坠入爱河。他说："她从前经常在台上表演一些西藏舞、送军粮之类的舞蹈，舞姿很好看。我对她说我是从那时候爱上她的，她不信。"

1987年　24岁　这是他人生的重要一年，他幸福地结了婚。《桑园留念》在投稿三年后，终于被发表在《北京文学》第二期，这标志着他"香椿树街"系列的开端。短篇小说《飞越我的枫杨树故乡》发表于《上海文学》第二期。中篇小说《一九三四年的逃亡》发表于《收获》第五期，他一举成名，成为先锋小说的领军人物之一。

1988年　25岁　中篇小说《罂粟之家》发表于《收获》第六期，后被评论家誉为"百年来中国中篇小说首屈一指的作品之一"。发表短篇小说《乘滑轮车远去》《祭奠红马》等。《乘滑轮车远去》被视为20世纪60年代那代人的童年生活的一个标志性符号。

1989年　26岁　他迎来了新生命，"我的女儿隆重降生，我对她的爱深得自己都不好意思"。中篇小说《妻妾成群》发表于《收获》第六期。此时，苏童的创作逐渐走向成熟，他的作品中也开始呈现出一个沉郁复杂的南方世界。

25岁的苏童，摄于上海

1990年　27岁　加入中国作家协会。发表小说《妇女生活》《女孩为什么哭泣》等。

1991年　28岁　导演张艺谋由《妻妾成群》改编的电影《大红灯笼高高挂》上映，该片先后获得威尼斯电影节多个奖项、奥斯卡最佳外语片提名、百花奖最佳影片等殊荣。长篇小说处女作《米》发表于《钟山》第三期，得到评论家的一致肯定，"苏童的这座米雕，似乎标志着他真正进入了历史"。发表中短篇小说《红粉》《吹手向西》《另一种妇女生活》《离婚指南》等。

1992年　29岁　长篇小说《我的帝王生涯》发表于《花城》第二期。他坦言："我的想象力发挥到了一个极致，天马行空般无所凭依。"这部作品与《米》被认为是最具寓言性的新历史主义小说。发表中短篇小说《园艺》《回力牌球鞋》等。获庄重文文学奖。

1993年　30岁　长篇小说《城北地带》开始在《钟山》连载。"香椿树街在这里是最长最嘈杂的一段"。发表中短篇小说《刺青时代》《狐狸》《纸》等。

1994年　31岁　导演李少红由《红粉》改编的电影《红粉》上映，该片获柏林国际电影节银熊奖。创作长篇小说《武则天》（又名《紫檀木球》）。发表中短篇小说《樱桃》《什么是爱情》《肉联工厂的春天》等。这一年也是苏童的旅行和学术交流年，足迹遍布了美国、瑞典、德国等6个国家。

1995年　32岁　导演黄健中由《米》改编的电影《大鸿米店》拍摄完成,但因种种原因该片迟迟未能公开上映。发表中短篇小说《三盏灯》等。

1996年　33岁　发表中短篇小说《犯罪现场》《红桃Q》《世界上最荒凉的动物园》等。"香椿树街系列"短篇小说以这一年为界,这之后创作的《古巴刀》《水鬼》《白雪猪头》等作品的文学想象更加成熟。

1997年　34岁　长篇小说《菩萨蛮》发表于《收获》第四期。发表中短篇小说《告诉他们,我乘白鹤去了》《神女峰》等。

20世纪90年代的苏童

1998年　35岁　发表中短篇小说《小偷》《开往瓷厂的班车》《群众来信》等。作为中国作家代表，苏童与余华、莫言、王朔一同参加意大利都灵东亚文学论坛。同年10月，访问中国台湾，并拜访了知名学者夏志清。

1999年　36岁　发表中短篇小说《驯子记》《向日葵》《古巴刀》《独立纵队》等。

2002年　39岁　长篇小说《蛇为什么会飞》发表于《收获》第二期。发表中短篇小说《点心》《白雪猪头》《人民的鱼》等。2002年至2006年，他的短篇小说写作出现了一次小高潮。

2003年　40岁　发表中短篇小说《骑兵》《垂杨柳》等。

丁聪所绘苏童漫画像

2004年　41岁　导演侯咏由《妇女生活》改编的电影《茉莉花开》上映。发表中短篇小说《手》《私宴》《桥上的疯妈妈》等。

2005年　42岁　发表中短篇小说《西瓜船》等。

2006年　43岁　小说《碧奴》首发，这是全球首个同步出版项目"重述神话"中的首部中国神话作品。发表中短篇小说《拾婴记》等。

2007年　44岁　应歌德学院邀请去莱比锡做驻市作家，在莱比锡生活了三个月，开始动笔写作长篇小说《河岸》。

2009年　46岁　长篇小说《河岸》发表于《收获》第二期，后由人民文学出版社出版。这部作品实现了他的夙愿——"用一部小说去捕捉河流之光"。获第三届英仕曼亚洲文学奖和华语文学传媒大奖年度杰出作家奖。

2010年　47岁　凭借短篇小说《茨菰》获得第五届鲁迅文学奖。同年，他和王安忆一同获得了英国"布克奖"的提名，这是中国作家首次入围布克国际文学奖。

2013年　50岁　长篇小说《黄雀记》发表于《收获》第三期，后出版足本。获选《亚洲周刊》年度十大华语小说。发表中短篇小说《她的名字》等。

2015年　52岁　成为北京师范大学驻校作家。8月，凭借《黄雀记》获第九届茅盾文学奖，他在获奖感言中深情表示："被看见，然后被观察，那是一种写作的幸运。"同年，由江苏作协调往北京师范大学国际写作中心工作。

2019年　56岁　《黄雀记》入选"新中国70年70部长篇小说典藏"。同年，凭借短篇小说《玛多娜生意》第八次获得百花文学奖。

2021年　58岁　8月，以朗读者的身份参与中央广播电视总台文化类综艺节目《朗读者》第三季。9月，参演的电影《一直游到海水变蓝》在中国上映。12月，当选中国作家协会第十届全国委员会委员。

2022年　59岁　作为嘉宾参加首部外景纪实类节目《我在岛屿读书》。

2021年的苏童

2023年　60岁　受聘为苏州城市学院文正书院兼职教授。同年，他再次与余华、莫言、阿来等录制《我在岛屿读书》第二季。

苏童在《我在岛屿读书》